KB088660

바다의 리라

조정현 장편소설

답

일러두기

『바다의 리라』는 DAUM 〈7인의 작가전〉을 통해 2015년 3월 21일부터 연재 되었던 작품을 기본으로 하여 편저를 거쳤습니다. 출간된 도서의 내용은 오로지 책에서만 볼 수 있습니다.

바다의 리라

구름 위 강렬한 햇살에 백금의 리라가 빛을 반사시켰어. 바로 내 눈동자를 향해. 너의 눈빛을 본 듯 눈을 감았어. 그리고 깨달았어. 너와 나는 똑같은 영혼이었다는 걸. 우리는 똑같이 어두웠고, 똑같이 빛을 찾았어. 네가 왜 나처럼 아무것도 아니었던 여자애를 사랑했는지 이제는 알아. 어둠이 그림자를 숨기듯, 우리는 서로에게 숨기고 싶었던 거야. 두려움이 많았던 우리, 그래서 어떻게 알아보지 못할 수가 있겠어?

목차

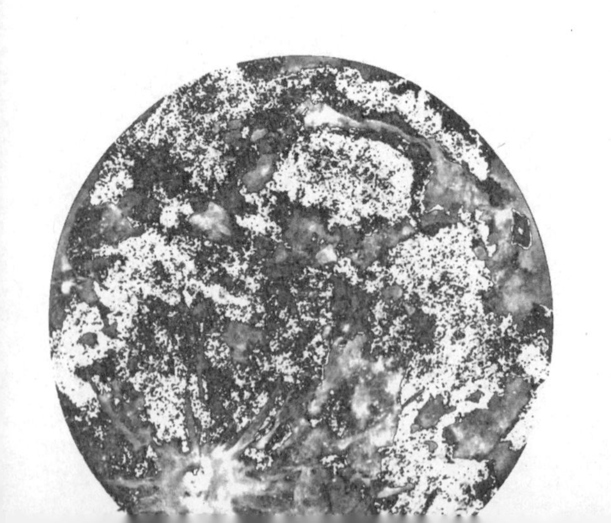

1
지금
나는 나에 관한 책을 쓰고 있는데
거기 "나는 있다"에서, 당신은 나와 함께 있다

움직임, 움직임

생각나니, 언젠가 우리가 함께 가기로 했던 그 바닷가? 오르. 이제 더 이상 너를 그렇게 부를 수 없겠지만, 추억할 때조차 그렇겠지만, 바다를 보면 항상 너를 생각해. 유은기가 아닌 오르였던 너를. 끝이 보이지 않는 바다에 지지 않겠다는 듯 태양처럼 환했던 너의 빛… 그 전에도 그 후에도 나는 그렇게 빛나는 눈을 본 적이 없어. 이 바다에서 너를 떠올릴 때까지 나는 알 수 없었지. 오르, 불가사의한 너의 빛, 그 정체를. 머나먼 태양에서 날아와 언제든 빛을 뿜어낼 준비가 된 오로라 같았던 너의 찬란함, 어떤 빛도 새나가지 않을 것 같던 무거운 너의 어둠. 나를 어지럽게 만들었던 너의 정체를 나는 이제야 이해할 수 있을 것 같아. 아니, 어쩌면… 비밀을 알게 된 순간, 모든 것을 이해했었는지도 몰라. 다만, 인정할 수 없었는지도.

오르, 넌 알고 있었지? 이미 오래 전에 알았던 거지? 그렇다 해도 나는 너를 용서하지 못할 것 같아. 너를 만난 순간부터 지금까지, 내 사랑은 진실이었으니까. 앞으로도 영원히 너를 사랑할 테니까. 나는 가엾은 너와 오르의 처음이자 마지막 사랑이니까.

"몰랐어? 너와 난 한 쌍이야."

밀려오는 파도를 타고 세찬 바람이 불어와 서리처럼 차가운 냉기를 퍼붓고 있었다. 볼이 자꾸 아렸다. 은기의 목소리가 바람소리에 끊겨 할 수 없이 다가갈 수밖에 없었다.

"난 활이고 넌 리라야."

"리라가 뭐야?"

"하프처럼 생긴 악기야, 기타의 조상 같은. 아니, 그건 그냥 내 추측이고, 지금은 신화 속에서만 연주하는 악기."

"그리스 신화?"

바람 소리가 너무 세서 우리는 외치듯 말하고 있었다. 은기는 내게 한걸음 다가왔다. 그리고는 젖은 내 앞머리를 귀 뒤로 넘겨주었다.

"소리 지르지 마. 성대 조심해야지."

나는 한 걸음 뒤로 물러서며 괜찮다고 말했다. 하지만 은기는 다시 한 번 다가와 외투의 단추를 턱까지 채워주었다.

"활의 시위나 리라의 현처럼, 우주는 팽팽한 긴장 상태에 있다."

"네가 지은 시야?"

"위대한 옥타비오 파스. 시는 아니지만 이런 문구를 쓸 수 있다면 난 지금 당장 죽어도 좋을 것 같아."

"우주는 팽팽한 긴장 상태에 있다."

중얼거려보았다. 은기가 외우는 시들은 쉽게 이해되지 않았다. 하지만 영롱한 피아노 음처럼 선명했다. 은기의 깊은 목소리를 통해 태어난 이미지는 물보라처럼 반짝이며 공중으로 날아갔다.

"활의 시위나 리라의 현처럼."

은기는 회색빛 하늘을 올려다보았다.

"활과 리라, 그 둘 다가 되고 싶었는데 불가능하다는 걸 알았어. 나는 뭔가에 떠밀린 것처럼 앞으로만 나아가거든. 불안하게 말이야. 오르의 노트는 말하자면 겁쟁이의 우는 소리야. 네게만 보여주는 거야. 그러니 읽고 잊어줘."

"나는 이 노트가 좋아. 소리 내어 읽으면 더…"

은기의, 아니 오르라는 서명이 적힌 노트의 글귀들이 나를 매혹시켰다.

"봐주라. 누구나 미칠 때가 있잖아. 그럴 때 나는 오르라고. 노트의 미치광이 오르."

"알아, 필명 같은 거지?"

"이제 더 이상 오르는 없어. 네가 있는 한 나는 겁쟁이가 아니야."

"내가 있는 한?"

"내가 미친 듯 날아가도, 너는 노래해 주니까. 리라처럼 멋진 목소리로."

은기의 말을 이해한 것은 아니었지만, 따스한 눈빛에 왠지 목이 메어 더 이상 말할 수 없었다.

"정말 간직해 줄래? 나와 불안한 오르까지?"

그저 고개를 끄덕였다. 순간 바람이 휘몰아치며 파도가 우리가 서 있는 곳까지 밀려들었다. 나는 은기의 팔을 잡고 뒤로 물러서다가 장승같이 선 은기의 눈을 보고 말았다. 헝클어진 곱슬머리로 덮인 은기의 눈이 커다래졌던 것이다. 죽을 때까지 잊지 못할 것이라는 것을 직감했다. 바다를 감싼 어둠 속에 은기의 눈빛이 빛나는 별처럼 반짝거렸다. 너무 반짝거려서, 그 커다란 별이 나를 비추고 있어서, 별의 숨소리가 너무 가까이 다가와서 가슴이 사정없이 쿵쾅거렸다.

"오르의 뜻을 묻지 않는 사람은 네가 처음이야."

"정말?"

"다들 오르가 뭐냐고 비웃거나, 기껏해야 '또는'이 아니냐고 아는 척을 했지. 그 의미를 알고 있는 건 너뿐이었어. 우리는 처음부터 한 쌍이었던 거야."

"오르의 노트를 본다면 알아내는 건 어렵지 않을 텐데……."

"보통은 궁금해 하지도 않는다니까. 너 같은 아이는 처음이야."

쑥스러웠다. 칭찬은 익숙하지 않았다. 바다를 등지고 선 순간 바람이 모자를 뒤로 젖혀버렸다. 영화에서와는 달리 인적 없는 저녁 겨울 바다는 사정없이 춥기만 했다. 하지만 차가워진 몸과는 달리 가슴은 작은 난로가 들어선 것처럼 따뜻했다.

"이제 들어가……."

내가 모자를 다시 쓰려고 할 때 은기가 내 손을 잡았다. 그리고는 천천히 모자를 씌워주었다.

"다인아, 내가 널 얼마나 좋아하는지 모르지?"

은기의 눈이 진지함으로 가득했다. 나도 모르게 뒷걸음질치려 했지만, 은기의 손이 내 어깨를 꽉 붙들고 있었다.

"아, 알아… 알 것 같으니까 들어가자. 너무 추워……."

순간 은기의 입술이 다가들었다. 나도 모르게 눈이 커졌다. 하지만 이내 꼭 감고 말았다. 들이마시던 숨을 은기가 다 빼앗아버리는 바람에 숨이 막혔다. 팔에 힘이 들어가지 않았다. 자석에 매달린 클립처럼 은기의 입술을 향해 까치발로 서 있는 것만으로도 힘겨웠다. 열아홉 겨울, 우도 남쪽 해변, 파도 소리보다 요란한 우리의 숨소리 때문에 온 세상이 나의 첫 키스를 알아챌 것이라고 생각했다. 하지만 다른 생각이 밀려올 때마다 은기의 입술이 모든 것을 밀어내어 나는 몇 번이고 정신을 잃을 것만 같았다.

"괜찮아?"

겨우 정신을 차린 내가 숨을 크게 들이마시자 은기가 이렇게 속삭였다. 아직도 몽롱했다. 블라우스 안으로 은기의 차가운 손이 느껴지지 않았다면 정신을 차리지 못했을 것이다. 가까스로 은기를 밀어낼 수 있었다. 은기는 나를 세게 안았다. 하지만 내가 다시 밀어내자 아기를 내려놓듯 내 허리를 잡고 조용히 놓아주었다. 새끼 고양이를 볼 때처럼 장난스러운 눈빛이 웃고 있었다. 은기는 내 볼을 가볍게 쓰다듬었다. 칼바람이 부는 겨울 밤, 내 얼굴만 뜨겁게 달아올랐다. 빨갛게 달아오른 내 얼굴을 상상하니 창피했다.

"받아줘서 고마워. 나를 이해하는 거지?"

나는 살짝 고개를 끄덕였다. 은기는 눈이 부신 듯 눈을 가늘게 뜨며 나를 응시했다.

"너는 나의 바다야."

무슨 뜻일까 생각하는데, 그의 입술이 이마에 닿았다. 깜짝 놀라 뒷걸음쳤다.

"뭐, 뭐야?"

"그런 눈빛으로 보지 말라고. 떨린다고."

내가 하고 싶은 말이 왜 은기의 입에서 나오는지 알 수 없었다.

비눗방울을 떨어뜨리기라도 한 듯 은기의 커다란 눈동자가 갖가지 색으로 빛나서 심장이 대책 없이 뛰었다.

"우리 언젠가 함께 푼타 아레나스로 가자. 지구의 마지막 항구에서 얼음바다 냄새를 맡아보고 싶어."

은기는 커다란 손으로 내 손을 잡고는 도로 위로 사뿐히 끌어올렸다. 순간, 우리 때문에 센서가 작동했는지 가로등이 켜졌다. 우리는 우산처럼 소복한 빛 한가운데서 손을 잡았다. 은기가 속삭였다.

"나, 널 놓으면 죽을지도 몰라. 내 목숨, 책임질 거지?"

육지가 끝나는 곳, 점점 넓게 열리는 바다 위 별빛 하늘이 내 가슴을 꽉 채우고 있었다.

2

인간은 별에 닿아
그들의 역사를 사랑으로 새기네

새벽의 비밀

오르페우스, 영혼에도 이름이 있다면 그건 아마 너의 이름이겠지. 사람은 참 알 수 없는 존재 같아. 말도 못 하게 어리석으면서도 동시에 놀라운 능력을 지니고 있지. 그때는 믿지 못했어. 어떤 것은 말하지 않아도 알아진다는 걸. 너는 직관이라는 어려운 말로 설명하려 했었지. 직관이 어떻게 오는지를 설명하던 너의 말은 다 잊어버렸어. 이미 경험해 보았다고, 너를 만난 그때 내게 찾아왔었다고 말했다면 네 웃음을 한번 더 볼 수 있었을까? 하지만 그럴 수는 없었어. 너의 어려운 설명을 들으면 미로를 헤매는 느낌이어서 어느 순간 멍해지고 말았으니까. 그래도 나는 너의 말을 듣는 게 좋았어. 의미는 제각기 조각나 날아가 버리지만, 부드럽게 일렁이는 눈동자는 오롯이 가슴에 남았거든. 후회하고 있어. 날아가는 네 말의 조각들을 이어 붙여 가슴에 담았더라면 너는 덜 외로웠을까? 바보 같았던 나는 너의 영혼을 단번에 알아차리고도 네 영혼을 불러주지 못했어.

아니, 어쩌면 이제 와 하는 나의 변명인지도 몰라. 사랑하는 아내를 찾으려 지옥까지 쫓아간 오르페우스. 건장한 몸에 어울리지 않는 가늘고 긴 손가락으로 리라를 켜는, 곱슬거리는 앞머리가 바람에 날리는 오르페우스, 긴 속눈썹 아래에 새카만 눈동자를 감추고 미소 짓는 음유시인……. 내가 상상한 오르페우스는 아무리 변명해도 너의 이미지야. 하지만 아내인 에우리디케의 생김새는 아무래도 떠오르지 않았어. 별로 중요하지 않다고 무시했었지만, 나는 뒤를 돌아보고만 그녀가 싫었던 것 같아. 그런데… 그런데 말이야, 이제 나는 그녀의 분장을 할 수 있을 것 같아. 어쩔 수 없는 진실함으로 말이야.

용서해, 어제가 되어서야 다시 너를 펼쳐볼 용기를 낼 수 있었어. 칠레 국경을 넘는 순간, 미루고 미뤘던 노트를 결국 펼칠 수 있었어. 오르, 오래 버려두어서 미안해. 그리고 이렇게 미워해서 미안해.

그해 첫 오디션 날, 봄이 왔다. 달력은 3월도 막바지, 햇살이 오디션장이 있는 지하 계단까지 남실댔지만, 그늘에 빠지기라도 한 듯 나는 발이 너무나 시렸다. 오디션 같은 거, 그만 두고 계단을 탐내는 햇살 속으로 발을 들이밀고 싶었다.

"주다인 씨, 목소리를 좀 더 크게 낼 수 없어요?"

시험 곡 리스트에 있던 노래 한 곡을 다 마치기도 전에 심사위원이 입에 자물쇠를 채웠다. 발에서 올라온 한기가 심해져 성에라도 낀 것처럼 입술이 붙어버리고 말았다. 참가자로서 할 일은 다 하고 싶었다. 겨우겨우 붙은 입술을 떼어 소리를 내봤지만, 아무것도 녹일 수 없는 소리만 툭툭 끊겨 나왔다.

"그게 다야? 뮤지컬 하겠다는 사람이 뭐 이래? 학생이라고 했나? 다른 길 찾아봐요. 서류는 누가 통과시킨 거야? 다음."

심사위원의 퉁명스런 목소리가 나를 내쫓고 난 후에야, 입이 녹기 시작했다. 늘 그랬듯 아쉬움은 없었다. 끝났다는 안도감이 불안을 사라지게 만들었다. 나는 천천히 외투를 걸치고 가방을 멘 다음 건물 밖으로 향한 계단을 올랐다. 거리로 나가면 나는 더 이상 오디션 지원자가 아니다. 다시 평범한 고3 여학생일 뿐이었다.

'수능을 안 보니까 평범한 건 아닌가… 학교를 졸업하면 그땐 평범하게, 평범하게……?'

올 때는 지하철역에서 오디션장까지가 멀어서 싫었는데, 지금은 다행이라는 생각이 들었다. 대학로에서 좀 떨어진 여대 가까이에는 볼거리가 많았다. 대학생처럼 보이는 여자들의 세련된 차림을 보는 것도, 거리에 빽빽한 옷 가게, 신발 가게, 카페, 미용실, 식당 등을 보는 것도 시간 때우기에는 좋았다. 교복 차림이 걸렸지만 학교 근처가 아니니 내가 그저 그런 학교 학생이라는 것을 알아차릴 사람은 없을 것이었다.

검산콘텐츠산업고등학교, 길고 어려운 이름의 학교였지만 검산시에서는 간단히 실업고로 통했다. 정보과, 미디어예술과, 공연콘텐츠과, 그리고 내가 다니는 패션디자인과가 있는 학교였다. 하지만 검산시 내에서는 그저 공부 못 하는 아이들이 다니는 학교로 통했다. 틀린 말도 아니었다. 학교나 자신의 과에 애정이 있는 애들은 거의 없었다. 우리 대부분은 외국어고와 자사고, 예술고 같은 데는 애초에 생각할 수도 없고, 공립 인문계 학교에도 갈 성적이 안 되어서 온 것뿐이니까. 과별로 특별한 교육을 시킨다고는 하지만, 아이들에게는 무의미했다. 패션디자인과에 다닌다는 말에 디자이너가 될 거냐고 묻는 건 선생이나 낯선 어른들뿐이었다. 아이들 대부분이 나처럼 원서를 쓰는 날 대충 과를 정했을 것이다.

교복 아니면 티셔츠와 청바지만 아는 내가 패션디자인과를 지원한 이유는 엄마의 바느질을 좀 도와보았기 때문이었다. 바느질 숙제는 해갈 수 있을 것 같았다. 하지만 숙제는 내 상상과는 달랐다. 역사 공부도 해야 했고, 컴퓨터도 잘해야 했고, 드로잉 숙제도 많았다. 재능이나 의욕도, 학원에 가겠다는 말을 할 용기도 없던 나는 결국 수행평가조차 제대로 못 한 채 고3이 되고 말았다. 다행히 나의 수업 성취에 관심을 두는 사람은 아무도 없었다.

진심인지 아닌지, 중학교 때 인문계에 가라고 했던 엄마는 고등학교에 들어가자마자 나에게 신경을 껐다. 엄마는 늘 화가 난 것처럼 굴었지만, 실은 다행이라고 생각하는지도 몰랐다. 바느질을 싫어하는, 아니 사는 것 자체가 싫어죽겠다는 듯 늘 찡그리고 있는 엄마가 대학 등록금을 만들어내려면 얼마나 많은 바느질을 해야 할까? 손가락 두 마디만도 안 한 얇은 바늘을 쥐고 골무를 낀 채, 비단을 재빠르게 이어붙이는 엄마를 생각했다. 잔뜩 구겨진 엄마의 표정과는 달리 방안 가득 널린 한복감들은 엄마의 손짓에 황홀하게 빛을 반사시키며 지옥처럼 숨 막히는 공간을 사락사락 휘감았다. 나는 그 무지갯빛이 좋아 엄마의 바느질 방을 훔쳐보는 것이 좋았다. 엄마의 손길에 따라 찬란하게 너울거리는 빛에 꿈을 꾸다 참지 못해 내쉰 한숨에 들키곤 했지만…….

"쇼핑하는 거면 같이 할래?"

멍하니 쇼윈도 앞에 서 있던 나는 소스라치게 놀라 뒤를 돌아보았다. 낯선 아니, 낯설지는 않지만 서로 인사한 적은 없는 아이가 나를 내려다보고 있었다.

"저, 저요?"

"오케이, 성공!"

"뭐가 성공이에요?"

"혼자 내기했어. 내 말을 씹을지, 아닐지."

싱글거리는 남자아이의 말을 이해할 수 없었다. 유은기, 사고를 치고 자퇴했다는, 천재라는, 덩치에 맞게 싸움도 끝내준다는, 우리보다 나이가 몇 살 많다는 소문 속의 이름이었다. 하지만 눈앞의 아이는 그 많은 소문들과 상관없다는 듯 해맑게 웃고 있었다. 나보다 적어도 20㎝는 큰 은기가 해를 가리고 있었다.

"저… 저는 쇼핑하는 거 아니었어요. 그럼……."

"뭐냐? 같은 학년끼리 '저'라니. 난 유은기, 몇 번 스쳐가면서 봤는데, 나 본 적 없어, 주다인?"

"제 이름을 어떻게 아세요?"

"존댓말은 좀 그렇다니까."

"하지만……."

나도 모르게 은기의 눈을 피하고 말았다. 그러자 은기가 크게 웃기 시작했다. 목청이 커서 주위 사람들이 돌아볼 정도였다.

"내 소문을 들었나 보네? 맞아, 나 1년 꿇었어."

은기는 심드렁하게 말하고는 맞은편 매대로 가서 모자 하나를 집어 올렸다.

"페도라, 잘 어울려?"

"페도라?"

"어이, 패션디자인과. 설마 이 모자 이름을 몰랐던 건 아니겠지?"

"다 알아야 하는 건 아니잖아요. 그쪽은 공연콘텐츠과면서……."

"하긴, 패션디자인과인 네가 오디션을 보러오는 거나 내가 패션을 좀 아는 거나 마찬가지지."

"네?"

“네 말이 맞다고. 그러니까 반말 해 주라. 그래봤자 1년 차이라고. 그나저나 어울려?”

은기는 모자챙을 맵시 있게 끌어올렸다. 은기의 상체를 덮을 정도로 풍성한 아청색 목도리 덕분인지 검은 페도라가 썩 잘 어울렸다.

“잘 어울려요. 아니, 어울려. 그런데 왜 쫓아오니?”

“그거야… 오디션에 떨어진 걸 기념하기 위해서지.”

“오디션?”

은기는 엄지손가락으로 우리가 지나온 길을 가리켰다. 오디션 첫 순서부터 자리를 지키고 있었지만, 은기를 보지는 못했다. 대기실과 오디션장 사이에는 커튼 하나가 전부였으니 은기가 내 오디션을 봤을 수도 있었다. 창피하기도 하고 왠지 화도 나서 걸음을 재촉했다. 하지만 성큼성큼 따라오는 은기를 따돌릴 수는 없었다.

“떨어진 게 무슨 기념할 만한 일이라고. 그만 가줘.”

“난 떨어지지 않았는데?”

나는 은기를 노려보았다. 놀리려는 의도인지 그저 붙었다는 자랑인지 알 수 없었다. 내 눈빛에 은기가 멈칫했다. 나는 빠른 걸음으로 지하철역을 향했다.

“저기, 왜 화났는데?”

어느새 나를 따라잡은 은기가 내 어깨를 잡았다.

“너는 붙었으니 위로해 주겠다는 거야? 아니면 놀리고 싶은 거야?”

“헤, 생각보다 날카롭네? 주다인. 내가 버렸다고, 그 오디션.”

“무슨 소리야?”

“너 같은 아이를 떨어뜨리는 안목이라니. 그런 눈들이 만든 뮤지컬, 보나마나야."

"나 때문에 오디션을 안 봤다고?"

내가 놀란 것은 당연했다. 은기의 실력이라면 오디션에 붙었을 것이다. 주연은 이미 결정되었다지만, 시작으로는 나쁘지 않았을 텐데 고작 나 때문에 오디션을 보지 않았다는 것을 믿을 수 없었다.

"너 공연과잖아. 그런 짓을 하면 어떻게 해?"

"난 말이야, 오디션이 목표가 아니라고. 내 데뷔작이라면 쪽팔린 작품은 안 되지."

허세 부리듯 일부러 과장되게 웃고 있었지만, 내게는 그 말이 허풍처럼 들리지 않았다. 멍하니 은기를 올려다보던 나는 얼른 정신을 차렸다. 분명 오리엔테이션 공연 때의 눈빛과 같았을 것이다. 신입생을 위한 오리엔테이션 공연에 3학년이나 된 내가 객석에 앉아 넋을 잃었다는 것을 들킬 수는 없는 일이었다. 그때 눈이 마주쳤다고 내 멋대로 믿어버렸다는 사실도.

"〈겟세마네〉를 부르려고 했는데……. 목 푼 게 아까우니까 너라도 들을래?"

은기의 말에 나도 모르게 고개를 끄덕일 뻔했다. 그날 이후, 은기의 다른 노래도 듣고 싶다고 생각했었지만, 아무 데서나 부르게 하고 싶지는 않았다. 은기는 거침없이 벤치에 가방을 내려놓았다. 정말 노래를 하려는 것 같았다.

"아, 아냐."

나는 얼른 카페로 들어갔다. 은기는 어이없는 표정으로 유리창 너머의 나를 보다가는 눈이 마주치자 짧게 미소를 지었다. 무대 위에서 보여주었던 그 미소였다. 공연에서 설마 진짜로 나와 눈이 마주쳤던 것일까, 다시 가슴이 두근거렸다.

신입생을 위한 공연의 첫 순서는 은기였다. 그랭구아르* 의상을 입고 가발을 쓴 은기는 유창한 프랑스어 발음으로 〈대성당들의 시대〉를 부르기 시작했다. 때로는 턱을 잔뜩 치켜 올리며, 때로는 애잔한 눈빛으로 어두운 객석을 둘러보며 여유롭게 무대를 거닐던 은기의 눈이 어느 순간 나를 보고 있다고 느꼈다. 물론 착각이라는 것은 알았다. 객석의 모두가 자신에게 하는 노래라고 믿게 만드는 대단한 배우들이 있다는 걸 알면서도 나는 그에게 눈을 뗄 수 없었다.

"내가 못 부를까 봐 창피했구나?"

카페로 따라 들어온 은기가 히죽 웃었다.

"그런 거 아냐."

컵을 들던 은기가 흠칫 어깨를 떨었다.

"추워. 마셔도 되지? 꽃들 참 대단해. 이렇게 추운데도 봄은 봄이라는 건가?"

"봄?"

나는 새삼 창밖을 둘러보았다. 창밖 세상이 이상하게 환했다. 오디션장에 올 때 보지 못했던 개나리들이 흐드러지게 피었고, 여대로 가는 길은 조명이 켜진 듯 환했다.

"원래는 〈대성당들의 시대〉를 부를까 했는데, 네 덕분에 부르기 힘들게 됐어."

"내 덕분이라니, 무슨 이야기야?"

"노래엔 아우라가 있어야 한다는 걸 네 덕분에 알았거든. 새벽

---

* 뮤지컬 《노트르담 드 파리》의 등장인물. 음유시인이자 이야기의 해설자

운동장의 〈대성당들의 시대〉, 소름이 쫙 끼쳤어. 그 후로는 못 부르겠더라고."

새벽… 노래……. 너무 놀라 눈이 커지고 말았다. 아무도 모르는 나의 일과를 이 아이는 어떻게 알까? 새벽 5시, 가장 먼저 교실의 불을 켜고 체육복으로 갈아입은 후 운동장을 뛰는 것은 나만의 의식 같은 것이었다. 그건 밤늦게까지 일한 엄마가 깨기 전에 집을 나올 수 있는 좋은 핑계였고 어떨 때는 종일 내가 견딜 수 있는 힘이기도 했다. 참고 참아 발끝까지 꽉 채워져 있던 노래를 허공으로 맘껏 밀어버리고 나면 하루치의 어둠이 사라지는 기분이었다. 왜 그런지는 몰랐다. 아니, 알았다. 그건 어릴 적 아빠와 함께한 습관이었다. 아빠가 훈련이라고 말했던 달리기와 춤추기, 그리고 노래하기……. 무슨 훈련인지 몰랐지만 춤추고 노래하는 아빠가 좋아서 무작정 따라다녔다. 10살이 되던 해에 아빠는 나를 떠났지만 습관은 내 곁에 남았다. 그래서 힘들었다. 아무 때나 노래 부르고 춤추던 생활은 끝이었다. 엄마는 모든 것이 아빠와 반대였다. 노래도 춤도 엄마의 두통을 일으켰다. 그래서 초등학교를 졸업할 때까지 춤도 노래도 몸 안에 꾹꾹 눌러두어야만 했다. 답답한 마음을 견딜 수 없을 때면 어딘가에 숨어서 조금 울었다. 눈물을 흘리면 조금은 견딜 수가 있었으니까.

하지만 중학생 때, 아빠가 메일로 뮤지컬 표를 보내준 뒤부터 더 이상 참을 수가 없었다. 공연에서 들었던 노래와 춤이 가슴에 맴돌아서 어떻게든 부르고 추어야만 할 것 같았다. 다행히도 얼마 지나지 않아 나는 방법을 찾았다. 우연히 일찍 등교한 날, 그 넓은 운동장에 나 혼자라는 사실을 발견했다. 흘깃흘깃 주변을 돌아보며 눈치를 보는 것도 잠시, 비밀을 지켜주는 새벽 운동장을 믿게 된 후부터 나는 가슴이 시원해질 때까지 노래를 불렀다. 남자 노래든 여자 노래든 상관없었다. MR이 있으면 거기에 맞춰서, 없으면 배우들 노래에 내 목소리를 덧입히며 불렀다. 매일 메일을 확인했다. 안부 인사조차 하지 않는 아빠였지만 매달 한 번씩 혹은 두 번씩 공연 표를 보내주었다. 엄마의 눈치를 보느라 볼 수 있는 공연은 몇 개밖에 없었지만, 좋은 무대를 볼 때마다 가슴이 터질 것 같았다. 그 노래와 춤을 내 것으로 만들 때까지 결코 진정되지 않은 설렘. 그것이 나를 살게 해 주었다. 새벽 운동장이 내 비밀을 지켜준 덕분에 엄마에게도 아이들에게도 들키지 않았다. 그런데 드디어 내 비밀이 발각 나 버린 것이다. 모든 것이 끝나버린 느낌이었다. 생각에 잠긴 듯 커피를 홀짝이던 은기가 나를 보았다.

"네가 제일 좋아하는 노래지, 그거?"

나는 대답할 기분이 아니었다.

"〈메모리 Memory〉도 최고라고 생각했지만, 그렇게 슬픈 〈대성당들의 시대〉는 처음이라서 묘했어. 그런 해석이라면 여자라도……."

은기의 목소리가 진지했다. 칭찬이라는 건 알았지만 아무것도 들리지 않았다.

"저기 잠깐만. 그러면 그동안 계속 훔쳐봤다는 말이니? 얼마나, 얼마 동안이나……."

"어? 아, 일부러 훔쳐본 건 아니고… 그날 학교에서 잤었거든. 그때 널 본 거야. 그 후로 몇 번 정도……."

"너 말고 다른 사람들에게 말했니?"

"아니."

내 목소리가 쌀쌀했는지 은기는 내 눈치를 살폈다. 그 짧은 순간, 나는 새벽 운동장을 대신할 곳을 찾았다. 하지만 아무 데도 없었다.

"부탁할게. 거긴… 내가 숨 쉬는 곳이야. 잊어주겠니?"

"꼭 그래야 해?"

"제발……."

"대신 그렇게 하면 언젠가 들려줄 거지? 무대 위에서."

"그건 불가능해. 나는 내 능력을 알아."

"하지만 오디션을 보러 다니잖아."

나는 고개를 저었다. 붙기를 바라지도 않으면서 오디션을 본다는 것을 공연 전공인 아이에게 어떻게 설명할 수 있을까? 은기가 갑자기 씩 웃었다.

"자신의 한계를 아는 것, 그걸 능력이라고 하지."

나는 고개를 끄덕이고는 이미 식어버린 커피를 마셨다.

"그런데 그거 알아? 한계를 정하지 않고 끝까지 가보는 것이 진짜 재능이라는 걸?"

이렇게 말한 은기는 핸드폰을 들고 일어섰다. 내게 실망한 걸까, 그런 생각이 잠시 들었다. 무리도 아니었다. 내가 배우를 꿈꾼다고 생각했겠지? 새벽 운동장에서 노래하는 것도 노력이라고 짐작했겠지? 하지만 어떻게 생각하든 상관없었다.

'제 주제도 모르면서…….'

엄마는 이렇게 말했다. 물론 나를 향한 것은 아니다. 엄마는 내가 노래하고 춤춘다는 것조차 모르니까. 엄마의 비난은 언제나 아빠를 향해 있었다. 내가 태어나기 전부터 지금까지 배우를 꿈꾼다는 아빠. 그렇게 비아냥거릴 거면서 엄마는 도대체 왜 아빠와 결혼했을까. 아마 엄마는 아빠와 헤어진 후에야 그 사실을 깨달았던 것 같다. 그래서 나와 동생 태인이가 아빠의 실수를 빨리 알아차리기를 바라는 것 같았다. 하지만 엄마의 비난 만으로 아빠의 꿈을 판단하는 것은 불공평해 보였다. 그걸 판단하기에 나는 아빠와 지낸 시간이 너무 없었다. 그래도 내 주제는 알고 있었다. 배우를 할 만한 주제가 못 된다는 것 정도는.

하지만 고3이 되었을 때, 아무나 할 수 없는 것은 배우만이 아니라는 것을 알게 되었다. 대학생이 되는 것도 취업하는 것도 모두에게 허락된 것이 아니었다. 누구도 꿈이라 말하지 않는 것조차 내 주제로는 가질 수 없다는 것을 알게 되었던 것이다. 그래서였다. 아빠가 보내 준 주소로 오디션을 보러 갔던 것은. 어차피 구름 위 같은 세상에도, 먼지와 쓰레기가 날리는 세상에도 내가 있을 곳은 없었다. 그러니 욕심내지 않고 구경하는 것은 상관없다고 생각했다. 어차피 내가 있을 곳은 정해진 것이나 다름없었으니까.

엄마는 졸업하면 일이나 도우라고 했다. 생각만 해도 몸이 꼬이는 것 같았다. 그렇다고 다른 것을 할 능력도 없었다. 오디션은 말하자면 시한부의 자유 같은 것이었다. 엄마가 일주일에 하나씩 사는 로또 같은 것인지도 몰랐다. 무엇보다 다른 사람들 앞에서 눈치를 보며 힘겹게 노래하고 나면 나도 내 미래를 위해 뭔가를 했다는 안도감을 느꼈다. 다른 아이들이 수능 공부를 하거나 취업 준비를 하는 것처럼 나도 뭔가를 했다는 떳떳함이 잔뜩 굽은 어깨를 조금이나마 펴게 해 주었다. 단지, 그뿐이었다.

눈썹에 내려앉은 꽃가루의 계절

기억해, 네게 매혹 당했던 순간을. 거인처럼 무대를 꽉 채우며 노래하던 너는 오르였을까, 은기였을까? 그때 너는 나를 지켜보며 노래했었지. 그 눈빛이 수수께끼 같다고 생각했던 건 나만의 오해였을까? 하지만 수수께끼를 풀어야할 이유는 없었어. 그때 이미 모든 것이 끝나 있었으니까. 언제라도 너를 사랑할 준비가 되어 있었으니까.

언젠가 네가 나에게 매혹되었다고 말해 준 적이 있었지. 나는 그 감정이 어떤 것인지도 모른채 그저 달콤함에만 취했었어. 너의 눈동자는 맑은 밤하늘처럼 까맣게 그리고 평온하게 나를 비추었지. 그 잔잔함에 매혹되어 출렁거렸던 것은 어쩌면 나의 영혼이었는지도 몰라. 매혹이란 지상의 것도, 인간의 것도 아니어서 결코 잔잔할 수 없는 상태니까. 매혹의 정체를 알기 전까지, 나는 사랑 노래를 제대로 부를 수 없었어. 세상의 모든 연극과 노래가 사랑을 말하는데, 나는 늘 그것이 어려웠어. 버려진 사랑 노래는 부를 수 있지만, 들뜬 연인의 노래는 왠지 어려웠지. 그 두근거림이 사랑으로 변하는 순간을 결코 잡아낼 수 없을 것 같았어. 언젠가 네가 해 준 매혹이라는 말을 떠올리기 전까지는…….

정신을 흐리게 하는 어지러움, 그것이 매혹의 정체라는 걸 그제야 알게 되었지. 도깨비에게 홀리듯 사람의 마음을 어지럽게 만드는 매혹, 이성도 계산도 힘쓸 수 없는 무조건적인 끌림…… 그것이야말로 사랑의 시작점이라는 것을 나는 비로소 깨닫게 된 거야. 너에게도 있었을까, 그런 순간이? 네가 매혹되었던 것은 과연 무엇이었을까?

"내 이름은 신레이야. 미리 말해두는데 내 이름은 한글 이름이 아냐. 별다른 의미도 없어. 엄마랑 아빠가 처음 만난 데가 레이캬비크라서 그걸 이름으로 삼은 거래. 레이캬비크는 너무 기니까, 짧게 레이. 설명 다 했으니까 다시 묻지 않기다? 예고에서 전학 온 거 맞아. 학교가 너무 빡빡해서 사업을 확장할 수 없었거든. 하하, 농담이고 그냥 작은 쇼핑몰 같은 거야. 디자인이 좀 특이해서 돈은 별로 못 벌어. 하지만 사업이 확장되면 너희들을 스카웃할지도 몰라. 내가 제안할 때 거절하지 말아줘. 끝!"

모두가 입을 헤 벌렸다. 정말 야무진 자기 소개였다. 고3때 웬 전학생이냐고 심드렁하던 아이들도, 예고에서 사고 친 거냐고 삐죽대던 아이들도 모두 레이의 말에 집중했다. 생각하면 재수 없는 말일 수도 있는데 레이의 명랑한 목소리와 해사한 미소에 다들 덩달아 웃고 있었다. 사람이 사람에게, 사람 자체만으로 한순간에 반해 버릴 수 있다는 것을 레이를 통해 처음 알았다. 소문보다 훨씬 똑똑해 보이는 아이였다. 예고에서 전교 1등이었던 아이가 우리 학교에 전학 올 거라는 소문이 돌았지만 진짜일 리가 없다고 생각했다. 그렇게 공부를 잘 하는 아이가 고3처럼 중요한 시기에 왜 학교를 바꾸겠는가. 하지만 레이는 나의 상식을 비웃기라도 하듯 소문 속에서 뛰쳐나와 싱싱하게 팔딱거렸다.

자기소개 시간이 끝나자 아이들이 레이 자리로 몰려왔다. 그날부터 레이 주변에는 수다와 웃음소리가 끊이지 않았다. 나도 레이의 친구가 되고 싶었지만 다가갈 용기가 없었다.

늘 그랬다. 정말 갖고 싶은 것이 있으면 우선은 눈을 가렸다. 초등학교 때는 장난감 가게를 피해 다녔다. 거기에 황홀한 구체 관절 인형이 진열되어 있었다. 새하얀 피부, 초록 눈동자의 인형이 나에게 데려가 달라고 하는 것 같았다. 한동안 멀리서 가게 간판만 보아도 마음이 아팠다. 데려올 수 없을 거라는 것을 알고 있었지만 그래도 작은 희망은 놓치고 싶지 않았다. 좋아하지 않는 척 보지 않고 걸으면 내 것이 될지도 모른다는 이상한 믿음에 장난감 가게를 멀리 돌아 집으로 가곤 했다. 결국 그 인형은 내 것이 되지 못했고 언제부턴가 보이지 않게 되었다. 속으로 잘 되었다고 생각했다. 이제는 멀리 돌아가지 않아도 되니까. 생각보다 마음도 아프지 않았다. 어차피 너무 갖고 싶은 것은 내 것이 되지 않았다. 너무 원하는 티를 내면 백 퍼센트 가질 수 없었고, 티를 내지 않으면 백 번에 한두 번은 내 것이 되기도 했다. 그래서 일단 뒷걸음치는 것이 버릇이 되고 말았다. 하지만 레이 앞에서는 내 버릇이 원망스러웠다. 적극적인 성격이라면 벌써 친구가 되었을 텐데……. 쉬는 시간이면 떠들썩한 레이 쪽으로 고개를 돌리고 책상에 엎드렸다. 은서를 발견한 것은 그런 날들 중에 어느 날이었다. 교실에서 나와 똑같은 자세로 레이 쪽을 건너다보는 아이가 있었다. 은서의 눈빛을 나는 너무나 잘 알 것 같았다.

'저 아이, 나랑 똑같구나.'

그냥 그런 생각이 들었다. 그때 은서의 눈빛이 사나워지더니 고개를 홱 돌렸다. 그제야 정신이 들었다. 나라도 마음을 들키면 기분이 좋지 않을 것이다. 떼쓰는 동생처럼 왠지 밉지 않았다. 안타깝다는 마음이 먼저였을까? 키가 커서 창가 맨 뒷자리에 앉은 은서의 머리 위로 아침 햇살이 내리쬐었다. 나도 모르게 눈살을 찌푸렸다. 햇살에 은서의 더러운 머리칼이 훤히 보였다. 비듬도 장난아니게 많았고, 기름기로 떡이 져 있었다. 며칠이나 머리를 안 감았는지 알 수 없었다. 갑자기 은서가 벌떡 일어서서 고개를 얼른다른 쪽으로 돌렸다. 170쯤 되는 키에 뚱뚱한 은서는 다리를 절룩거리며 뒷문 밖으로 나갔다. 가는 길에 있는 책상과 의자를 마구밀치는 바람에 아이들이 새된 비명소리를 냈다. 은서의 불친절한 뒷모습이 왠지 친근했다. 하마터면 '친구가 되자'고 말할 뻔했을 만큼.

그로부터 일주일 후, 레이가 내게 말을 걸었다.

"주다인, 맞지?"

체육이 끝나고 수돗가에서 본 레이는 생각보다는 덜 예뻤다. 살짝 매부리코에 입도 큰 편이고 사내아이처럼 짧게 자른 단발은 체격보다 굵은 목선을 강조해서 제대로 된 선택이랄 수 없었다. 하지만 레이가 웃기 시작하자 포샵을 한 것처럼 얼굴 전체가 빛나기 시작했다. 웃을 때 완벽한 반달 모양이 되는 눈은 정말 귀여웠다. 늘 웃고 있는 레이에게서는 단점을 볼 기회가 별로 없을 것 같았다.

"줄 길지 않니? 우리, 그냥 땀 말리자."

레이는 내 의견도 듣지 않고 운동장이 보이는 화단 턱에 주저앉았다. 도서관에 가려 그늘진 화단에는 노란 개나리들이 별처럼 피어 있었고, 새하얀 목련이 햇살에 뽀얀 꽃잎을 뽐내고 있었다. 덥지도 춥지도 않은 바람이 불어와 목덜미에 남아있던 땀을 말려주었다.

"저기, 저 애 말이야."

레이가 가리키는 손가락 끝에는 땡볕이 내리쬐는 스탠드에 우두커니 앉아 있는 은서가 있었다.

"은서?"

"어, 너도 이름 아는구나?"

"같은 과로 3년째니까. 나처럼 평범한 아이라도 이름은 다 알아."

"와, 말도 안 돼! 네가 평범하다고? 얼굴도 이렇게 작고, 주다인이란 예쁜 이름을 가졌는데?"

"넌 이름에 예민하구나."

"당연하지. 레이란 이름을 가졌으니까. 우리 엄마랑 아빠도 그냥 예쁜 이름으로 지어줄 것이지. 도대체 자식 생각은 하지 않는 커플이라니까. 너희 부모님은 센스가 좋으실 것 같아, 그렇지?"

"글쎄……."

나와 태인이의 이름을 지은 사람은 아빠다. 엄마 말에 의하면 백수에 게으르고 여자 문제만 일으키는 사람. 엄마랑 살 때 집안에 가져온 돈보다 가져간 돈이 더 많다는 말을 이모에게 들은 적도 있다. 결국 여자 문제로 이혼. 1년도 안 되어 재혼하고 재혼한 여자를 따라 외국으로 떠났다고 했다. 하지만 실은 한국에 있다는 걸 안다. 초등학교 5학년 때인가, 잠결에도 그 말만은 귀에 박혔다. 여전히 여자에 붙어 대학로 연극판을 전전한다는 이야기였다. 아는 척 해서는 안 된다는 것을 알고 있었다. 그 후 한 1년쯤, 다른 아이들이 아빠 차에 올라타는 것을 보면 저절로 이모 생각이 났다. 수학시간에 세상의 많은 묶음에 대해 배운 적이 있었다. 1학년부터 6학년까지는 초등학생 묶음, 동생과 나는 형제자매 묶음, 할아버지, 삼촌, 이모는 친척 묶음, 엄마, 나, 동생은 가족 묶음……. 아빠는, 이모의 묶음 끝에 대롱대롱 묶여 있다. 가족 묶음에 들어있진 않았지만, 이모의 묶음을 당기면 아빠를 끌어올릴 수 있었다. 어처구니없지만 덕분에 왠지 마음이 놓였다. 하지만 엄마에게 이런 얘기를 할 수 있을 리 없었다. 이모에게 들은 말이라 할지라도 엄마의 불벼락을 피할 도리가 없을 테니까. 아빠를 찾고 싶은 마음은 없었다. 한 조각씩 모아 조립한 아빠는 한심한 사람이었고, 우리를 미련없이 버린 사람이었다. 엄마보다 더 가난했기 때문에 발레 학원이나 노래 학원에 가게 해 줄 것 같지도 않았다. 그래서 레이가 아빠를 칭찬했을 때 당황했다. 아빠를 칭찬하는 소리를 들은 것은 태어나서 처음이었다. 비록 아무것도 모르는 레이의 말이지만, 기분은 나쁘지 않았다.

"은서는 왜?"

"저 애, 사진을 굉장히 잘 찍어."

"봤어?"

아무도 없는 교실에서 사진을 편집하는 은서를 본 적이 있다고 했다. 체육 시간에 매일 빠지는 이유가 그거였나? 관심이 없어서 모르고 있었다.

"너도 알겠지만, 쇼핑몰은 사진이 생명이잖아. 게다가 편집 능력까지. 해외로 넓히려면 저 애를 스카웃하는 게 중요해."

"스카웃?"

"응. 사진뿐 아니라, 아예 쇼핑몰 이미지까지 맡길 수 있을 거야."

"하지만 은서가 한다고 할까?"

나는 고개를 갸웃거렸다. 기억에 생생했다. 고1 첫날, 은서는 자기소개를 하지 않은 유일한 아이였다. 담임이 몇 번이나 앞으로 불러내는데도 자기 자리에 앉아 한 발자국도 움직이지 않았다. 어쩔 수 없이 담임이 이름을 알려주고 넘어갔다. 그 후로도 은서는 수업시간에 걸릴 때 말고는 한마디도 하지 않았다. 그런 아이가 동아리 활동이라니……. 이런 생각을 하고 있는데 레이가 놀라운 이야기를 했다.

"나한테 친구가 되어달라고 했거든."

깜짝 놀랄만한 아이였다. 역시 레이에게는 누구나 같은 생각이라는 생각에 부러운 마음이 들기도 했다.

"우리 반에서 아직 친구가 안 된 아이는 은서랑 너밖에 없어서 어떻게 하나 싶었어."

"뭘?"

"미친 친화력이 나의 강점이야. 일단 나랑 같은 반이 된 이상 내 친구가 안 된다는 건 내 경력에 큰 오점이라구."

나도 모르게 웃음이 나왔다. 그렇게 대놓고 자랑하다니, 재미있기만 했다.

"너, 저 애 좀 불러줄래?"

"내가?"

"난 성대가 약해. 소리 지르면 바로 목이 쉬는 타입. 은서를 불러주면 오늘부터 친구할게."

"어이가 없다."

나도 모르게 속마음이 밖으로 나왔지만, 레이는 헤헤 웃기만 했다. 레이의 웃음은 전염성이 강했다. 하마터면 나도 따라 헤실거릴 뻔했다.

“은서가 사진 찍어준다면 친구 해 준다고 하려고.”

어디까지가 농담이고 어디까지가 진담인지 알 수 없었지만, 일단 표정은 진지했다.

“그런 걸로 친구를 사귀겠다고 하면 화내지 않을까?”

“순수하지 않다고 말하려는 거지? 하지만 원래 인간의 관계란 순수한 게 아니야. 물론 난 쇼핑몰 사업에 은서를 끌어들이려는 거지만, 걔한테도 나쁜 일이 아니야. 옷이 팔리면 당연히 돈도 나누겠지만… 무엇보다, 저 애 돌파구가 필요해 보이지 않니?”

“돌파구?”

“응. 너는 그 느낌 알지?”

레이가 나를 단정 짓고 있는데, 나는 아무 말도 하지 못하고 있었다. 레이는 내가 무슨 생각을 하는지 관심이 없는 듯 계속 입을 놀렸다.

“저 애 스스로 왕따가 되려고 하는 것 같아. 사진도 그렇고, 뭔가 원하는 것도 있을 것 같은데……. 무엇이 은서를 저렇게 만들었을까? 너도 궁금하지?”

레이는 입꼬리를 살짝 위로 올린 채 여전히 생각에 잠긴 눈으로 은서를 보았다.

“난 저 애랑 친구가 되기로 했어. 저 애가 왜 저렇게 되었는지를 알아내야 하거든.”

“왜?”

“그냥… 진정한 친구가 되어야 하니까? 물론 너도 알아볼 거야. 나한텐 셜록의 피가 흐르거든.”

나도 모르게 큭, 웃음이 나왔다. 알아본다는 말이 무색하게 벌써 내 마음에 성큼 들어온 아이였다. 그것만은 자신만만한 레이도 모르는 모양이었다. 이상하게 내가 아닌 것처럼 평상시에 나를 누르던 어떤 것이 사라져버렸다. 나는 엉덩이를 털고 일어나 운동장을 향해 소리쳤다.

"유은서!"

오랜만에 큰 소리를 지르니 기분이 좋아졌다. 네 개의 눈동자가 동시에 나를 주목했다.

"와아, 주다인!"

"응?"

"너, 굉장하다. 너 말이야, 너……."

"그보다, 레이야, 은서가 이쪽을 보고 있는데?"

"아, 그렇지?"

레이는 은서를 향해 이쪽으로 오라는 몸짓을 했다. 그러고는 내 팔에 매달렸다.

"너 성량이 엄청나다. 목소리가 좋은 줄은 알았지만, 어떻게 이렇게 작은 몸에서 그런 소리가 나지? 너, 노래 잘하지?"

"뭐?"

"네 목소리, 평범하지 않잖아. 노래하면 끝내주겠는데?"

"노래, 안 불러."

"거짓말. 노래 안 부르는 애가 어디 있니? 나중에 노래방이라도 갈까? 그럼 친구해 줄게."

"뭐야, 아까는 은서를 부르면 친구해 준다니……."

"그건 네 목소리를 몰랐을 때 한 말이지. 정말 대단하지 않니? 내가 재능을 알아봤다고!"

"나 노래 못 해."

"노래 안 불렀다며? 못 하는 게 아니라 안 한 거겠지. 안 그래?"

레이는 생각보다 더 묘한 아이였다. 그 자신의 말대로 미친 친화력이었다. 설득력도 상당했다. 레이는 나도 모르던 나에 대해 확신하고 있었다. 아빠를 전혀 모르면서도 아빠에 대해 합격점을 준 것처럼, 믿기는 힘들었지만 믿고 싶어지는 말들이었다.

은서가 절룩거리며 나와 레이를 향해 다가왔다. 은서는 한 손에 휴지를 쥐고 있었다. 자세히 보니 코끝이 빨갰다. 레이는 은서가 다가오자 기다렸다는 듯 손을 덥석 잡고 새로 알게 된 원단 시장에 대해 수다를 늘어놓았다. 나는 조마조마한 마음으로 은서를 보았다. 은서는 표정의 변화도 없이 묵묵히 레이의 말을 들었다.

산들바람이 불었다. 은서가 재채기를 하는 사이 레이가 눈을 비볐다. 자세히 보니 레이의 눈썹 위에 민들레 꽃씨 같은 흰 솜이 살포시 앉아 있었다. 나는 손을 내밀어 꽃가루 솜을 들어냈다. 레이는 나를 향해 미소를 짓고는 다시 열심히 은서에게 사진에 대해 설명했다. 묵묵히 듣던 은서가 무심한 손길로 내 머리에 손을 댔다. 은서의 손가락에서 커다란 꽃가루 솜이 떨어져 내렸다. 살짝 감동했는데 은서는 아무 표정도 없었다. 나는 꽃가루 솜 틈 사이로 데굴데굴 날아가는 햇살을 눈이 시릴 때까지 좇아갔다.

4

한밤에 까마귀를 머리에 얹고 아이가 찾아왔다
살아 있다
새어 나오는 목소리가 있었다

레이, 캬비크

그 시절, 우리를 비췄던 빛은 레이였어. 나와 은서, 그리고 어쩌면……. 당연하다고 생각했어. 레이는 그 자체로 환한 아이여서 옆에 있으면 누구나 그 빛을 받을 수 있었어. 하지만 사람은 이기적이고 이상한 존재지. 모두에게 내리쬐는 빛만으로는 아직 춥다고, 나만을 비추는 빛이 어딘가에 있을 거라고 믿으며 어둠을 놓지 않으니 말이야. 그래, 나는 그걸 찾고 있었어, 나만을 비추는 빛 한줄기를.

가끔 네가 나오는 꿈을 꿨어. 꿈속의 너는 내가 한 번도 본 적 없는 모습이었어. 예닐곱쯤 된 앙상하고 앳된 네가 어딘가를 향해 손을 뻗고 있었어. 꿈에서 깨면 그 손끝이 나를 향했다고 믿었지만, 실은 꿈 속에서부터 내가 아니라는 것을 알았지. 당연하다고, 그때 우린 서로를 몰랐다고 위로했었어.

언젠가 너의 어린 시절에 대해 물었을 때, 너는 행복한 이야기를 해 주었지. 나는 다시 묻지 않았어. 혹시 알고 있었니? 내가 두려워했다는 것을. 시샘은 아니었지만, 나의 이야기를 하기엔 너의 어린 시절이 너무나 다사로웠어. 나의 마음은 좀 샐쭉해졌지. 왜 나는 행복한 어린 시절 같은 걸 상상도 못 한 걸까? 내가 너를 다독이면 너도 나의 어린 시절을 들어줄 것이라고, 도대체 왜 그렇게 짐작했을까? 어쩌면 나는 희미한 빛들에 대해 말하고 싶었는지도 몰라. 그리고 네가 나의 빛이 되어 줄 거라는 말을 듣고 싶었는지도……

이제라도 고백해도 될까? 돌이켜보면 그때도 나는 흐릿한 빛 속에서 겨우겨우 앞을 헤쳐가고 있었을 뿐이라고. 너의 빛을 보고 있어도, 어디에선가 어둠이 축축하게 스며들었다고……. 하지만 이것만은 알아줄래? 사랑이 꼭 빛이 되어야 할 필요는 없다는 것을.

우리는 자주 모여 레이의 '작품'을 만들었다. 옷을 '작품'이라고 말하는 것이 어색했지만, 레이는 자신의 옷을 그렇게 불렀다. 하지만 레이의 작품은 완성품을 보기가 힘들었다. 바느질이 엉망이었던 것이다.

"악, 내 작품 떨어졌다! 어떻게 해?"

레이는 자주 이런 말을 입에 올렸다. 그리고는 웃으며 옷감을 하나씩 분해했다. 그 모습이 익살스러워서 아이들은 레이 곁에 모여 한바탕 웃어댔다.

"내 바느질은 정말, 옥의 티라니까."

레이는 천 조각을 흔들며 한숨을 쉬었다. 나는 쉬는 시간에 그 천 조각을 이어 붙이곤 했다. 바느질이라면 자신 있었다. 전부터 한복 치마 정도는 엄마와 똑같이 만들 수 있었다. 엄마는 내가 바느질 하는 것을 싫어했지만 일이 밀릴 때는 못 이기는 척 내게 치마를 맡기기도 했다. 내가 바느질을 하게 된 건 엄마의 두통 때문이다. 엄마는 우리가 속삭이는 소리조차 시끄럽다고 화를 냈다.

어릴 적, 말 한마디 하지 않은 채 놀 수 있는 방법은 바느질 밖에 없었다. 매일매일 엄마가 하는 것을 봤기 때문에 어렵지 않았다. 엄마에게 바느질을 맡기려는 가게가 너무 많아서 엄마는 자주 전화기를 꺼놓았다. 그러면 가게 주인이 과일이나 과자를 사들고 직접 집으로 찾아오기도 했다. 그런 날이면 엄마가 머리를 싸매고 누웠다. 바느질은 두통에 좋지 않았다.

"쯧! 청승스럽기는."

엄마가 시침해놓은 치맛감을 들고 바늘을 놀릴 때마다 엄마는 이렇게 말했다. 처음에는 내가 뭘 잘못했나 싶어 심장이 쿵 내려앉았지만 이내 괜찮아졌다. 노려볼 때와는 다른 눈빛이었다. 엄마 마음에 들지 않는 것은 분명했지만 그렇다고 나를 미워하는 눈빛도 아니었다. 나는 엄마가 허락한 것으로 받아들였다. 나의 도움으로 엄마의 일이 줄어든다면, 엄마가 피곤하지 않다면, 우리에게 소리를 지르는 횟수도 줄어들 거라 기대했다. 바느질은 불안한 초침 소리를 꼼꼼하게 박음질해 주었다.

하지만 어디까지나 바느질일 뿐이었다. 특별히 옷에 관심을 가진 적도, 레이처럼 유명한 디자이너가 되겠다는 꿈도 없었다. 선배들은 취직에 과 따위는 중요하지 않다고 했다. 내신 관리 잘 하고, 자격증 많이 따고, 고집부리지만 않으면 된다고 했다. 특히 몸매 관리가 중요하다고 했다. 대기업이나 은행, 제2금융권 같은 데 가려면 실력보다는 외모라고도 했다. 특별히 그런 데 취직하고 싶다고 생각한 적은 없이 없는데도 외모라는 말에 새삼 거울을 보기도 했다. 교문에 현수막이 걸리는 그런 곳에 취직한다면 엄마도 한 번은 웃지 않을까. 오목조목한 얼굴, 희미한 인상, 앙상한 몸집. 살이 안 찐다는 것이 그나마 위안이었다. 은서를 생각했다. 은서가 입은 교복 재킷은 터질 것 같았다.

'은서도 취직 생각이 있을까?'

이런 생각을 하다가 은서와 눈이 마주쳤다. 절룩절룩 내게 걸어왔다. 생각을 들킨 것 같아 나도 모르게 고개를 숙였다.

"그거, 배치가 잘못 된 것 같은데. 뜯어봐."

은서는 내 곁에 앉아 레이의 일러스트와 본을 이리저리 훑어보았다. 레이의 옷은 만들기 어려웠다. 나는 변명하듯 말했다.

"어떻게든 할 수 있을 것 같았는데, 기억력이 형편없네. 디자인을 봐도 이해 안 되는 건 마찬가지지만."

"복잡하게 만들려고 애를 쓴 옷이야. 뭘 하고 싶은지는 알 것 같지만."

은서와 친구가 된 후, 나는 레이에게 빠졌던 것과는 좀 다른 의미로 은서에게도 빠져들었다. 은서도 레이만큼 똑똑했다. 은서는 고등학생들은 거들떠보지도 않을 것 같은 책들을 읽었다. 처음 은서네 집에 갔을 때 나는 두 개의 책장에 깜짝 놀라고 말았다. 하나는 얇은 시집으로 빼곡했고, 다른 하나에는 어려운 책이나 소설 따위로 꽉 채워져 있었다. 소설들은 그래도 읽을 엄두가 났지만, 시집은 하나라도 빼면 다시 끼워놓을 수가 없을 것처럼 빡빡해서 빼볼 수도 없었다.

"너 시인이라도 될 셈이야?"

나와 달리 레이는 조심성 없이 몇 권을 꺼내다 떨어뜨렸다. 책들을 주우며 은서가 말했다.

"건드리지 마. 내 거 아냐."

"부모님 거?"

레이 말에 은서는 피식 웃었다.

“그럴 리가……. 난 혼자야.”

“거짓말. 혼자 사는 애가 어디 있어?”

“같이 사는 남자 거야. 건드리지 마.”

“우왓! 유은서, 너 동거 해? 사진 있지? 보여줘, 응?”

레이가 예의 그 떠들썩한 분위기를 만들며 은서에게 달려들었다. 은서는 다시 피식 웃었다. 내가 아는 한 그 ‘피식’이 은서의 웃음이었다. 늘 무표정한 은서도 레이 앞에서만은 그렇게라도 웃고, 말도 많이 하는 편이었다. 하지만 나와 둘이 있을 때는 말도 없고 웃음도 사라졌다.

시집이 꽂혀있던 책장은 버릴 수 없어 맡아주고 있는 것이라고 했다. 그게 누구 것인지 레이가 집요하게 물어도 끝까지 대답하지 않았다.

은서네 집은 우리의 아지트가 되었다. 누구의 방해도 받지 않고 열심히 바느질을 할 수 있었다. 레이가 있을 때는 레이의 수다에 웃고 떠드는 시간이 더 많았지만, 어차피 레이는 금방 집을 떠났고 나와 은서가 남아 조용히 레이의 브랜드, 캬비크의 옷을 만들었다.

“나중에 레이가 진짜 디자이너가 되면, 레이캬비크라는 데를 가 보겠지?”

“…….”

변함없이 은서는 대답이 없었다. 세계지도를 검색해 보았다. 눈가에 찍힌 애교 점 같은 위치에 아이슬란드라는 나라가, 레이캬비크가 있었다. 우리나라에서부터 가늠해 보니 세상 끝이라 해도 좋을 만큼 멀었다. 레이의 엄마와 아빠는 어떻게 그런 곳에서 서로를 만날 수 있었을까? 어떻게 결혼할 정도로 사랑할 수 있었을까?

바다로부터 육지 쪽으로 쏙 들어가 박힌 그 도시는 레이의 보조개를 닮았다. 레이처럼 경쾌하고 행복한 도시일 것이라 마음대로 생각했다.

“멋진 곳이겠지?”

“삭막하겠지. 추운 데니까.”

설레던 내 마음에 찬물을 끼얹는 듯, 은서는 벌렁 드러누워 두꺼운 책을 펼쳤다. 책장 넘어가는 소리를 들으며 나도 바느질을 했다. 마름질 된 천이 시간에 마디를 새기며 원통 모양 소매가 되고 사다리꼴 치마가 되었다. 그렇게 시간을 바느질하다보면 어느새 황금빛을 주체할 수 없는 해가 방안까지 물들이는 시간이 되었다. 내가 집으로 갈 시간, 은서는 잠들어있기 일쑤였다.

인터넷 쇼핑몰을 한다는 레이의 말은 사실이었다. 덕분에 심심풀이로 시작했던 캬비크 옷 만들기가 가끔 용돈으로 변했다. 레이의 엄마는 뉴욕과 일본, 밀라노와 파리의 아직 잘 알려지지 않은 신진 디자이너들과 친하다고 했다. 그 디자이너들의 편집매장 가게를 한다고 했는데, 가게 홈페이지에 가끔 레이의 작품도 올라간다고 했다. 레이가 만드는 옷은 고작해야 한 달에 한 벌 정도 팔렸지만, 우리는 그것도 대단하다고 생각했다.

“지금은 어린이 옷이지만, 언젠가는 무대의상에 도전해볼 거야.”

“무대의상?”

레이는 크게 고개를 끄덕였다. 좀 더 자세한 것을 묻고 싶었지만, 은서가 레이의 일러스트를 만지작거리며 입술을 비죽였다.

“지금 만드는 옷도 애들 옷 같진 않아. 코스프레용이라면 모를까, 돈이 벌릴까?”

레이는 입을 벌리고 크게 웃었다.

"그게… 내가 좀 반항 중이라서. 하지만 유학 가려면 돈을 벌어야 하니까, 타협을 좀 하려고. 옷값을 올려 볼까? 100만 원에서 원가 빼고 바느질 값 빼면 남는 것도 없어."

레이의 말에 나는 눈이 동그래졌다. 용돈 7만 원으로 책 값과 군것질 값까지 해결해야 하는 나에게 100만 원이라는 돈은 1억만큼 짐작하기도 힘든 큰돈이었다. 그보다 아이에게 100만 원이나 되는 옷을 사주는 엄마들이 있다는 것이 신기했다.

"너무 비싼 거 아냐? 어린애들 옷인데……."

레이가 손가락을 까딱까딱 좌우로 흔들었다.

"창의성은 싸구려가 아니야. 밀라노 이모가 자부심을 가지라고 말했어."

"밀라노 이모?"

"밀라노에 있는 엄마 친구. 브랜드 이름을 지어준 것도 밀라노 이모야. 레이니까 캬비크가 운명이라나 뭐라나. 이모 가게가 있는데, 캬비크도 끼워서 팔고 있어. 이모가 언젠가 와서 같이 쇼도 하자고 했어. 뭐, 반은 농담이라고 생각하지만, 캬비크 브랜드는 아직 살아 있거든."

"아직? 그럼 죽을지도 모른다는 거네?"

은서의 말에 레이의 얼굴이 빨개졌다.

"그게 아니라, 내가 학교 때문에 바빴다고 했잖아. 작년에 성적 신경 쓰다 보니까, 한 작품도 완성을 못 하겠더라고. 그래서 자퇴할까 하다가 전학으로 방향을 튼 거지."

"그럼 지금 우리가 만드는 게 밀라노에 걸려있다는 말이야?"

"아니. 캬비크를 붙일 건 이모한테 그냥 보내. 이모가 좀 까다롭거든. 하지만 통과된 건 이모가 거기서 만들어서 엄마 매장으로 보내지. 그럼 '메이드 인 이태리'가 되거든. 엄마 매장 손님들은 메이드 인 이태리를 좋아해서 비싸도 오케이. 어쨌든 이모가 그랬어. 디자이너의 오리지널리티는 싸구려가 아니라고. 매장에 진열한 내 작품을 칭찬한 사람도 있었다고 말이야. 그때부터 의상디자인은 내 운명이 된 거지."

레이의 말은 어려웠다. 오리지널리티가 무엇인지 헷갈렸다. 하지만 나와 은서는 이어지는 레이의 말에 귀 기울였다.

"너희도 디자이너가 되려고 이 학교에 온 거 아냐? 자존심을 지켜. 우리의 개성은 이 세상에 하나밖에 없는 거라고. 그러니 100만원이라도 비싼 게 아니지. 하지만 지금은 잘 팔릴만한 옷을 만들어야 해. 엄마아빠가 대학 입학금만 내주겠다고 했거든. 완전히 냉혈 부모야."

레이는 은서네 집에서의 모임을 등록금을 위한 캬비크 작업팀이라고 말했다. 디자인 작업팀, 하지만 레이가 없을 때 은서는 가내수공업이라고 말해서 나를 웃겼다. 레이는 디자인만 던져주고 학원에 다녔다. 작업실인 은서네 집에 와도 재미있는 이야기만 할 뿐, 바느질은 진도가 나가지 않았다. 평소 작업실에는 나랑 은서만 붙어 있었다. 은서는 레이의 디자인을 내가 이해하기 쉽게 설명해 주거나 마름질을 해 주었다. 바느질은 내 몫. 내가 할 일이 있어서 다행이라고 생각했다. 용돈을 벌 수 있는 것도, 무엇보다 집이 아닌 곳에 있을 수 있는 것이 좋았다. 은서는 속마음을 털어놓는 스타일은 아니었지만 옆에 있으면 마음이 편했다. 은서도 내가 편한 것이 분명했다. 웬만한 질문엔 쉽게 대답했고 조용히 책을 읽다가 잠이 들기도 했다. 어릴 적, 곁에서 칭얼대며 잠들던 태인이 같아서 친근했다. 은서가 잠들면 이불을 꺼내 덮어주었는데 깊이 잠든 은서 얼굴은 아기처럼 뽀얗고 맑았다. 그 얼굴을 한참 내려다보면 나도 잠이 와서 나중에는 함께 잠들기도 했다.

하지만 은서 앞에서 조심해야 할 것이 하나 있었다. 휘어지고 흉하게 일그러진 왼쪽 발, 만지는 것은 물론 아는 척을 해서도 안 되었다.

"아악!"

처음 내가 은서 발을 만졌을 때, 은서는 날카로운 비명 소리와 함께 나를 밀치며 울었다. 나도 모르게 은서를 껴안고 등을 쓸어내리며 미안하다고 말했다. 그 커다란 덩치의 아이가 마치 서너 살 꼬마처럼 겁에 질려 있었던 것이다.

"미안해. 일부러 만진 건 아니었어. 편한 옷으로 갈아입혀주려고 했는데, 정말이야……."

어쩔 줄 몰라 쭈뼛대며 서 있자, 이내 정신을 차린 은서가 나를 밀쳐냈다.

"미안해."

나는 고개를 숙인 채 초조함에 입술을 깨물었다. 은서가 나를 용서해 주지 않을 것 같았다. 물수건으로 발을 닦고 베개를 받쳐주려했다는 말도 믿지 않을 것 같았다.

"됐어, 오늘은 돌아가."

은서의 목소리는 부드러웠다. 나는 다시 와도 되냐는 물음을 삼킨 뒤 고개를 끄덕이고 얼른 그 집을 나섰다. '오늘은'이라는 말에 위안을 삼았다.

여름방학이 코앞이라 붉은 석양은 점점 오래 땅에 머물렀다. 덕분에 은서네 집에서 나갈 때마다 느릅나무에 시선을 빼앗겼다. 언뜻 보면 나무 전체가 도금된 듯 번쩍였다. 처음 은서네 집에 왔을 때는 연둣빛이었는데 점점 진한 초록으로 성장하고 있었다. 태양이 사위면 석양에 녹아들던 나뭇잎이 붉은 빛을 반사시키며 빳빳하게 초록을 유지했는데, 그날은 왠지 그 빛에 눈물이 나왔다. 눈물과 함께 등에서 땀이 흘러내렸다. 꽤나 긴장했던 모양이었다.

'휴우…….'

석양과 느릅나무에 정신이 팔려 뒷걸음으로 걷던 나는 슈퍼 앞 벤치에 주저앉았다. 왠지 커다란 고비를 넘긴 느낌이었다.

5

벚꽃 떨어져 이리저리 헤맬 때
혼자서는 흘러갈 수 없는 가느다란 봄비

긴 옷자락을 끌며 계단을 오르듯

나는 너의 운명, 너의 리라. 우리가 서로를 발견했다고 믿은 그 순간부터 나는 의심하지 않았지. 운명이라는 말이 무슨 뜻인지도 모른 채, 당연하다고 생각했어. 어느 책에선가 사랑은 우연일 뿐이라는 구절을 읽었을 때, 낯모르는 사람이 노려보는 것처럼 가슴이 얼얼하기까지 했지. 사랑이 하찮은 취급을 당하는 기분이었어. 운명이 아닌 사랑은 사랑이라 부르면 안 된다고 생각했어. 운명과 우연이 어떻게 다른지도 모른 채, 나는 그렇게 내내 고집을 부렸던 것 같아.

가끔 생각해. 그날 너를 발견하지 못했었대도, 네가 골목에 주저앉아 있지 않았더라도 우리는 같은 결과가 되었을까? 거기에 네가 있었고, 너를 발견한 사람이 나였던 건 운명이었을까? 내가 아니었대도 괜찮지 않았을까? 꼭 서로가 아니었대도, 그날 그곳에선 똑같은 일이 벌어지지 않았을까? 어떤 여자아이라도 너의 피 묻은 손을 보았다면, 찢어진 옷자락을 보았다면, 가방에 반짇고리가 있었다면……. 내가 아닌 누구였더라도……. 하지만 그때는 서로가 아니면 불가능이라 생각했지. 그래서 불가능할 것 같은 행복이 문득문득 존재에 차오르곤 했어.

낮잠에서 깨어난 은서는 학원에 간다며 나가버렸다. 나는 일을 마무리 짓고, 은서가 어질러놓은 방을 치운 뒤 집을 나섰다. 버릇처럼 문 밖에 서서 석양에 바스라지는 느릅나무 이파리에 눈부셔하다가 층계를 내려왔다. 붉은 기운이 느릅나무 둥치에 걸릴 즈음엔 지름길을 선택해야 했다. 좁은 골목, 무섭기는 했지만 지름길이었다. 하지만 그날은 형편없이 늦어지고 말았다. 엄마가 실뭉치를 던질 정도로…….

"유은기?"

지름길에 있는 어느 집 담장에 은기가 주저앉아 있었다. 은기의 손등에 피가 묻어 있었다. 교복 셔츠 아랫단의 오버로크가 풀려 너덜거렸다.

"싸웠니?"

은기가 나를 올려다보더니 피식 웃었다.

"…다쳤냐도 아니고 싸웠냐라니……. 너도 내가 싸움꾼이라고 생각하냐?"

나도 모르게 고개를 숙였다. 소문이 많은 아이. 같은 학년인데 우리보다 한 살이 많으니 당연한 일인지도 몰랐다. 중학교 때는 몸집이 작아서 맞는 편이었다는 소문도, 몸집을 불리느라 1년을 쉰 것이라는 소문도 있었다. 중학교 때는 어땠는지 모르지만, 지금은 누구도 쉽게 건드릴 수 없을 몸집과 소문을 가진 것만은 확실했다.

“이 기타…….”

나는 저만치 떨어진 기타를 들고 쭈뼛쭈뼛 은기 옆으로 갔다.

“응. 내 거. 극단에 아는 형 도우러 가기로 했는데, 글렀네.”

“극단? 그새 오디션에 붙은 거야?”

은기가 피식 웃으며 찡그린 얼굴로 고개를 흔들었다.

“아니, 연극동호회 같은 수준이야. 학생 주제에 공연 올린다고 어찌나 애를 쓰던지 도와주기로 했거든.”

“연극영화과 학생들과 같이 공연한단 말이야?”

“전공자들은 아니고, 일반인하고 학생이 뒤섞인 아마추어들이야. 내가 아는 형은 생물공학 랩에서 연구조교 하고 있고.”

“랩이 뭐야?”

“대학원에 있는 연구소. 그 랩 지도 교수가 미국 파이어니어 프로그램에서 만난 교수랑 친구라고 해서, 상부상조하기로 했지. 공돌이들이 왜 연극 같은 걸 하는지는 모르겠지만, 아무튼 도와주면 나중에 교수랑 만나게 해 준다고 했으니까.”

갑자기 멍해졌다. 생물공학이니 파이어니어니 하는 걸 알아듣는 척 해야 하는 건가. 은기의 피 묻은 손등을 보다가 나는 바보 같은 목소리로 미국에 가본 적이 있는지 물었다.

“응. 파이어니어 재단 초청으로.”

“연기 워크숍 같은 거야?”

“아니. 과학자들 후원하는 재단이야. 내가 참가한 프로그램은 학생 프로그램이었고. 초청 받아서 1년 가 있었어.”

“아… 그래서 휴학했던 거구나.”

“소문과 달라서 실망했어?”

은기가 싱긋 웃었다. 나는 고개를 흔들었다.

"그런데 왜 우리 학교를……? 과학자가 될 거라면 과학고등학교라든가……."

"비싸서. 나, 이래 뵈도 소년가장이거든. 아, 농담. 순진하게 불쌍한 눈으로 보지 말라고. 파이어니어 프로그램이라고 해도 애들 장난 같았지만, 공짜니까 간 거야. 프로그램이 생각보다 더 재미없어서 놀기만 했지."

"프로그램?"

"수학 프로그램이 있었거든. 하지만 다 아는 내용에 문제 접근 방식도 다 해봤던 것들… 그래서 절망 비슷한 걸 했어. 진짜 아름다운 걸 하기엔 능력이 딸린다는 걸 확인하고 나니까, 딱 정이 떨어지더라고. 돌아와서 학교에 다녀야 한다고 생각하니까 정말……. 그래서 다른 분야로 눈을 돌려본 거지. 노래하면서 살면 재미있는지 알아보고 싶더라고."

나는 은기의 말을 멍하니 듣기만 했다. 왠지 기가 죽었다. 레이 같은 아이는 드물다고 생각했는데, 그게 아닌지도 몰랐다. 그렇지 않다면 내 가까이에 이렇게 놀라운 아이들이 둘이나 있을 리가 없지 않을까? 대학에 가는 것이 당연하다는 듯 말하는 어른들에 알 수 없이 어깨가 처졌던 것과는 또 다른 열등감이었다. 은기는 고개를 숙인 채 눈을 감고 있었다. 나는 은기의 손을 보다가 물었다.

"많이 다쳤니?"

은기가 머리카락을 쓸어 올리며 고개를 들었다. 은기는 쭉 뻗어 있던 다리를 모아 접으며 아니라고 말했다.

"하지만 손등에 피……."

나도 모르게 은기에게 다가갔다. 자세히 보니 긁힌 자국이 나 있었다. 하지만 핏물이라기엔 맑았다. 나는 혹시나 하는 마음으로 은기의 얼굴을 보았다. 자세히 들여다보자 붉게 충혈된 은기의 눈이 보였다. 울었어? 라고 물을 수는 없었다. 그렇게 물은 다음에 뭘 어떻게 해야 할지 알 수 없었으니까.

"울었어."

은기가 뜻밖의 말을 했다. 나는 무릎을 굽힌 채로 얼어붙어버렸다. 은기는 피식 웃으며 내 이마를 손가락으로 슬쩍 밀었다. 균형이 무너져 엉덩방아를 찧고 말았다. 은기는 그런 나를 잡아 일으키며 아무렇지 않게 엉덩이를 털었다.

"별 거 아냐. 말 안 듣는 여동생 때문에 속이 터져버렸거든."

"여동생이 있었어? 그런 소린 못 들어봤는데……."

은기가 내게 와락 다가들었다.

"너, 역시 나한테 관심이 있었던 거지?"

"무, 무슨?"

"그렇지 않다면 나에 대해 어떻게 알겠어?"

"그냥… 원하지 않아도 들리는 말들이 있으니까."

"원하지 않아도라……. 좀 실망인데?"

나도 모르게 후회가 되었다. 사실대로 말할 걸 그랬나? 그날 이후, 은기가 있는지 확인한다는 핑계로 새벽부터 그 그림자를 찾아다녔다는 것을…….

"주다인, 너는 원하지 않는 것들에 관대한 편이야?"

"어?"

"원하지 않는데도 그냥 다 받아들이는 편인 것 같아서……."

"무슨 말인지 잘 모르겠어."

"그렇잖아. 남의 집에서 설거지나 하고 남의 숙제나 열심히 해 주고. 그런 일을 설마 원해서 한다고 하진 않겠지? 누가 협박이라도 해?"

깜짝 놀라 눈이 동그래졌다. 은기가 어떻게 알았는지 알 수 없었다. 레이나 은서가 그런 말을 하고 다닐 리는 없었다. 머리가 복잡한 나를 보며 은기는 더 이상 못 참겠다는 듯 크게 웃어댔다. 그리고는 잔뜩 심각해진 목소리로 말했다.

"비밀, 지킬 수 있어?"

"어?"

"오늘은 속이 터질 것 같아서 말이야. 임금님 귀는 당나귀 귀, 갈대밭이 되어줄 수 있느냐고?"

"비밀을 말하겠다고?"

고개를 끄덕이는 은기의 눈빛이 너무 진지해서 나도 모르게 가슴이 떨렸다.

"왜 하필 나야?"

"너를 지켜봤거든."

"나, 나를? 설마 새벽에 또?"

새벽이라는 말을 하자마자 뭔가 화가 나면서 얼굴이 뜨거워졌다. 은기는 황급히 손사래를 쳤다.

"난 약속은 지켜."

은기의 말에 고개를 끄덕였다. 긴장했는지 땀이 나서 자꾸 손바닥을 치마에 문질러야 했다. 은기가 내게 다가와 속삭였다.

"비밀, 만들어도 돼?"

나도 모르게 고개를 끄덕이고 말았다.

"내 여동생 이야기야. 유은서."

너무 놀라 아무 소리도 할 수 없었다. 그리고 이상하다는 생각이 들었다. 유은서, 유은기… 그러고 보니 이름은 비슷했다. 하지만 전혀 닮은 데가 없었다. 둘 다 키가 크고 몸집도 큰 편이었지만, 어디서나 눈에 띌 정도로 시원시원한 이목구비의 은기와 둥근 얼굴에 언제나 찡그린 은서를 연결할 수는 없었다. 우연히 볼 때마다 호탕하게 웃는 은기와는 달리 은서가 웃을 때는 남을 비웃을 때뿐이었다.

"은서는 한번도 네 얘기를……."

"그러니까 비밀이라는 거야. 은서가 경고했거든. 자기랑 남매라는 것을 말하는 순간 무서운 일이 벌어질 거라고."

"무서운 일?"

"그건 입에 올리기 싫어. 패스하면 안 될까?"

은기의 얼굴이 눈에 띄게 어두워져서 나는 고개를 끄덕였다. 은기는 손등을 내보였다.

"오늘 그 자식 미행하다가 다친 거야."

"은서… 오늘 종일 나랑 있었는데……."

"학원 간다고 먼저 나갔지?"

확실히 그랬다. 한 2주 전부터 일주일에 세 번은 학원에 간다며 일찍 나갔다. 영어 학원이라고 했다.

"학원에 잘 다니는 것 같았는데……. 아니었어?"

은기는 고개를 끄덕였다. 은기 말에 의하면 영어 학원이 아니라 무허가 돌팔이 병원에 다니는 것이라고 했다. 그곳이 어딘지 확인하기 위해 미행하다가 다쳤다는 것이다. 철망을 뛰어넘었다고 했다.

"은서에게 들켰겠네?"

"다행히 들키진 않았어. 대신 찾지도 못했지."

"많이 아팠어?"

나는 얼룩덜룩한 은기의 볼을 쳐다보았다. 은기가 주먹으로 볼을 문질렀다. 볼에 핏자국이 묻어 더러웠다. 나는 가방 안에 물티슈가 있다는 것이 떠올랐다. 티슈를 건네자 은기는 씩 웃으며 얼굴을 닦았다. 가방 안에 바느질 키트가 보였다.

"잠깐, 저기로 가자."

나는 넓은 길을 비추는 가로등을 가리켰다. 지름길 골목에는 가로등이 없었다. 은기는 절룩거리며 잠자코 나를 따라왔다.

"왜?"

"잠깐 가만히 있어 봐."

나는 담장에 기대 선 은기의 셔츠 아랫단을 가리켰다.

"공그르기는 금방이거든."

"공그르기?"

"오버로크만큼 튼튼하진 않지만, 꿰맨 자국도 안 나고… 뜯기지만 않으면 버텨줄 거야."

"여기서 바느질을? 너 정말 바느질 여왕이구나."

은기가 히죽 웃었다.

"여왕?"

"너희 반 애가 그렇게 부르잖아."

"너도 레이를 아는구나?"

"뭐……."

"당연하겠지. 레이는 유명하니까. 하지만 레이는 과장이 심해. 바느질은 누구나 할 수 있는 거야."

"누구나… 는 아닌 것 같던데?"

"난 어렸을 때부터 했거든. 몇 년 정도 해 보면 누구나 할 수 있는 거라고. 레이나 너의 재능과는 달라. 이리 좀 가까이 와볼래?"

나는 은기의 셔츠를 잡아당겼다. 은기가 내게 한 걸음 다가왔다. 은기의 가슴이 내 머리에 닿았다. 나도 모르게 고개를 들자 은기가 피식 웃었다.

"벗어줄까?"

"아! 그게 편하겠다. 속에 티셔츠 입었지?"

"아니, 맨몸인데? 너한텐 보여줄 수 있어."

은기가 히죽 웃었다.

"아, 안 돼! 그냥 해 줄게. 가만히 있어."

나는 빨개진 얼굴을 숨기느라 고개를 숙이고는 얇은 바늘에 흰 실을 끼웠다. 그리고는 은기의 셔츠 아랫단을 잡고 공그르기를 시작했다.

"바느질 좋아해?"

"별로."

"되게 빠르다."

"익숙하니까."

"그럼, 혹시 수 같은 것도 잘 놔?"

"응?"

"왜 있잖아. 영화 같은 거 보면 셔츠 소매 끝이나 넥타이 뒤에 자기 이름 이니셜 멋지게 박힌 거."

나도 모르게 미소가 흘렀다.

"이니셜이면 Y?"

"아니, Or. 마침표가 붙은 Or……."

"어렵진 않지만……."

말이 끝나기가 무섭게 은기는 목에서 넥타이를 풀었다. 받아보니 넥타이 뒷부분 솔기가 풀려있었다.

"무슨 색으로 해 줄까?"

"너랑 나만 알 수 있게, 티 나지 않게."

너랑 나, 가슴이 두근거렸지만 티 내지 않고 넥타이를 가방에 넣었다. 그리고 묵묵히 은기의 셔츠를 마무리했다. 몇 번이나 헛손질을 했다. 신기하다는 내려다보는 은기를 의식할 때마다 손가락이 바늘에 찔렸다. 그때마다 괜찮으냐고 물어서 더 긴장되었다.

겨우 셔츠단을 다 꿰매자 은기는 내 손목을 잡고 다시 골목으로 들어갔다. 어깨가 딱딱해질 만큼 긴장했지만, 은기는 알아차리지 못한 듯 오른쪽 다리를 절룩거리며 약국으로 들어가 반창고와 파스를 샀다. 그리고는 반창고를 내게 건넸다.

"붙여, 많이 찔리더라."

"응… 고마워."

내가 손가락에 반창고를 붙이는 동안, 은기는 파스를 꺼내 오른쪽 발목에 붙였다.

"가자."

"어딜?"

"해가 졌잖아. 지름길은 환할 때도 사람이 너무 없어서 위험해. 이쪽으로 다니지 마. 알았지?"

"응… 그런데 다리는 괜찮아?"

"아까 뛰어내리다 살짝 삔 것뿐인데 뭘. 걷는 건 문제없어. 같이 가도 되지?"

나도 모르게 아이처럼 고개를 끄덕였다. 은기는 다시 한 번 셔츠단을 펄럭이며 씩 웃었다. 우리는 정류장으로 올라가는 가파른 계단을 아무 말 없이, 그러나 미소를 지으며 올라갔다. 내가 바느질한 은기의 셔츠가 바람에 펄럭거렸다. 사락사락 셔츠가 바람에 흔들리는 소리가 들리는 것만 같았다.

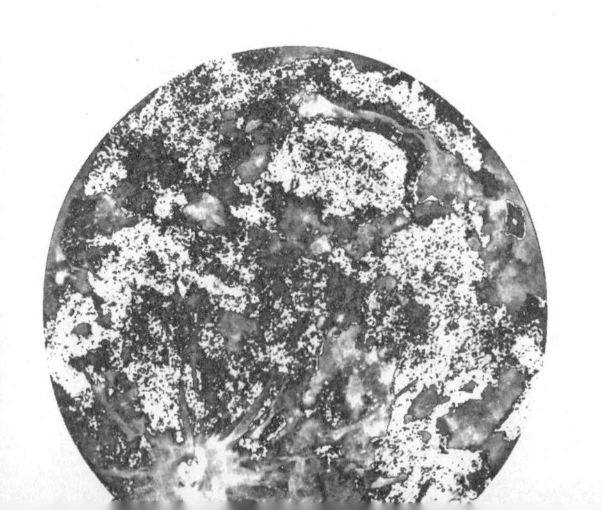

6

여름 야청빛 저녁이면 들길을 가리라
밀잎에 찔리고, 잔풀을 밟으며

그네, 점점

언제부터 너를 사랑했냐고 물어 본 적이 있었지. 그때 했던 말은 기억나지 않지만, 그것이 거짓이었다는 건 기억해. 처음 보자마자 마음을 빼앗겼다고는 말할 수 없었거든. 그렇지 않아도 매일매일 들키는 날들, 좋아하는 티를 숨길 수 없어서 바알가니 닳아 오른 내 대답에 네가 놀릴까 봐 창피했어. 나를 완벽하다고 말해 주는 너에게 언젠가는 시시한 모습을 들키게 될까 봐 두려웠어. 알 수 없는 시절이었어. 완벽이란 건 생각해 본 적 없던 내가 너의 그 한마디에 대롱대롱 매달려 안간힘을 썼으니. 휘청거릴 만큼 애를 썼던 건 뭔가가 되기 위해서가 아니었어. 그저 너에게 어울리는 사람이 되고 싶었어. 너는 완벽이란 말이 잘 어울렸지. 나의 초라함을 견딜 수 없을 만큼이나……. 불안함을 싫어했던 나였는데, 어떻게 그렇게나 빠져들 수 있었을까?

사랑은 최면 같은 건가 봐. 나만이 특별하다는 너의 말을, 완벽하다는 그 말을 나는 결국 믿었으니까. 너의 진실한 눈빛과 단호한 목소리로 이름이 불린다면, 내가 아닌 누구라도 믿게 되었을 거야. 내미는 너의 손을 뿌리칠 수 있는 아이가 있었을까? 잡을 수 있다고 속삭이는 너의 목소리에 용기내지 않는 아이가 있었을까? 닿을 듯한 거리에서 빛났던 너, 닿을 수 있다고 끊임없이 등을 밀어주었던 너. 높고 빛나는 모든 것들은 아슬아슬할 수밖에 없다는 것을 알기에는… 은기야, 나는 너무 어렸는데…….

"밥 먹었어?"

현관문을 살그머니 닫았다. 휴대전화에 '오르'라고 뜨자마자 일어났지만, 역시 밖으로 나가기 전에 받을 수밖에 없었다. 한 번 전화가 끊어진 적이 있는데 다시 전화 걸 용기가 없었다. 다음 날, 은기는 '엄마가…'라고 말을 떼자마자, '알았어. 앞으로는 기다릴게.'라고 말해 주었다. 그렇지만 나는 늘 조마조마했다. 아직은 다시 전화할 용기가 없었던 것이다. 마음을 졸이며 겨우 밖으로 나왔다. 12층, 허공과 마주한 아파트 복도의 바람이 나를 맞았다.

"너야말로."

"내가 먼저 물었잖아."

"난 먹었어."

소리 내지 않고 웃으며 은기의 다음 말을 기다렸다. '메뉴는?'이라는 질문이 들렸다.

"밥, 된장찌개, 김치, 계란말이."

"밥은 무슨 밥?"

밥은 완두콩밥, 된장찌개에는 정사각형으로 썬 두부와 반달 모양의 호박, 김치는 지난주에 새로 한 배추김치, 그리고 햄과 당근을 잘게 썰어 넣고 두텁게 만 계란말이. 흘러가는 자동차의 붉은 후미등 물결을 내려다보며 나는 은기가 상상하기 쉽도록 자세히 설명했다. 저녁 메뉴를 말해 주는 동안 담박하던 달빛이 생생한 노란색으로 원을 이루었다. 은기는 연신 '응.' 이라든가 '맛있겠다.' 라는 말을 중얼거렸다. 중간중간 '2천 원입니다.', '전자레인지는 저쪽입니다.', '나란히 난 자리는 13번하고 14번 밖에 없는데요?' 같은 말들이 들렸다. 은기는 학교보다 아르바이트 하는 편의점이나 피씨방에서 찾는 것이 빨랐다. 학교에서 마주쳐도 눈인사가 전부였다. 넥타이를 받을 때만은 감동받은 것 같은 눈빛으로 나를 뚫어져라 내려다보았지만……. 알 수 없는 일이었다. 다시 한 번 그 눈빛을 보고 싶어 나의 눈은 틈만 나면 은기를 쫓았다. 은기라는 이름이 들리면 모든 것을 멈춘 채 그 이야기를 훔쳐 들었다. 새벽 훈련에도 변화가 생겼다. 스트레칭과 달리기, 춤과 노래……. 훈련 내용은 지난 6년과 같았지만 어떤 불편함, 하지만 싫지 않은 불편함이 생겼다. 굳은 몸을 푸는 스트레칭도, 답답함을 풀어주었던 달리기도, 어릴 적 무대를 기억하기 위한 동작들도, 어둠을 녹였던 노래도 자꾸 누군가를 의식하고 있었다. 시시각각 색을 달리하는 어둠을 향했던 움직임은 시간에 스며든 시선 쪽으로 자꾸만 기울어졌다. 나의 새벽을 알고 있는 단 한 명의 관객, 오지 않을 줄 알면서도 나는 긴장으로 파르르 떨곤 했다. 정신을 차려야 한다고 스스로를 다독였다. 때로는 어이없었다. 은기는 아무 관심도 없는데 착각에 빠진 나만 정신이 없었다. 만약 레이의 일을 하지 않았다면, 난 정말 와이파이를 쫓는 휴대전화처럼 하루 종일 은기만 바라보았을 것이다.

"나한테도 물어봐. 저녁으로 뭘 먹었냐고?"

이건 은기와 나의 암호 같은 것이었다. 은기는 꼭 내 목소리로 그 질문을 듣고 싶다고 했다.

"오늘은 뭐 먹었어?"

은기의 대답은 언제나 같았다. 편의점에 있을 때는 삼각김밥과 콜라, 피씨방에 있을 때는 컵라면과 과자. 동생 같으면 챙겨주었을 텐데, 은기에게는 그저 '잘 먹어야 하는데…' 라고 걱정만 할 수 있을 뿐이었다. 해 줄 수 있는 것이 아무것도 없어서 속상했다. 내가 그렇게 말하면 은기는 어딘가 간지러운 것처럼 히히 웃었다.

"아, 그런 말 들으니까 좋다."

고양이가 기지개를 펴듯 느긋해진 목소리로 말했다.

넥타이를 수선하고 짙푸른 실로 'Or.' 을 새기는 것은 어려운 일이 아니었다. 그날은 왠지 잠이 오지 않아 수를 다 놓을 때까지 깨어있었다. 하나밖에 없는 방은 태인이 차지, 엄마와 내가 부엌 겸 거실에서 지냈기 때문에 수를 놓을 수 있는 곳은 한 군데 밖에 없었다. 나는 과제를 핑계로 태인이 방에 딸린 베란다에 앉아 수를 놓았다. 내가 베란다로 나가면 태인이는 블라인드를 내렸다. 집에서 베란다는 유일한 나의 공간이었다. 화분과 빨래 정리가 내 몫이 되기는 했지만, 엄마에게 들키고 싶지 않은 악보나 대본책, 레이가 그리고 은서가 보강한 캬비크의 디자인 파일 같은 것을 놓아둘 수 있었다. 베란다 등을 오래 켜놓으면 엄마에게 혼나기 때문에 나는 스탠드 불을 켜놓고 수를 놓았다. 넥타이를 돌려줄 때 어떤 말을 해야 할지 계속 생각했다. 아무리 생각해도 마음에 드는 말이 없었다.

그러다가 어떻게 돌려줘야할지 모른다는 사실이 떠올랐다. 학교에서 돌려줄까 생각하다가 곧 지워버렸다. 학교라니, 힐끔거릴 여자애들을 지나 은기에게 가는 것은 불가능한 일이었다. 소문은 학교뿐 아니라 동네 전체에 돌 것이고, 그런 일은 상상도 할 수 없었다. 하지만 학교가 아니라면 어디에서 은기를 만나야 할지 알 수 없었다. 은기가 은서의 오빠라지만, 그건 비밀이었다. 은서네 집에 넥타이를 두고 올 수도 없었다.

다음 날, 바느질을 끝내고 은서와 함께 밖으로 나왔다. 은서가 가는 길은 나랑은 정반대였다. 나는 대충 인사를 하고 터벅터벅 걸었다. 학교에서부터 넥타이만 생각해서 머리가 아팠다. 다른 날보다 30분 정도 먼저 나와 느릅나무를 향해 걷는데, 갑자기 이상한 느낌이 들었다. 느낌이 이끄는 대로 지름길 골목으로 달려갔다. 두 블록을 지났을 때, 가슴이 쿵 내려앉았다. 어제와 똑같은 자리에 은기가 있었다.

"이쪽으로 다니지 말라 했지."

은기가 씩 웃으며 말했다. 반가움에 나도 모르게 활짝 웃다가 이내 창피해져서 얼른 가방 속 넥타이를 꺼냈다. 한복을 포장하는 한지로 싼 것이었다. 은기의 눈이 동그래졌다.

"정말 마음에 들어. 어떻게 이런 글씨체를 생각해냈니?"

"잡지에 멋진 글씨체가 있기에 좋아하지 않을까 싶어서……. 그런데 오알이 무슨 뜻이야?"

"나 또는 내가 아닌 나?"

"아, 그런 거야?"

"왠지 실망한 것처럼 느껴진다."

"좀 더 멋진 뜻이라고 생각했거든."

"걱정 마. '또는'은 아니니까."

나도 모르게 미소를 지었다. 은기가 나를 보며 빙글빙글 웃었다.

"뭐냐고 묻지 않네?"

"그냥……."

"누가 깨워줄까, 봉인된 나의 시간을."

은기가 문득 중얼거렸다.

"응?"

무슨 뜻인지 알 수 없어 고개를 갸웃거리자 은기가 손가락으로 내 이마를 살짝 밀쳤다.

"갑자기 시가 떠올랐어."

"시도 써?"

"오르가. 오르는 시인이거든."

"음……."

뭐라고 해야 할지 몰라 그냥 웃었다. 갑자기 은기가 한숨을 푹 쉬었다.

"그러니까 내 말은 그렇게 웃지 말라고. 꼬시는 거 아니면."

"내, 내가 뭐……."

정말 당황스럽게 만드는 아이라고 생각했다. 마음을 들킨 것 같아 무안했다. 얼른 집에 가야겠다는 생각이 들었다. 내가 가방을 메는데 갑자기 은기가 가방을 붙잡았다.

"주다인, 전화 좀."

은기는 피하고 싶은 내 기분을 알아채지 못한 모양이었다. 하지만 나는 걸음을 멈췄다. 내가 멍하니 서있자, 은기는 고개를 갸웃거리더니 교복 조끼에 꽂혀 있던 휴대전화를 꺼냈다. 곧 은기의 전화가 울렸다.

"오케이. 이게 내 전화번호야. 유은기, 저장한다?"

"아, 안 돼!"

"안 된다고? 나 아무한테나 전화번호 알려주는 남자 아닌데? 우린 비밀을 나눈 사이잖아."

"그, 그게 아니라……."

나는 휴대전화를 빼앗아 이름 란에 '오르'라고 적었다. 은기가 씩 웃었다.

"맞다! 은서한테 내 이름 들키면 안 되는데 큰일 날 뻔 했다, 그지?"

"큰일이 나?"

순간 걱정스러웠다. 그러자 은기는 어깨를 으쓱 올리더니 다시 씩 웃었다.

"가끔 전화 한다, 괜찮지?"

가끔 한다던 은기는 그날부터 매일 전화를 했다. 시작은 늘 똑같았다. '오늘은 뭘 만들었어?', '밥 먹었어?', '애들하고 뭘 해먹었다고?', '메뉴는?'… 은서의 하루가 궁금한 모양이라고 생각했다. 그러자 남자친구가 될 지도 모른다는 들뜬 기분은 점점 사라졌다.

"미안, 나 때문에 깼지?"

"아, 아냐. 그보다 무슨 일 있는 거 아니지?"

"아무 일도. 손님도 없고 제일 졸린 시간이야."

나는 전화기를 막고 작게 하품을 했다.

"졸려서 어떻게 해?"

"우리 화상 통화 할까?"

갑자기 은기의 목소리에 생기가 돌았다. 나는 황급히 안 된다고 대답했다. 보나마나 퉁퉁 부어있을 터였다. 은기가 크게 웃어댔다.

"기대도 안 했어. 여자애들은 화상 통화 싫어하더라."

"여자애들?"

어쩔 수 없이 되묻고 말았다. 전화기 저편에서 키득거리는 소리가 들렸다.

"질투?"

"지, 질투라니."
"지, 질투라니?"
은기가 내 흉내를 내는 바람에 얼굴이 화끈거렸다.
"끊을 거야."
"미안, 장난이었단 말이야."
"그런 장난 싫어."
"안 할게. 그런데 오늘 뭐했어?"
"아까 전화로 다 말했잖아."
"내 전화 끊고 나서 말이야."
나도 모르게 웃음이 나왔다. 전화를 끊고 재채기를 하며 집안으로 들어온 것은 10시. 엄마 눈치를 보며 책을 보는 척하다가 바로 잠자리에 들었다. 꿈이라도 꾸었으면 좋았을 텐데. 이야깃거리를 찾던 나는 궁금했던 것을 물어보자는 생각이 들었다. 그동안 왜 질문할 생각을 못 했는지 오히려 이상했다. 하지만 동시에 궁금한 것 가운데 반 이상이 입 밖에 낼 수 없는 것들이라는 게 떠올랐다. 나는 최대한 평범한 질문을 생각해냈다.
"저, 저기 말야……."
"저, 저기 뭐?"
은기는 여전히 나를 놀리고 있었다. 나는 더듬지 않기 위해 숨을 한 번 크게 들이마셨다.
"그때 말이야, 그날 너 다친 날."
"아아, 우리 비밀 생긴 날?"
쿠궁, 은기는 그네 같았다. 높은 곳에서 내 심장이 매단 줄을 들고 있다가 툭, 아무렇지도 않게 놓아버렸다. 그럴 때마다 심장은 밑으로 곤두박질쳤다. 깜짝 놀라 쿵쾅거리는 심장을 조용하게 만들려면 꽤나 힘이 드는데, 은기는 그런 사정은 알지 못했다. 나는 다시 숨을 삼켰다.

"그날 너… 왜 울었어?"

잠시 은기가 조용해졌다. 혹시 나도 은기의 심장을 건드렸는지 궁금했다. 은기는 곧 아무렇지 않게 대답했다.

"살아있으니까."

"응?"

책 읽듯, 시낭송 하듯 툭툭 던지는 은기의 말들……. 멋진 말이었지만, 그래서 늘 기억에 남았지만 전부 이해하는 건 아니었다.

"말 그대로야. 죽으면 눈물을 흘릴 수 없잖아."

"하지만 내 말은……."

"알아. 그날 너무 분했었어."

"뭐가?"

"은서 때문에. 그 자식이 거짓말 했거든."

"무슨 거짓말?"

"다리 고쳐준다는 돌팔이한테 돈을 갖다 바친 게 벌써 몇 번째인지 몰라. 그 돈 모으느라 내가 알바를 얼마나 했는데……."

"은서한테 왜 그랬냐고 물어보지."

"안 물어봤어."

"왜? 분해서 울었다면서?"

"물어볼 수가 없으니까 분한 거야. 그런 걸 물어볼 수 있으면 미행 같은 것도 안 해."

"물어보지도 못한다고?"

"은서, 생각보다 무섭거든."

은기의 말에 풋, 웃음이 났다. 확실히 은서 쪽이 훨씬 무섭게 생겼다.

"왜 웃어?"

은기의 목소리가 진지해서 정신이 들었다.

"그냥, 무섭다는 말 때문에. 내 동생은 날 우습게 생각하거든. 오빠가 여동생을 무서워한다는 말은 처음 들었어."

"우리는 평범한 사이가 아니니까."

"어째서?"

내 질문에 은기는 아무 말도 하지 않았다. 뭔가 실수한 느낌이 들어 나도 어색해졌다. 한동안 침묵이 흘렀다. 그제야 방에서 자고 있을 동생이 신경 쓰였다. 다행히 태인이는 한번 누우면 천둥이 쳐도 깨지 않았다. 하지만 누나가 남자애랑 새벽에 전화한다는 것을 알면 자는 척할 수도 있었다.

"저기, 주다인."

"왜?"

은기가 어색한 침묵을 깨주어 반가웠다.

"커플 등록하자."

"응?"

철렁, 내 심장이 실린 그네가 다시 한 번 아래로 떨어졌다. 하지만 이어지는 은기의 말에 심장이 제자리로 돌아갔다.

"커플제로 하지 않으면 전화 요금 엄청 날 것 같아."

"아, 요금……. 그럼 문자로 할까?"

나도 모르게 실망하고 말았다. 은기가 알아차렸을 것만 같아 신경 쓰였다.

"문자는 의미 없잖아."

은기가 말하는 의미가 무엇을 뜻하는지 알 수 없어 조바심이 났다.

"의미?"

"목소리를 듣자는 거니까. 하지만 요금이 너무 나오면 좀 그렇잖아."

은기의 대답에 두근거리는 심장소리가 들리지 않도록 나는 최대한 무뚝뚝하게 물었다.

"그거 등록하면 다른 통화가 비싸지는 거 아니야?"

"그런가? 너, 나 말고도 이렇게 많이 통화하는 사람 있어? 난 네가 아니면 길게 하는 사람 없거든. 안 된다면 할 수 없지, 뭐."

"아, 아냐. 생각해 보니까 나도 너랑 제일 길게 하는 것 같아."

"해 주는 거야? 고마워, 내일 등록할게. 아, 내일이 아니구나. 미안, 나 때문에 잠 설쳤겠다."

"괜찮아. 밤새우는 너도 있는데, 뭘."

"난 돈을 벌잖아. 아, 손님 왔다. 주다인, 잘 자라."

'어서 오세요.' 은기의 명랑한 목소리가 들려왔다. 분명 전화기를 귀에 대고 있을 것이다. 은기는 내가 전화를 끊기 전에는 먼저 끊는 법이 없었다. 그런 게 예의라고 말했을 때는 웃었는데, 심장을 진정시키며 천천히 전화를 끊으려니 그 예의가 고마웠다. 나는 은기의 낯선 목소리에 귀를 기울이며 가만히 전화를 끊었다.

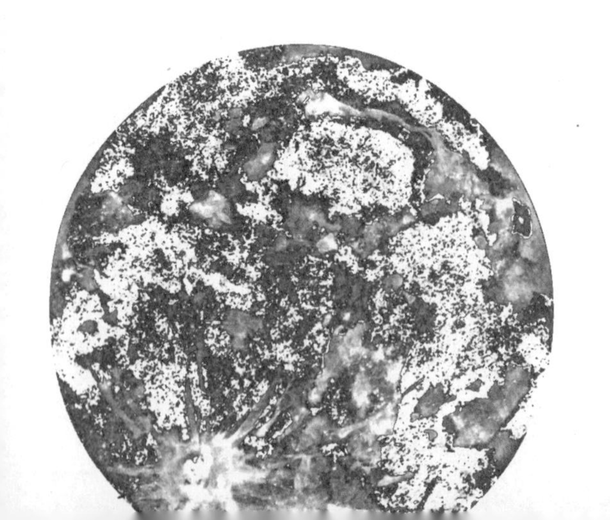

7

나는 내가 가진 황홀한 폐허를 생각한다
젖었다 마른 벽처럼 마르는

사로잡힌

언제든 자신을 잃지 말아야 한다고 가르친 건 그 여자였어. 무슨 말인지 알 수 없어 짜증이 났지. 파도처럼 울렁거리는 수업 한 가운데에 사정없이 나를 던져버렸던 그 여자… 아빠를 빼앗아간 주제에 나한테 선생노릇을 하려했던 그 여자가 정말 싫었어. 하지만 반발하면서도 끝까지 인상에 남을 것만 같아 더 화가 났지. 일부러 이해할 수 없는 말만 한다고 생각했어. 그 워크숍에 참가한 사람들은 더 미치고 싶어 안달하던 신인들이었으니까. 하지만 그래서 정말 필요한 가르침이었는지도 몰라. 거기에 모인 대부분은 어쩌다 알게 된 황홀함을 찾아 무작정 여정을 시작한 사람들이었으니.

인생이 아름답니? 그녀는 한 명 한 명 눈을 맞추며 비아냥댔지. 뻔뻔스런 그녀의 눈빛에 나는 오히려 기가 질리는 느낌이었어. 그녀는 대수롭지 않게 우리들을 계속 깔봤어. 미치는 것만이 좋은 연기라고 믿는다면 최악의 배우가 될 수 있다고 했지. 결국은 기술을 무시하지 말라는 말이었는데, 그녀는 왜 그렇게까지 심한 말로 사람들을 후벼팠을까? 지독하게 싫었지만 아직도 기억하고 있어. 배우는 그걸 연기하는 거지 그걸 사는 게 아니라는 말. 컨트롤이 되지 않으면 무대를 망친다고 했지. 때문에 연출자들은 강한 배역

일수록 경험이 많은 배우에게 맡기려고 한다고. 그런 배우들은 완전히 사로잡힌 순간이 오더라도 이성을 발휘할 수 있으니까. 비록 그 순간이 결코 깨고 싶지 않은 황홀경일지라도.

겨우 세 번째였지만, 오디션이 지루하게 느껴지기 시작했다. 전에는 긴장감과 해방감뿐이었는데, 은기와 함께하면서부터 결과를 기다리는 시간이 싫었다.

"가자, 그만."

내가 이렇게 말하면 은기는 엄한 표정으로 고개를 저었다. 결과를 알아야 한다는 것이었다. 하지만 어차피 안 될 것이 뻔한데 기다리는 것이 싫었다.

"누가 뭐라 해도 네가 최고야. 잊지 마."

떨어질 때마다 은기는 이렇게 말해 주었다. 왠지 속이고 있는 것 같은 죄책감이 들었다. 하지만 함께 있을 수 있는 시간을 포기할 수는 없었다.

전화하는 날들이 늘어갈수록 은기가 더 보고 싶었다. 학교에서 볼 수 있는 건 은기의 옆모습뿐이었다. 눈이 마주칠 때마다 나를 외면했기 때문이다. 왜 그런지 알면서도 속이 상했다. 나는 은서가 학원에 간 시간을 틈타 은기가 아르바이트 하는 편의점으로 갔다. 반가워할 줄 알았던 은기는 굳은 표정으로 나를 한번 쳐다보았다. 손님이 모두 나가자 은기는 커피 하나를 내게 건넸다.

"알바하는 데는 곤란해."

"은서 때문에? 은서 학원 가는 시간에 온 거야."

"동네에는 보는 눈이 많아서……."

"아아……."

또 이상한 기분이 들었다. 속상함, 서운함, 체념, 부끄러움… 시무룩한 내가 신경 쓰였는지 은기가 일부러 목소리를 높이며 명랑하게 말했다.

"그리고 알바, 그만 둘 거야."

"왜? 다른 데로 옮겨?"

"말하자면 그렇지."

"어딘데?"

"아는 형이 있는 연기 학원. 대학로라 좀 멀긴 해도 편의점이나 피씨방 알바보다 페이가 세거든, 형도 도와줄겸."

"도와준다면, 너도 가르치는 거야?"

"그런 건 아니고. 허드렛일이지 뭐."

은기가 아무렇지 않게 말하는 것이 신기했다. 연기하는 모습은 본 적이 없지만, 노래를 들으며 연기도 잘 할 거라 생각하기는 했다.

"그래도 연기 학원에서 연기 선생님을 돕는다면서? 어떤 연기를 하는 선생님인데? 혹시 뮤지컬 배우야?"

"선생님은 무슨……. 테니스 형이라고 아는 사람만 아는 무명배우야."

"테니스 형?"

내가 고개를 갸웃거리자 은기가 히죽 웃었다.

"그건 형 별명이고 이름은 이환. 들어본 적 없지? 연기 잘하기로 유명해. 아무튼 난 그 형이 시키는 일만 하면 돼. 간단하게 청소 같은 것도 하겠지만."

"연극배우 이환, 들어본 적 있는데……."

"관심 있는 사람들은 웬만하면 알지. 외국에서 더 유명하다더라고. 작년에도 영국에서 무슨 상인가 받았을 걸?"

아빠를 빼고, 연극배우 중에 아는 사람은 없었다. 아빠가 무대에 오른 것을 본 적은 없으니까, 무대에 오르는 진짜 배우는 한 명도 모르는 셈이었다. 그런데 은기는 외국에서 상을 받기도 하는 진짜 배우를 형이라 불렀다. 알면 알수록 은기는 너무 멀리 있는 것처럼 느껴졌다. 그때 뭔가 골똘히 생각하던 은기가 갑자기 싱글벙글 웃었다.

"아, 좋은 생각이 났다. 주다인, 너도 그 형한테 개인 레슨 할래? 내가 소개해줬단 말만 안 하면 잘해 줄 거야."

은기와 함께 있을 수 있다는 생각에 순간 흔들렸지만, 이내 고개를 저었다.

"난… 안 될 거야."

"왜? 돈 때문에?"

돈도 문제였지만 엄마한테 들킬지도 모른다는 생각에 들뜬 마음이 가라앉았다.

"엄마한테 들키면 큰일 나거든."

은기는 안타까운 듯 한숨을 쉬었다. 나는 얼른 내 생각을 말했다.

"너 거기 갈 때 나도 같이 갈까?"

"어? 아, 안 돼."

은기의 눈빛이 크게 흔들렸다. 그리고는 변명처럼 덧붙였다.

"형이 보면 오해할지도 모르잖아. 너한테 안 좋을 것 같아."

"왜…"

나는 좀 서운했다.

"사람 일은 어떻게 될지 모른다잖아. 오디션에서 만날 수도 있고."

"괜찮아, 나는. 그럼 밖에서 기다릴게."

"너의 소중한 시간을 그렇게 의미 없이 쓰면 안 되지."

"하지만 난 너랑 버스에서 얘기할 수 있으면 좋을 것 같아서……."

"왜?"

말문이 막혔다. 왜, 왜일까……. 은기를 마음껏 보고, 눈빛이 마주치고 말할 수 있는 그 시간들이 나는 왜 좋은 걸까? 답을 찾느라 어지러운 내 머릿속과는 달리 그저 맑기만 한 은기의 눈이 괜히 서운하기만 했다. 나는 돌아서 버렸다. 은기가 내 어깨를 잡았다.

"주다인, 어디 가?"

"왜냐면서? 지금 이 시간도 의미 없다는 것 아냐? 이만 갈게."

은기는 내 앞을 가로막았다.

"그러지 마. 그 시간이 어떤 의미인지 지금 알았어. 주다인, 그럼 나도 네 오디션에도 함께 간다?"

"응?"

뜻밖의 말에 조금 놀랐다. 은기는 내 오디션 스케쥴을 알고 있었다. 오디션을 신청해 주고도 만나면 모른 체 하는 이상한 아빠에 대해서도.

"그거야 말로 의미 없다. 어차피 안 될 오디션이야."

"왜 그렇게 자신이 없는 거야? 넌 정말 최고인데."

"나, 딱히 붙으려고 오디션 보는 거 아냐. 배우를 아무나 할 수 있는 것도 아니고."

"그럼 오디션을 왜 보는 거야?"

"음, 아빠를 실망시켜드리기 싫어."

"어째서?"

"아빠는 내 어릴 적 모습만 기억하는 것 같거든. 오디션, 작년부터 보냈지만 무시했어. 하지만 이번 1년, 결과를 보면 더 이상 나에 대한 기대도, 죄책감도 없어질 거라고 생각해. 아빠 마음이 편했으면 좋겠어. 미워하려고 했지만, 그래도 난 좋아하는 것 같거든, 아빠를."

"아빠를 용서하기 위해 오디션을 보다니, 너도 참……."

은기가 내 어깨에 손을 얹더니 한숨을 쉬었다. 따뜻한 눈빛이었다.

"용서 같은 건 아직 모르겠어. 하지만 나와 동생은 아빠가 가르쳐준 춤과 노래를 기억하고 있어. 솔직히 말하면 그때가 내 인생에서 제일 행복했던 것 같아."

"그 행복을 연장하고 싶다는 생각은 안 해봤어?"

은기는 내게 필요한 건 자신감이라고 말했다. 하지만 그건 은기의 오해였다. 애초에 자신감에 대해 생각할 만큼 무엇을 원한 적도 없었으니까. 그래도 은기의 위로는 기뻤다. 심장 위에 작은 팽이가 도는 것처럼 간질간질했다. 가슴 가득 물결처럼 웃음이 번졌다. 하지만 그러다가도 작은 불안이 그 위에 내려앉아 물보라가 튀기도 했다. 그늘 없는 웃음이 낯설게 느껴졌다. 행복하다고 느낄 때마다 기다렸다는 듯 안 좋은 일이 생기곤 했다. 나의 심장은 그 패턴에 익숙했다. 그래도 도망치기엔 은기의 목소리가 너무 따뜻했다.

나는 점점 더 이상해졌다. 오디션 날이 기다려졌다. 은기와 함께 나란히 걸을 수 있다는 생각만 해도 며칠 전부터 가슴이 두근거렸다. 멋진 모자들이 있고, 맛있는 떡볶이와 아이스크림이 즐비한 거리 끝에 오디션장이 있다는 것이 그렇게나 좋을 수 없었다. 오디션이 있는 날이면 옆 동네 지하철 역에서 은기를 만났다. 후드 티셔츠에 재킷을 걸친 은기는 배낭을 멘 채 웃고 있었다. 학교나 아르바이트 할 때와는 달랐다. 가무잡잡한 얼굴에 잘 차린 옷차림이 마치 대학생 같았다. 그러고 보니 은기는 벌써 스물이었다. 어색하게 고개 들어 보니, 짙은 눈썹 아래 새카만 눈동자가 빨려 들어갈 것만 같았다.

"데이트 같다."

은기는 떨리는 내 마음은 아랑곳하지 않고 농담을 하며 큰 소리로 웃었다. 지하철 창에 헌칠한 은기가 나를 보며 웃었다. 은기 옆에서 깡마른 여자애가 어색하게 웃고 있었다. 강아지처럼 축 쳐진 눈, 작은 코, 핏기 없이 허연 피부, 소심하게 연한 색 틴트로 가린 입술, 보잘 것 없는 아이라는 것이 얼굴에 쓰여 있는 것만 같았다. 배우는커녕, 내 얼굴을 좋아할 사람은 없을 것이라고 생각했다. 외모에 대해서 진지하게 생각해 본 적은 없었지만, 은기를 만난 후부터 외모에 부쩍 신경이 쓰이는 것은 사실이었다. 특히 은기 옆에 있을 때는 정말 초라했다. 지하철 안의 여자들이 전부 은기를 보고 있는 것 같았다. '옆에 못생긴 여자애는 뭐니?' 그렇게들 말하는 것만 같았다. 순간, 오디션장에서도 같은 눈빛으로 나를 볼 것이라는 예감이 들었다. 나만 빼고는 진심으로 노력하는 사람들이 모이는 자리였다. 반짝거리는 눈이 멋진 사람들이었다. 무대화장을 제대로 하고 온 사람들도 많았는데 큼직큼직한 이목구비와 예쁜 몸매 때문에 이 세상 사람 같지 않은 사람도 있었다. 프로답게 자신을 가꾼 여자들을 그렇게나 많이 본다면 은기는 나를 어떻게 생각할까? 가꿔도 안 되는 수준이 있다고 생각해 줄까?

언제였던가. 이모와 텔레비전을 보고 있는데, 엄마가 갑자기 이모를 툭 쳤다.

"빈말이라도 애들한테 예쁘니 어쩌니 하지 마. 특히 다인인 제 아빠 때문에 헛바람이 들어서 주제 파악을 해야 해. 주제에 배우라도 하겠다고 깝쳐 봐라. 그 꼴 나는 못 본다."

배우의 꿈을 꿔본 적도 없으면서 이상하게 상처받은 느낌이었다. 인형처럼 예뻤던 여배우의 모습이 속눈썹 한 올까지 기억에 남았다. 그 후 나의 주제에 대해 잊은 적이 없었다. 새벽 훈련이 끝날 즈음, 알 수 없는 도취의 순간만 빼면……. 땀으로 걱정거리를 다 날려버린 후, 뮤지컬의 한 장면을 마음껏 노래한 후, 운동장에 트램펄린이라도 깔린 듯 자유롭게 비상하며 춤을 춘 후, 등교하는 아이들에게 나를 보여주고 싶다는 충동이 심장을 움켜쥘 때가 있었다. 운동장 아래 건물의 모든 창문을 열고 내 노래와 춤을 느끼라고 소리치고 싶을 때도 있었다. 그건, 어떤 것과도 비교할 수 없을 만큼 짜릿하고 행복한 순간이었지만, 그때가 멈춰야할 때라는 것도 알고 있었다.

"달리다 보면 기분이 굉장히 좋아지지? 하지만 다인아, 계속 뛰면 안 돼. 그러다 힘이 다 빠지면 네가 정말 하고 싶은 춤이나 노래를 할 수 없으니까."

어릴 적 아빠가 해 주었던 말들을 나는 이해했던 것이다. 나를 다 비우고 기진맥진한 상태에서 가슴 속에 이는 불씨, 아무리 생생해도 그건 내 몫이 아니었다. 나는 내 주제를 아주 잘 알고 있었다.

"촌스러워."

"응?"

나도 모르게 큰소리로 되물었다. 은기는 손가락으로 내 교복 치마를 가리켰다.

"완전 롱드레스잖아."

레이와 똑같은 지적. 다른 애들의 교복 치마 길이가 미니라는 것쯤은 알고 있었다. 레이는 스스로 디자인한 워머를 만들어 팔고 있었다. 나와 은서에게도 주었지만, 둘 다 하고 다니지 않았다. 은서에겐 뚱뚱해 보이는 아이템이었고, 나는 엄마한테 들을 잔소리가 두려웠다.

"원래 교복 디자인은 이 정도 길이에 맞춘 거야."

"그러니까 교복이 촌스럽지."

은기의 말에 나는 허릿단을 안으로 접어 올렸다. 그러자 은기가 깜짝 놀란 눈으로 주위를 돌아보며 내 팔을 잡았다.

"뭐 하는 거야?"

"덜 촌스러워 보여?"

은기가 황당하다는 표정을 지었다.

"어떻게 여자애가 창피한 것도 모르냐? 여기서 치마를……."

"하지만 네가……."

"얼른 내려. 촌스러운 게 잘 어울린다고 말하려고 했단 말이야."

"어?"

내가 어리둥절한 표정을 짓자, 은기는 한 손으로 치맛자락을 잡고 밑으로 끌어내렸다. 나는 은기의 손을 밀치며 치마를 원래대로 내렸다.

"다시는 올려 입지 마. 넌 촌스러우니까 촌스러운 게 어울려."
은기의 목소리가 퉁명스러워서 나도 좀 화가 났다.
"그렇게 말하지 않아도 나도 알아."
내가 고개를 다른 쪽으로 돌리자 갑자기 은기가 웃음을 터뜨렸다.
"하하, 이런 때는 화를 내네? 아무튼 그런 의미가 아니야. 하지만 못 알아듣는 걸 보면 확실히 넌 촌스러워."
나의 단점을 지적하는 말이라는 걸 알면서도 왠지 칭찬처럼 느껴졌다. 내가 참지 못하고 웃음을 터뜨리자, 은기도 씩 웃었다. 왠지 좀 더 친해진 느낌이었다.
은기와 함께 간 첫 오디션에서 내 순서는 거의 끝이었다. 덕분에 결과를 많이 기다리지 않아 좋았다. 떨어진 나를 보며 안절부절못 하던 은기는 한 팔로 내 어깨를 감쌌다. 갑작스러워 나도 모르게 표정이 굳었다.
"혹시 내가 와서 실수한 건가?"
"내 실력이 형편없을 뿐이야."
"와, 천재가 형편없단다. 자만이냐?"
"천재라니, 무슨 소리야?"
"새벽에 봤다고 했잖아. 그때 실력의 반만 발휘해도 넌 최고라고."
"너니까 그렇게 말해 주는 거야. 그리고 말했잖아, 심각한 거 아니라고."
"왜? 넌 이 길이 딱 맞을 텐데."
"나처럼 평범한 애한테는 무리라니까? 노래하고 춤추는 건 좋아해. 하지만 딱히 무대에 오르겠다고 생각한 건 아니야. 우리 아빠처럼 되기도 싫고."

"네가 평범하다면 무대에 오르는 사람들은 신이라도 된다는 거야?"

"오디션장에 오면 미안할 때가 있어. 다들 열심히 공부한 사람들인데, 난 정식으로 배운 것도 아니고 열정이 있는 것도 아냐. 재능도 없고."

"고집쟁이."

은기가 내 볼을 툭툭 건드리며 어이없다는 듯 웃었다. 나는 숨을 들이마시며 하늘을 올려다보았다. 유리벽으로 된 빌딩들이 서로의 불빛을 반사하고 있었다. 검은 하늘이 그 사이를 퍼즐 조각처럼 빈틈없이 메웠다.

"우리 좀 웃기지 않아?"

"뭐가?"

"우린 서로가 서로의 재능을 칭찬하잖아. 그런데 둘 다 믿지를 않아."

은기의 말을 들으니 나도 모르게 웃음이 나왔다. 하지만 은기는 웃지 않았다.

"만약에 말이야, 내가 네 말을 믿으면, 너도 내 말을 믿을 거야? 믿고 무대에서 천사처럼 날아볼 거야?"

순간적으로 등이 움찔하더니 새벽 하늘 위로 날아오르는 내 모습이 보일 것만 같았다. 지금 당장 그랑제떼를 뛴다면 견갑골에 날개가 돋아난 것처럼 오래, 그리고 완벽하게 비상할 것만 같았다.

"대답은 끝까지 안 하는구나. 고집쟁이."

은기가 손바닥으로 내 이마를 살짝 눌러서 균형이 무너졌다. 살짝 뒤로 중심이 흔들렸지만, 이내 몸을 세웠다. 은기는 나를 여동생 정도로 생각하는구나 싶어 섭섭했다. 왜 하필이면 은서랑 남매람. 동생의 친구여서 손해 보는 느낌이었다.

"은기 너는 왜 오디션 안 봐?"

"재미없어서."

"뮤지컬이? 그러면 연극 오디션을 보지?"

"글쎄, 생각해 본 적 없는데?"

"그럼 무슨 생각을 해?"

"궁금한 게 뭐가 그리 많아? 주다인, 이리 좀 와 봐."

은기가 건물 계단에 걸터앉으며 나를 올려다보았다. 그리고는 휴대전화를 내밀었다.

"오디션 때 불렀던 거, 여기에다 녹음해줘."

"응?"

"인어공주에 나오는 그 노래 말이야, 원래 네가 부르고 싶었던 대로 불러달라고."

"여기서 어떻게 부르란 말이야?"

나는 주위를 돌아보았다. 은기는 태평한 표정으로 사람들을 구경하고 있었다. 어딘가를 향해 똑바로 걸어가는 사람들, 그 틈에서 노래할 용기는 없었다. 나는 은기를 버려두고 먼저 걷기 시작했다. 은기가 히죽대며 뒤를 좇았다. 뭔가 분주한 이 거리에서 발길 닿는 대로 자유로이 움직이는 사람은 나와 은기뿐인 것 같았다.

8

손 뻗쳐도 뻗쳐도

와닿는 것은 허전한 바람, 한 줌 바람

Part of That world

처음엔 두근거렸어. 내가 네가 아니고, 네가 내가 아니어서. 너를 마주하기만 해도 세상이 완벽해지는 것 같았어. 하지만 눈빛만으로도 충분하다고 믿었던 것은, 처음이기 때문이었겠지. 나에게도 욕심이라는 게 생길 줄 정말 몰랐어. 욕심부리지 않는 건 착해서가 아니라 뼛속부터 패배자이기 때문이라는 말. 그 아픈 말을 조금만 더 일찍 들었더라면, 나의 욕심에 그렇게 당황하지 않아도 되지 않았을까? 너를 만나기 전까지 세상은 전부 남의 것 같았어. 욕심낼 것이 하나도 없는. 그래서 너를 향한 호기심이 소유욕이라는 것도 알지 못했어. 너에 대해 전부 알고 싶은 그 마음을 사랑이라고만 생각한 거야. 너를 이해하지 못할까 봐 늘 조바심쳤고, 빛나는 네가 자랑스러우면서도 불안했어. 너의 것이라면 무엇이든 알고 싶었어. 그것이 슬픔이라면 더더욱.

마침내 나는 너무나 불행했어. 내가 네가 아니고, 네가 내가 아니어서. 너를 마주하는 것만으로는 갈증을 해결할 수 없는데, 그 목마름이 영원할 것 같아서 세상이 자꾸만 불완전해졌지. 사랑하니까 모든 것이 해결될 거라 생각했어. 내가 너를 완벽하게 이해할 수 있을 줄 알았어.

“〈파트 오브 유어 월드 Part of Your world〉, 들어보고 싶다고.”

은기의 휴대전화엔 녹음 버튼까지 눌려져 있어서 괜스레 초조해졌다.

“오디션장에서 들었을 거 아냐.”

“잔뜩 긴장한 오디션 지원자 말고 주다인이 부르는 거.”

“아까는 괜찮다더니 역시 실망했구나.”

“아니. 긴장이란 건 언젠가는 사라지게 마련이니까 걱정 안 해. 그리고 지금 난 네 노래를 듣고 싶어. 얼른 불러줘. 알바 하러 가야해.”

“여기서는 못 불러……. 긴장되기는 마찬가지라고.”

“여기에 나 말고 아는 사람 없잖아? 다시 볼 사람도 없는데 무슨 상관이야?”

“하지만…….”

“힘들 때 네 노래를 들을려고 했는데, 그것도 못 해 주냐? 어쩔 수 없지. 그렇게 싫다면.”

은기는 천천히 일어나더니 엉덩이를 털고는 터벅터벅 앞을 향했다. 나는 얼른 다가가 그의 팔을 잡았다.

“내일, 내일 녹음해서 보내줄게.”

은기는 아쉽다는 듯 나를 내려다보다가는 씩 웃으며 고개를 끄덕였다.

"미안해, 너처럼 용기가 없어서."

"용기?"

"어디에서든 당당해질 수 있는 용기."

"그런 게 무슨 용기냐? 어차피 모르는 사람들이니까 내 맘대로 하는 거지. 법을 어기는 것도 아닌데 쫄 건 뭐야. 딱 한 번만 해 보면 바로 별 것 아니라는 걸 알게 돼. 그건 그렇고, 얼른 가자. 알바 시간 늦겠다."

은기는 내 팔을 잡더니 걸음을 서둘렀다. 아르바이트 시간이 너무 밭았다.

"저녁은 안 먹을 거야?"

"못 먹는 거지. 시급 까이지 않으려면."

"배고플 텐데……."

성큼성큼 나아가는 은기의 뒤를 종종걸음으로 뒤따랐다. 내 발자국 소리에 은기가 어깨를 비스듬히 돌리며 걸음을 멈췄다. 나는 얼른 다가들며 그동안 궁금했던 것을 물었다.

"그런데 오디션을 안 보는 진짜 이유가 뭐야? 배우가 꿈 아니야?"

은기는 어깨를 피식 웃으며 고개를 내저었다.

"꿈? 그런 거 없어. 되고 싶은 것도 없고."

"하지만 공연과잖아. 게다가 넌 공부도 잘 하고……. 정말 꿈이 없는 거야?"

이해가 되지 않았다. 그 많은 재능을 갖고도 꿈이 없다니.

"그건 마약 같은 거야."

"마약?"

"말이 그렇다는 거지. 뭐, 원하는 게 궁금한 거라면 있긴 있어."

"뭔데?"

"빨리 돈을 벌고 싶어."

"돈 버는 게 꿈이라고?"

"표정이 왜 그래?"

"솔직히 좀……."

"꿈이라는 건 허무맹랑한 단어야. 나도 속아서 잠꼬대 같은 상상을 한 적은 있어. 시인도 멋있고 수학은 근사하고 그림도 폼난다고. 그런데 그런 거 다 돈을 못 벌거든. 그러니까 포기. 다 포기하니까 꿈이라는 게 사라지더라고."

"그럼 공연과는 왜 간 거야?"

"뭘 몰랐지. 막연히 빨리 승부를 볼 수 있을 것 같았거든. 뭣 모르는 애들이 그러는 것처럼 말이야. 하지만 난 그런 애들하고는 좀 달라. 그런 애들은 현실을 깨달아도 자신을 속이면서 열정이니 뭐니 포장하지만, 나는 깨끗이 실수를 인정하거든. 물론 재미는 있어. 하지만 내 목표는 돈이었고, 지난 1년 동안 돈이 안 될 거라는 걸 확실히 알게 된 것 같아. 그래서 물 건너가는 중."

"어째서? 선생님이 연극영화과나 뮤지컬학과 가라고 하셨다면서. 그 정도면 가능성이……."

"최고가 아니면 의미 없어. 그 바닥에 붙어 있으면 된다는 마음으로 살아야 한다니, 생각만 해도 짜증난다. 어느 분야든 마찬가지인 거지. 위너 테익스 잇 올 Winner takes it all. 머리 좋은 인간이 너무 많아서 최고가 되는 것도 포기했지만……. 뭐, 대충 바닥에서 헤매지 않을만한 분야를 찾고 있어. 지금은 고시 같은 걸 해볼까도 생각 중이야. 외우는 건 자신 있거든. 결국 나도 타고 태어난 걸 사용하는 거지."

은기는 엄지와 검지를 펴서 머리를 겨냥하고는 웃었다. 원하는 것이 단지 돈을 버는 것이라니, 은기가 낯설었다. 나도 대학에 가야 한다면 지금부터 아르바이트를 해도 모자랄 상황이지만, 한 번도 돈을 꿈이라고 생각한 적은 없었다. 왠지 은기가 아까웠다.

"왜 그렇게 돈을 벌고 싶은데?"

"넌 돈 안 벌고 싶어?"

"그건 아니지만 그렇게까지 심각하게 생각해 본 적은 없어. 네 얘기를 들으니까 내가 너무 어린애 같아."

"한 살 많아서 미안하다. 대신 든든한 어른 친구가 되어 주마."

은기는 히죽 웃으며 내 머리를 헝클어뜨렸다.

"그런데…… 돈만 생각하면 불행하잖아."

"그 말은 거꾸로 해야지. 도대체 돈만 생각하는 이유가 뭘 것 같니? 없으니까 생각하는 거잖아. 불행하니까 돈만 생각하는 거라고. 반대로 돈이 생기면 자유, 자유가 생겨. 그리고 행복도."

"그건 아닌 것 같은데?"

"나한테 돈이 없다면 어떤 일이 벌어질지 말해볼까? 당장 은서가 학교 생활을 할 돈이 없을 거야. 그럼 엄마가 끼어들겠지. 그러면 둘이 엄청나게 싸울 거고. 내가 돈 생각을 하는 거랑 안 하는 거랑 어느 쪽이 더 불행할 것 같아?"

"돈을 버는 이유가 은서 때문이라고? 혹시 엄마가 은서 학원비만 안 주시는 거야?"

엄마를 생각하면 이해할 수 있었다. 엄마는 태인이만은 대학에 보내겠다며 열심히 학원에 보내고 있었다. 엄마가 주는 학원비 중 일부가 연기 학원비로 쓰인다는 것을 엄마는 아직 몰랐다. 태인이는 연극영화과를 지망하고 있었다. 아직까지는 비밀이지만, 나는 언제 터질지 모르는 폭탄을 보고 있는 것 같아 조마조마했다. 다행히 엄마가 태인이를 완전히 믿고 있었고, 태인이도 성적 관리를 잘 하고 있으니, 당분간은 들키지 않을 것 같기도 했다. 은기네 엄마도 은기와 은서를 차별하는지 몰랐다.

"차별은 은서가 하고 있지. 그 자식, 엄마 돈은 안 받거든."

"왜?"

순간 은기의 얼굴이 찌푸려졌다.

"엄마를 싫어해. 아무튼 뭐 사정이 그러니까 이 몸이 나서는 거지."

늘 심통이 나 있는 은서 얼굴이 떠올랐다.

"내가 은서한테 왜 그러냐고 물어볼까?"

"아니! 절대 안 돼!"

은기는 길에서 소리를 질렀다. 나는 얼른 알았다고 대답했다. 은기는 그제야 안심한 듯 한숨을 쉬었다.

"저번에도 말했지만, 이건 어디까지나 우리 둘의 비밀이야. 은서한테 들키면 끝장이라고."

"그 정도야?"

정말 궁금했다. 은기는 진지하게 고개를 끄덕였다.

"그 자식, 되게 무서운 녀석이야. 다행히 너를 좋아해서 좀 밝아졌지만, 나는 아직도 조마조마하다구."

"내가 아니라 레이를 좋아해. 레이에게 먼저 친구가 되자고 했대."

은기는 내 말을 듣는 둥 마는 둥 줄이 쭉 늘어선 가게 앞에서 두리번거리고 있었다.

"친구가 되고 싶으면 먼저 말해줘. 레이가 이렇게 말했거든. 멋진 애지? 그날로 반 애들 모두 레이랑 친구가 되었지."

"그래서 너도 그 애한테 친구가 되고 싶다고 했어?"

"레이는 먼저 다가와 주는 편인 것 같아. 나한테도 그랬고."

고개를 갸웃거리던 은기는 가만히 내 눈을 들여다보았다.

"정말 그렇다고 믿어?"

"응?"

"너를 이용하려고 그럴 수도 있잖아. 모두에게 똑같이 좋은 사람이 존재할 거라 믿어?"

나는 은기가 무슨 이야기를 하려는지 알 수 없었다.

"너, 레이를 알아?"

내 물음에 은기는 피식 웃으며 고개를 저었다.

"네가 너무 순진해서 물어보는 거야."

"하지만 이용한다는 둥, 그런 말은 좀 심하잖아. 알지도 못하면서."

"이용하는 거 맞잖아. 그 지루한 바느질은 너만 하는 것 같던데? 은서나 레이가 바느질하는 건 본 적이 없는 것 같아."

"레이가 있으면 분위기가 좋아져. 그래서 바느질 하는 그 시간이 좋아. 그리고 레이는 바느질을 안 할수록 좋다고. 은서는 워낙 싫어하는 것 같지만."

"그 자식, 좋아하는 게 있을까?"

"은서는 머리가 좋아. 뭔가 한다면 잘하지 않을까?"

"그래서 꼭 대학에 갔으면 좋겠어."

나는 은서 이야기를 입에 올릴 때 은기의 표정이 달라진다는 것을 깨달았다. 은서 얘기를 할 때 은기는 물을 머금기 시작한 스펀지처럼 조금씩 무거워졌다. 길에 주저앉기라도 할 듯 지쳐보였다.

분위기를 바꾸고 싶어서 일부러 웃었다.

"좋은 오빠네?"

은기가 잔잔한 미소를 보냈다. 스펀지의 물기는 조금도 빠지지 않았다.

"얼른 은서 등록금을 다 모으고 싶어. 그러고 나면……."

"그럼, 너도 꿈을 꿀 거야?"

내 말에 은기가 눈을 가늘게 뜨며 피식 웃었다.

"꿈이란 머리에 있는 걸 현실로 만드는 거잖아. 그걸 한다고 행복해질까? 아니, 행복이라는 걸 진짜로 느끼는 사람이 있을까? 꿈은 행복도 뭣도 아냐. 그건 그저 타고 태어난 조건 같은 거야."

"조건?"

"태어날 때부터 가져도 될 사람과 아닌 사람이 결정되어 있으니까."

이유도 없이 반발하고 싶었지만, 정작 아무 말도 할 수 없었다. 나에 비해 은기는 침착했다.

"수학자가 되고 싶었을 때, 진짜 풀고 싶은 문제는 천재만 건드릴 수 있다는 걸 알았어. 화가나 시인이 되고 싶기도 했지만, 그것도 천재만이 최고가 된다는 걸 알았고. 돈도 마찬가지야. 어떤 건 가난하면 기웃거릴 수도 없지. 생물공학 연구소에서 일해 보고 싶은 적도 있었지만, 외국에서 포닥까지 하려면 결국 부모한테 돈이 많아야 한다는 걸 알았어. 단지 직업일 뿐인데, 조금이라도 흥미 있는 걸 하려면 다 갖고 태어나야 한다는 걸 알았지. 꿈을 왜 잠잘 때 꾸는 환상과 같은 단어로 쓰는지 알게 된 거야. 실은 학교를 때려치우려고 했었어. 그런데 그때 네 노래를 들은 거야. 궁금하더라. 그래서 학교는 계속 다니기로 했어. 시시한 채라도 네가 있다면 견딜 수 있을 것 같거든."

멍하니 은기의 말을 듣다가 마지막 말에 정신이 들었다.

"내가 있다면……?"

"응. 그러니 시시한 내가 싫다면 언제든 말해. 사라져줄게."

"무, 무슨 말이야? 넌 시시하지 않다니까."

"그렇게 말해 주는 거, 고마워."

"저기… 피곤해 보여, 너. 알바 너무 많이 하는 거 아냐?"

"괜찮아."

"엄마 돈, 몰래 받는 건 어때?"

은기는 고개를 저었다. 그리고 의아한 표정의 나를 향해 상냥하게 미소지었다.

"나랑 은서, 엄마랑 만난 지 얼마 안 되었어. 열한 살 때 헤어지고 5년 만이었지. 할머니네 얹혀살았는데, 돌아가시고 우리만 남겨졌거든. 마침 엄마가 혼자 살 때라 근처에 아파트까지 샀는데, 은서가 똥고집이라 함께 살 수 없었어. 나도 별로긴 했지만 그녀석만큼은 아니었는데. 아무튼 나는 은서 편이야. 그 자식, 고등학교도 안 간다고 난리를 쳐서 얼마나 힘들었는데?"

나는 고개를 갸웃거렸다.

"은서가? 은서, 사고 칠 타입처럼 보이진 않는데……."

은기는 입을 다물고 물끄러미 내 눈을 들여다보았다. 어색해서 고개를 돌리는데 은기가 내 머리칼을 만지며 말했다.

"다 네 덕분이야. 학교에서도 집에서도……. 어쨌든 나는 그 자식을 대학에 보내기로 결심했어. 은서가 하고 싶다는 건 다 해 줄 거야. 그러니까 돈이 꼭 필요해. 유학이라도 간다고 하면 큰일이잖아, 안 그래?"

은기는 웃고 있었지만, 목소리에는 웃음기가 없었다. 머리를 쓰다듬어주고 싶었다. 가여웠다. 종이에 베인 것처럼 가슴이 아렸다.

"그렇게 보지 않아도 돼. 고등학교 때문에 싸울 때에 비하면 얼마나 행복한데? 그때 그 자식 모습을 못 봐서 그래. 어휴, 얼마나 황소고집인지. 한 달 동안 방에만 틀어박혀 있었다니까? 만화 보면 주인공 위에 죽죽 그어진 까만 줄 있지? 딱 그랬어. 주변이 온통 시커먼 게, 그 그림자에 나까지 삼킬 것 같더라……. 정말이지 으스스했어."

우리는 동네가 바라다 보이는 큰길 앞에서 헤어졌다. 혹시라도 누군가를 마주칠까 두려웠기 때문이었다. 한 걸음 한 걸음 집이 가까워질수록 길 잃은 새끼 강아지를 그냥 두고 돌아선 것처럼 후회가 밀려왔다. 나는 몇 번이나 은기가 사라진 골목의 어둠을 보다가 휴대전화를 켰다.

[그림자는 내가 등 뒤에 꿰매줄게. 나라도 괜찮다면.]

그날, 잠들 때까지 은기의 답을 기다렸다. 답은 오지 않았다.

9
복사꽃이 지는데 당신은 잘 지냅니다
봄날이 가는데 당신은 잘 지냅니다
이슬아슬 잘 지냅니다

열아홉, 스물

그때 나는 열아홉이었고, 너는 스물이었어.
우리는 아직 사귀는 것이 아니었고, 그래서 서운할 수 없었어.
그때 나는 아이라고 생각했고, 너는 어른이라 생각했어.
우리는 서로를 보호할 수 있다 믿었고, 그래서 두려움은 없었어.
서로를 몰랐지만, 그래도 의심 같은 건 없었어.

레이는 캬비크 디자인을 쉴 새 없이 쏟아내고 있었다. 대부분은 아무도 입을 수 없을 것 같은 디자인이었지만, 가끔은 정말 입고 싶은 옷을 디자인하기도 했다. 그때마다 레이는 의기양양했다.

"자, 우리 이제 부자가 되자!"

하지만 팔리는 옷은 몇 없었다. 부자는커녕 레이가 입버릇처럼 말하는 유학비를 벌 수 있을 거라고 믿는 사람은 우리 중 아무도 없었다. 하지만 레이는 열심히 디자인을 했고, 나와 은서는 옷을 만들었다. 어떤 때는 너무 급하다면서 디자인을 넘기기도 했지만, 불만 같은 건 없었다. 엄마 눈치를 보지 않고 오후 시간을 보낼 수 있는 은서네 집, 은서네 집에 쌓인 CD를 오래 된 오디오에 몇 개나 걸어놓고 음악 섞인 공기로 숨 쉴 수 있는 시간이 꿈만 같았다. 상상한 적도 없는 오후의 풍경이 눈물 날만큼 행복했다.

"시끄러워! 아래층에서 올라와야 가만히 있을래?"

엄마 목소리가 커지면 자동으로 몸이 떨렸다. 16평 임대 아파트에 살게 된 후부터 엄마는 아래층이나 위층에서 올라오면 어쩌냐는 말을 입에 달고 살았다. 하지만 1층 월세 집에 살 때도 나와 동생 태인이는 언제나 조용히 살아야 했다. 엄마는 두통약을 달고 살았는데, 조금이라도 말소리가 나면 머리가 흔들린다며 소리를 질렀다. 나와 태인이는 시체처럼 누워 조용히 손가락 장난을 했다. 화장실 가는 발소리도, 책장 넘기는 소리도 엄마의 신경을 거슬리게 했다.

"태인아, 유령놀이 하자."

나는 이렇게 말하며 고개를 숙이고 발뒤꿈치를 들었다. 하지만 매일 하는 유령놀이가 재미없었는지, 태인이는 자주 소리를 지르거나, 큰소리로 울어제꼈다. 그때마다 나는 태인의 입을 틀어막았다. 때때로 내 손에는 태인이의 이빨 자국이 남았다. 태인이의 입술이 잘 찢어졌던 이유가 나 때문이었다는 것을 알았을 때 태인이는 더 이상 집에 있지 않았다.

그에 비해 어른이 없는 은서네 집은 천국이었다. 김치통이며 마른반찬들이 채워진 것을 보면 은서네 엄마가 드나드는 것이 분명할 텐데, 어디까지나 짐작일 뿐이었다.

은서는 가족에 대해 물어보는 것을 제일 싫어했다. 그것만 조심하면 은서의 기분을 거스를 일도 없었다. 학교에서는 뚱하니 자리만 지키던 아이가 집에만 오면 완전히 달라졌다. 은서는 나에게 노래를 부르라고 했고, 가끔 화음도 맞추며 흥얼거렸다. 머리 좋은 은서는 레이 자신도 알고 그렸는지 의심이 되는 도안까지 세심하게 마름할 줄 알았다.

"와, 정말 이 그림에서 뽑은 거 맞아? 레이야, 은서 대단하지?"

나와 레이가 바이어스까지 완벽하게 떠낸 본을 보며 감탄하면 은서는 그저 웃었다. 레이는 은서와 내 손을 붙잡으며 고개를 숙였다.

"고맙다. 너희가 아니었다면 캬비크는 벌써 망했을 거야."

레이의 애교에도 은서는 묵묵히 옷감을 마를 뿐, 별 반응은 없었다. 하지만 그렇게 무뚝뚝한 은서도 레이가 없을 때는 칭찬을 하기도 했다.

"레이가 진짜 고마워해야 할 사람은 너야. 이런 꼼꼼한 솜씨를 공짜로 부려먹고 있잖아."

"돈만 내면 할 사람은 많지. 나도 배우는 게 많은 걸."

"딱히 디자이너가 될 생각도 없다며."

"그건 그렇지만……."

"불쌍한 주다인, 헐값에 이용당하다니. 대신 나중에 너도 레이 옷을 싸게 사 입어."

"나중에? 그때도 캬비크를 함께 하는 게 아니었… 나?"

"난 확실히 아니야. 어쨌든 나중에 레이의 옷은 쉽게 사 입기 힘들 거야."

"하지만 너 말고 레이의 디자인을 이해할 사람이 있을까?"

"그림은 서툴지만, 대신 비율을 정확히 표시하니까. 본 그리기도 충분히 할 수 있어, 레이. 지금은 공부 욕심에 우리한테 넘기는 것뿐이지."

"은서 넌 일러스트도 잘 그리고 본이나 마름질도 확실한데, 왜 디자인을 안 해?"

"할 수가 없으니까."

"할 수 없다니?"

은서는 가만히 레이의 일러스트를 내려다보았다.

"얘가 그린 옷에는 분명히 주인이 있어. 옷 모양이 떠올라서 만든 디자인이 아니라, 사람이 떠올라서 만든 디자인이란 말이야. 넌 눈치 못 챘어? 이 디자인 중엔 네 것도 있고, 내 것도 있어."

"정말? 어떻게 알아?"

"보면 알아. 표준 사이즈라고 해도 디자인마다 차이가 있으니까."

"진짜 내 것도 있다고? 만든 것 중에 있어?"

은서는 고개를 저으며 천천히 일러스트북을 넘겼다.

"만들어 봤자 입지도 않을 텐데 뭐 하러 만드냐?"

은서가 히죽 웃으며 넘겨준 일러스트를 본 순간, 나도 모르게 몸이 굳어지고 말았다.

"마, 말도 안 돼. 이렇게 화려한 게……."

그림을 자세히 보느라 말을 이을 수 없었다. 목에서 허리를 지나 뒷부분까지 세심하게 박힌 반짝이는 비즈, 사선으로 떨어지는 스커트라인……. 언뜻 봐도 레이가 그린 옷은 댄스의상이었다. 데뚜르네, 리프턴, 턱점프……. 옷에 어울리는 동작이 떠올라 나도 모르게 미소가 퍼졌다. 점프와 회전을 상상하고 있는 내 머릿속을 은서가 헤집고 들어왔다.

"나도 처음엔 몰랐지. 심심해서 본이나 떠둘까 하고 들여다보다가 네 거라는 걸 알아차렸을 뿐이야. 다른 건 몰라도 사이즈에 비해 긴 팔 다리랑 좁은 암홀이 딱 네 사이즈였거든. 레이가 네 거라고 하진 않았으니까 확실하진 않아. 네가 이런 화려한 옷을 입을 리도 없고. 이건 누가 봐도 무대의상이니까."

"응……."

우리는 단 한 번도 춤이나 노래에 대해 이야기한 적이 없었다. 그러니 눈치 챌 일은 없었을 것이라고 생각했다. 하지만 레이가 그린 옷에서는 눈을 뗄 수가 없었다.

"레이는 사람한테 관심이 많아. 가끔은 무서울 정도로 사람을 꿰뚫어 보기도 하고. 그러니 디자이너가 된다면 비싼 오트쿠튀르 디자이너가 잘 어울릴 거야. 자기도 그걸 아는 것 같고. 아는 사람도 있다니, 계획대로 밀라노에 가겠지."

은서는 중얼중얼 혼잣말처럼 말하며 수학책을 가방에 주섬주섬 넣기 시작했다.

"너도 대학에 갈 거라면서?"

"붙으면."

"수학을 그렇게 잘 하는데, 가능하지 않을까?"

은서도 레이만큼은 아니지만 제 나름대로 입시 준비를 하고 있었다. 모의고사를 보면 수학만큼은 1등급이라고 했다.

"수학만 좋아하니까 불가능할 수도."

은서가 히죽거렸다. 자신을 비웃을 때 은서의 얼굴은 굉장히 즐거워보였다. 쉽게 이해할 수 없는 아이였지만, 무섭거나 싫은 적은 없었다. 조금 짓궂을 뿐인 은서를 은기는 필요 이상 두려워하는 것 같았다.

"수학 학원 말고 다른 과목도 하면 되잖아."

"그렇게까지 하고 싶지는 않아."

"대학이 아니면 졸업한 다음에 뭘 할 건데?"

"몰라. 솔직히 뇌에 소독된 수영장 물이 꽉 찬 기분이야. 대학이고 뭐고 감이 안 잡힌다고. 그런데 그건 너도 마찬가지 아냐?"

"나?"

"너나 나나 멍한 건 마찬가지 아니냐고. 내년에 닥칠 일인데 이러고 살잖아."

"응……."

"하지만 너도 별로 뉘우치거나 변하겠다고 생각하는 건 아니지? 뭐, 억지로 그런 표정 지을 건 없어. 낮잠에서 막 깬 것처럼 멍한 상태로 대책 없이 성년이 되는 사람이 더 많지 않을까? 열아홉이나 스물이나 달라지는 건 전혀 없고 말이지. 12월 31일이나 1월 1일이나, 남들이 무슨 상관이냐고. 넌 스물이 되면 뭔가 확 달라질 것 같은 느낌이 있니?"

나는 고개를 저었다. 은서의 말대로 졸업 뒤라든가 어른이 된 후에, 라는 말을 들으면 귀에 물이 들어온 것처럼 세상 모든 것이 내게서 한 걸음 물러서는 것 같았다. 은서는 킥, 하고 웃더니 말을 이었다.

"그럴 줄 알았어. 나는 말이지, 어른이 되기 직전엔 뭔가 불안감 같은 게 있을 줄 알았어. 시험 전날 같은 위기감 말이야. 그땐 벼락치기라도 하잖아. 시험 전날 벼락치기를 안 하는 건 두 부류야. 하나는 공부 다 해 놓은 모범생, 나머지 하나는 깨끗이 포기한 애들. 나는 이도저도 아니어서 나름 걱정은 했었거든. 그런데 이건 위기감 같은 것도 없어. 성년이 된다는데, 반년 지나면 어른이라는데, 아무 감각이 없다고. 넌 어느 편이야? 설마 인생 포기는 아닐 테고, 역시 팔자가 좋은 편인가? 아니면 뭐가 되는지도 모른 체 그저 컨베이어 벨트 위에 실려 가는 중인가?"

"컨베이어 벨트? 너나 레이는?"

"레이는… 좀 더 나은 조립품이 되려나? 아무튼 너랑 나는 확실할 걸. 뭘 원하던 원치 않던 라벨이 정해진 컨베이어 벨트 위."

부끄럽지만 인정할 수밖에 없었다. 학원에 다니는 은서만큼이라도 뭔가 의욕이 있다면 좋겠다는 생각이 들기도 했다. 그렇지만 공부를 해 보겠다는 의욕은 나지 않았다. 나는 공부가 맞지 않았다. 중학교 때도 그랬지만, 고등학교 오니까 국어 외에는 재미있는 과목이 없었다. 취업을 생각하면 바로 답답해졌다. 레이나 은기 같은 아이들을 보면 나도 뭔가 해볼 수 있을 것 같은 마음이 들기도 했지만, 이내 분수를 깨달았다. 내 미래는 정해져 있다고 생각했다. 뜨겁지는 않지만 차갑지도 않은 그런 인생……. 엄마처럼 바느질을 하면 먹고 사는 데는 문제가 없었다. 엄마는 바느질로 나와 태인이를 먹여 살렸다. 아빠랑 있을 때는 아빠까지도. 나는 혼자니까 작은 차를 사서 여행을 다닐 수 있을지도 몰랐다. 멋진 공연을 놓치지 않고, 매일 춤과 노래를 하고, 시간이 나면 하늘색 작은 차를 타고 될 수 있는 대로 멀리, 탁 트인 이곳저곳을 가보는 것이 꿈이었다. 적어도 은기를 만나기 전까지는 그것이 내가 생각한 최고의 행복한 미래였다.

"레이처럼 허황하게나마 야무지게 미래의 계획을 세우는 애들은 새로운 컨베이어 벨트를 만들지도 모르지. 하지만 그런 애들이 있으면 얼마나 있겠어? 다들 해온 대로 스무 살이 되는 거지. 어른이 되었다는 자각도 없이 향수나 장미, 이런 거나 주고받으면서 말이야."

"향수?"

향수라는 말에 놀라 멍하니 은서를 건너다보았다.

"뭘 놀라? 레이가 다 말했어."

"언제?"

"너희 향수 만들고 온 다음다음 날인가? 좋아하는 남자애한테 줘도 되는지 물어보더라고. 포장했다고 향도 못 맡게 하더라. 너도 누구 선물하려고 만들었다며, 남자친구야?"

나는 황급히 고개를 저었다.

"의외다. 너는 향수 안 좋아할 줄 알았는데."

"레이가 공짜라고 해서. 향수를 만드는 게 신기하기도 했고."

"나라면 날 위한 향수를 만들었을 거야. 향수는 성년의 날이 아니라 고등학교 입학 선물로 줘야 한다고 생각하지 않니? 교실 냄새 좀 어떻게 하려면 말이야."

은서는 히죽 웃고는 방을 나갔다. 심문을 당하는 것처럼 잔뜩 긴장했던 나는 그제야 숨을 크게 내쉬었다. 그때 갑자기 방문이 열리더니 은서가 고개를 들이밀었다.

"아참, 레이가 완성된 샘플 갖다 달라더라. 그럼, 수고."

돌아서던 나는 깜짝 놀라 그 자리에 멈춰 섰다. 책장을 살피는 것을 보았다면 의심했을지도 모른다는 생각에 다시 심장이 두근거렸다. 나는 가만히 선 채 숨을 죽이고 바깥 소리에 귀를 기울였다. 곧 대문 여닫히는 소리가 들렸다. 은서가 완전히 나가고도 5분이 지나도록 시계만 뚫어지게 쳐다보았다. 그리고는 은서가 쓰지 않는, 그저 맡아놓았다는 책장을 샅샅이 살폈다. 가능성은 희박했지만, 은기의 물건을 찾고 싶었다. 어른이 된 그 애에게 만들어 주었던 향기를.

10

검은 비닐 봉지조차 가끔은
주황 지느러미가 빛나는 금붕어를 쏟아낸다

저만치 혼자서

우리가 만나게 된 그 오디션, 기억나니? 오디션장 사람들은 〈피터팬〉이라고 불렀지만, 난 아직도 그 긴 제목을 기억해. 〈오른쪽에서 두 번째 모퉁이를 돌아서 아침이 올 때까지〉. 아빠는 무대에 오르는 것 중에 의미 없는 것은 없다고 했었거든. 손짓 하나, 점프 하나, 감탄사 한마디까지 말이야. 하지만 누구도 제목을 제대로 부르지 않더라. 나는 제목에 걸맞게 첫 비행을 춤추고 싶었나봐. 하지만 네버랜드로 가는 길에는 누구도 관심이 없었어. 이른 새벽, 웬디가 되었던 나의 시간은 그 어둔 하늘에 묻혀버렸지.

허무하지는 않았어. 그날, 모퉁이를 돌아나온 그 길에 네가 있었거든. 매대의 옷과 모자를 아무렇게나 걸쳐보던 너는 그림자를 잃고 어쩔 줄 모르는 피터팬처럼 어리둥절한 눈빛이었지. 도서관에서 다시 〈피터팬〉을 읽었어. 웬디가 피터의 몸에 그림자를 꿰매주는 대목에서는 나도 바느질을 할 줄 알아서 다행이라는 생각도 했지. 우리 집에는 피터가 그림자를 놓고 갈 내 방도 없었는데 말이야. 그림자가 나타나 너를 놀라게 하지 않게, 나는 그림자를 숨겨주고 싶다고 생각했어. 그러면 네가 너의 심장 같은 도토리를 목에 걸어줄 것 같았거든. 그렇게 하면 이 불완전한 세상에서 우리의 사랑만은 완전할 줄 알았어.

중학교를 졸업하던 해였을 것이다. 겨울방학이 시작되기 전, 아빠에게 메일을 받았다. 뮤지컬 워크숍에 등록했으니 다니라는 것이었다. 메일을 본 순간, 솔직히 가슴이 뛰었다. 답답했던 가슴이 탁 트이는 것만 같았다. 손에 잡히지 않을 것만 같은 세계를 엿볼 수 있다니, 궁금하면서도 두려웠다. 아빠가 어떻게 내가 선망하는 세계를 알고 있는지 알 수 없었다. 만난 횟수가 손에 꼽을 정도인 아빠가 내 마음을 알아차렸다면, 엄마는 벌써 오래 전에 다 알고 있던 것은 아닌지 불안했다. 알면서 벼르고 있는지도 몰랐다. 거기까지 생각하자 심장이 오그라드는 것 같았다. 그 후 며칠 간, 엄마의 눈치를 보느라 운동장에도 가지 않았다. 답답하고 우울했다. 새벽 운동장은 포기할 수 없었다. 뮤지컬 워크숍이라도 운동장하고는 바꿀 수 없었다. 첫 번째 워크숍을 포기할 때, 울었다. 아빠를 거절했으니 아빠도 다시는 나를 생각해 주지 않을 거라 생각했다. 운동장에 앉아 한참 울고는 체념했다.

하지만 아빠는 화내지 않았다. 오히려 방학마다 내 이름으로 등록한 워크숍 일정을 보내주었다. 더 이상 뮤지컬은 없었지만, 어떤 때는 현대무용, 어떤 때는 보컬, 어떤 때는 연기, 어떤 때는 아크로바틱……. 짧은 시간이었지만 정말 많은 것을 배울 수 있었다. 워크숍 덕분에 새벽 훈련도 더 재미있어졌다. 훈련이 끝나는 시간, 해가 운동장 모래를 붉게 물들이기 시작할 때는 누군가에게 내 모습을 보여주어도 괜찮을 것 같은 착각이 들기도 했다. 오디션장에 갈 때마다 그 착각을 유지하려 했지만, 다른 사람 앞에 서면 착각은 언제나 깨끗하게 사라지고 말았다. 그건 워크숍에서도 마찬가지였다. 모든 워크숍에서 나는 유령 같은 교육생이었다. 혼자서는 열심이지만, 협동작업이나 평가에서는 존재감 없는 존재. 하지만 상관없었다. 수업에 참여할 수 있다는 것만으로도 충분했다.

이번 방학에도 아빠는 보컬 워크숍을 추천해 주었다. 노래를 배울 기회가 별로 없어서 잔뜩 기대했었는데 첫날, 그만 은기를 보고 말았다. 연습실 안내 데스크에서 익숙한 목소리가 들려왔다.

"워크숍 참가자들 연습실은 저기야, 지금 노래 소리 들리는 데."

"노래요?"

"응. 꽤 하네. 워크숍 참가 학생은 아닌 것 같은데, 우리 학원 학생이었나?"

목소리가 귀에 익었다. 사무원 언니의 말이 끝나기도 전에 살금살금 연습실로 가보았다. 그리고 유리창 너머로 열창하고 있는 은기를 보았다. 뮤지컬 연기처럼 온몸으로 가사를 표현하는 은기가 눈물을 흘리는 것 같다고 느꼈을 때, 온몸에 소름이 돋으면서 알 수 없는 감정이 들었다.

은기가 노래를 끝내기 전에 도망치듯 학원 밖으로 나갔다. 그리고 길가 경계석에 앉아 방금 은기가 불렀던 노래를 검색해 보았다. 은기의 노래가 원곡보다 더 처절하다고 느껴졌다. 마치 진짜 실연을 한 사람처럼. 순간, 은기가 유명한 오디션을 보러갔다는 소문이 생각났다. 공연과 아이들 사이에 도는 소문이니 헛소문은 아니라고 생각했다. 만약 오디션에서도 저렇게 노래를 부른다면…….

허세 부리듯 시시한 오디션은 보지 않는다는 은기의 말이 진심처럼 느껴졌다. 이상하게 겁이 났다. 은기가 유명한 작품의 오디션에 붙는다면, 아르바이트를 그만 두고 무대로 간다면……. 그렇잖아도 보기 힘든 은기를 놓칠 것만 같았다. 은기를 잡으려면 어떻게 해야 할지 답이 보이지 않았다. 그러다 이런 생각을 하는 자신이 한심스러웠다.

'내가 뭐라고…….'

매일 연락을 한다고 사귀는 사이라고 할 수는 없다. 서로 좋아한다고 느끼지만, 누구도 사귀자는 말은 하지 않았다. 아니, 좋아하는 쪽은 나뿐인 것 같았다. 은기는 모를 것이다. 처음 본 순간부터 내가 설레었다는 것을. 은기와 친해질수록 점점 자신이 없어졌다. 은기는 너무 대단한 아이였다. 미국에 간 이유를 알았을 때부터 은기와의 거리가 멀어지는 것만 같았다. 뮤지컬이나 연극, 영화 이야기를 할 때는 그나마 대화가 가능했지만, 연기나 춤의 이론, 극 해석에 대해 말하기 시작하면 어지러워졌다. 나는 이해하기 위해 애쓰며 귀를 크게 열었다. 워크숍 선생님들이나 해 주는 이야기를 은기는 수다처럼 아무렇지 않게 말했다.

은기의 이야기 속에는 여자아이들도 제법 많았다. 수험 공부를 하고 있는 사립중학교 친구들, 파이어니어 프로그램 때 만났던 대학생 형, 누나들, 극단이나 기획사에서 알게 되었다는 배우 지망생들까지, 나로서는 평생 만날 일이 없는 사람들이 은기 곁에는 수없이 많았다. 그의 말을 듣다보면 은기가 나 같은 애를 안다는 것이 오히려 이상했다. 은서의 친구라는 것만 빼면 은기가 내게 관심 둘 이유가 없는 것 같았다.

은기는, 말하자면 레이 같은 의미의 친구였다. 함께 있을 때는 캬비크에 대해 재재거리지만 어쩌다 길에서 마주치는 레이는 전혀 다른 아이 같았다. 한번은 레이가 엄마와 함께 차에 올라타는 것을 본 적이 있다. 롱스커트에 힐은 적어도 10㎝, 레이의 엄마는 모델처럼 스타일이 멋졌다. 레이가 엄마라 부르지 않았다면 누군가의 엄마라는 상상을 할 수 없었을 것이다. 다음 날 교실에서 만난 레이는 평상시와 같았다. 여전히 멋지고 엉성한 디자인을 보이며 애교를 떠는 귀여운 아이. 어색함을 느낄 새가 없었다. 레이는 아무것도 속이려 하지 않았다. 애초에 다른 아이들이 어떻게 생각하는지 관심없는 것 같았다. 밀라노와 파리의 패션스쿨 이야기며, 외국어로 가득한 패션 잡지, 전국 2% 안에 든다는 모의고사 성적이며 학원과 과외 선생 이야기까지. 다르다는 실감을 느끼지 못한 것은 내 잘못이지 레이의 잘못이 아니었다.

레이 덕에 나는 '다른' 은기를 미리 상상할 수 있었다. 레이가 모든 친구에게 똑같이 대하듯이 은기도 그렇다고 생각했다. 그러면 다정함이 편안함으로 치환되었다. 뭔가 불안한 두근거림이 어딘가 서운한 편안함으로 바뀌었다. 그렇지 않았다면 그렇게 긴 통화를 해낼 수 없었을 것이다. 가끔 지나치게 다정한 말에 착각에 빠질 것 같으면, '다름'이었던 레이를 생각했다. 그러면 다시 주제 파악이 되면서 편안해졌다. 하지만 전화를 끊고 나면 울고 싶었다.

'역시 나랑은 어울리지 않아…….'

은기의 노랫소리가 귓가에 울리는 것이 괴로워 머리를 흔들었다. 그때 휴대전화에서 메시지가 왔다는 신호가 울렸다. 은기가 내 위치를 묻고 있었다.

[방금 나갔지? 어느 쪽이야? 오른쪽, 왼쪽?]

은기가 어떻게 알았는지 생각하기도 전에 나는 답변을 보냈다.

[오른쪽.]

[공원 쪽이지? 아, 찾았음!]

휴대전화를 주머니에 넣자마자 나를 향해 손을 흔드는 은기가 보였다.

"이거 마실래?"

은기가 차가운 콜라를 건넸다.

"어떻게 알았어?"

"프론트 누나가 네 인상을 말해 주더라고. 학원 등록하려고 했던 거야? 아니면… 아, 워크숍! 오늘부터라더니 그거였어? 그런데 왜 나갔어?"

"으응……. 참가할 수 없다는 말 하려고 간 거였어."

"에이, 왜?"

"…엄마 눈치가 이상해서."

"너한테는 뮤지컬이 엄마 때문에 못 할 정도로 별 거 아냐?"

나도 모르게 아랫입술을 살짝 깨물었다. 은기라면 어떤 말을 해도 괜찮을 거라고 생각했는데, 이상하게 섭섭하고 화도 났다. 하지만 은기는 알아차리지 못한 것 같았다.

"얼른 마셔. 기포 다 나가겠어."

별로 마시고 싶지 않았다. 아니, 솔직히 말하면 땀이 밴 교복이 신경 쓰여 자리를 피하고 싶었다. 하지만 은기는 지켜보겠다는 듯 내게서 시선을 떼지 않았다. 할 수 없이 콜라를 한 모금 마셨다. 보글보글 차가운 기포 때문에 몇 번이나 목이 막혔다. 하지만 최대한 빨리 들이켰다. 은기를 피하고 싶었다. 하지만 너무 급하게 마시느라 사레가 들렸다. 기침이 멈추지 않았다. 은기가 놀라 등을 두드려준 다음에야 기침은 서서히 멈췄다. 그제야 은기는 손을 내리더니 웃음을 터뜨렸다.

"너, 완전 빨개졌어. 무슨 콜라를 그렇게 마시냐? 나랑 있기 싫어서 그래?"

"응. 나 이제 갈래."

은기는 의아한 표정으로 나를 가로막았다.

"왜?"

이유를 대기 전엔 비키지 않을 것 같았다. 하지만 머리가 텅 빈 듯 아무 생각도 나지 않았다. 오히려 내가 묻고 싶은 것만 생각났다. 하지만 어떤 것도 물을 수 없었다. 그리고 지금은 내가 대답할 차례였다.

"…땀 냄새 나서."

"뭐라고?"

은기가 웃기 시작했다. 그제야 내가 무슨 말을 했는지 알아차렸지만, 이미 엎질러진 물이었다. 나는 누구에게 화가 났는지도 모른 채 달리듯 걸었다.

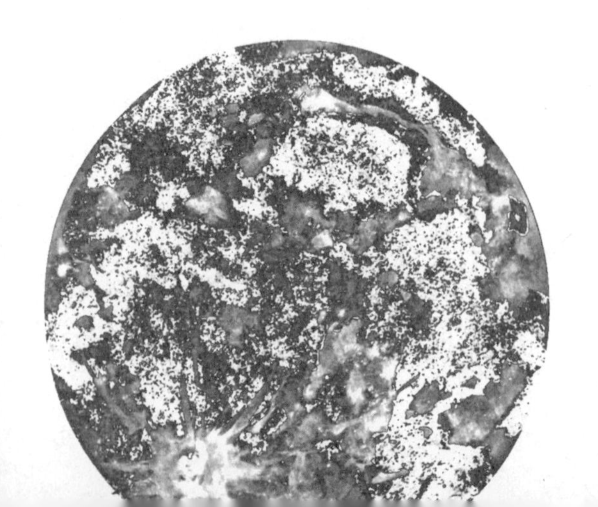

11

왜 나는 나이고 네가 아닐까
왜 난 거기에 없고 여기에 있을까

꼬마 광대의 춤

10년 만에 〈서커스의 천사〉를 시작한 날, 연출이 모두에게 피터 한트케의 시를 나누어주었어. 그건 영화 《베를린 천사의 시》의 첫 번째 대사이기도 했지. 그때 처음 알았어. 내 어린 시절을 사로잡았던 〈서커스의 천사〉가 바로 그 시로부터 시작되었다는 것을. 우리는 다 같이 그 영화를 봐야 했어. 영화는 아름다웠지만 어려웠어. 보는 내내 네 생각을 했지. 그건 네가 좋아할 만한 영화였으니까. 성당에서 추락해 버리는 천사와 서커스 소녀 마리온에 대하여 너는 많은 말을 해 줄 수 있었겠지. 눈물은 흘리지 않았어. 같이 보게 되는 날, 그때 울려고. 눈물을 꾹꾹 누르며, 연출의 프린트를 들여다보았지. 그때 나는 인정하지 않았던 거야. 나는 나이고, 너는 너, 우리가 이미 그걸 알고 있다는 것을. 우리가 더 이상 아이가 아니었다는 것을.

아무도 없는 교실에 종소리가 울렸다. 시작 종소리에 나도 모르게 팔이 움찔했다. 박쥐 서곡, 들을 때마다 팔을 쭉 펴고 싶은 충동을 느꼈다. 교실 창문을 열어놓은 덕인지 아무도 없는 운동장과 교실을 돌고 나온 종소리가 더 크게 울렸다. 방학이라 학교는 텅 비었다. 종소리가 끝나갈 즈음, 나는 가만히 자리에서 일어나 두 팔을 아래로 내리고 발끝을 세웠다. 내 머리는 주크박스였다. 종소리가 끝나고도 머릿속에서는 나머지 부분들이 연주되고 있었다. 맨 뒤로 나가 발레의 몇 동작을 해 보았다. 아라베스크, 애티튜드, 피루엣……. 뭔가 아쉬웠다. 밖으로 나가 복도를 살폈다. 아무도 없는 것이 확실했다.

드르륵, 책상과 의자는 생각했던 것보다 더 요란한 소리를 냈다. 순간 심장이 뛰었지만, 아무도 없다는 생각에 다시 용기를 낼 수 있었다. 5분도 지나지 않아 교실의 반이 플로어로 바뀌었다. 두근거리는 마음을 가라앉히고 숨을 고르자, 머릿속이 하얘진 느낌이었다. 음악이 사라져 버렸다. 숨을 크게 들이마시고 가만히 눈을 감았다. 그러자 슬며시 음악이 들려오기 시작했다.

먼 곳에서 구슬픈 아코디언 소리가 들려온다. 이어서 웅성웅성 양철북과 트럼펫의 행진, 신나는 멜로디에 아코디언마저 경쾌하게 어우러진다. 뭔가 신나는 일이 벌어질 것 같은 〈서커스의 천사〉에 나오는 음악이었다. 나는 다리를 가위 모양으로 교차하고 두 팔을 나란히 아래로 내려놓았다. 진짜 서커스의 천사가 나타나기 전, 관객의 시선을 끌어 모으는 〈꼬마 광대의 춤〉은 발레의 기본동작을 바탕으로 만든 작품이었다. 좁은 무대 위 천장에서 정확하면서도 물 흐르듯이 그리고 아슬아슬하게 춰야 한다. 오래 전에 추었던 춤. 운동장에서도 몇 번이나 춘 적이 있었다. 하지만 거친 흙바닥 위에서는 미끄러지듯 경쾌하게 출 수가 없었다. 매끄러운 바닥은 오랜만이었다. 나는 머리를 시끄럽게 울리는 밴드 음악에 맞춰 꼬마 광대의 춤을 추었다. 언젠가는 주인공인 서커스의 천사가 되고 싶다고 생각하며 걷고 뛰고 돌며 크게 웃었다. 그때가 생각나자 줄에 매달린 듯 몸이 가볍게 솟구쳤다. 이대로라면 교실 맨 앞까지 점프로 날아갈 수도 있을 것 같았다. 그런데 그때, 전화벨이 울렸다. 화면에 '엄마'라고 떴다. 깜짝 놀라 벽에 기댔다. 그리고 숨을 고르며 초조하게 화면을 들여다보았다. 한참 가빠진 숨이 빨리 가라앉지 않았다. 나는 있는 힘껏 숨을 들이 마시고 아주 조금씩 내뱉었다. 답답한 가슴이 시원해지는 만큼 숨소리도 잦아들었다.

"아직도 학교야?"

"네……."

"진짜 학교 맞아? 하루종일 거기서 뭐 하는 거야?"

"조, 졸업 작품 준비……."

"네가 그런 학예회 같은 거나 할 때야? 얼른 와서 집안 치워!"

"네……."

대답이 끝나기도 전에 전화가 끊겼다. 한창 뛰던 심장을 억지로 가라앉혔기 때문인지 힘이 쭉 빠졌다. 나는 바닥에 앉아 무릎을 접고 머리를 내려놓았다. 가슴 가득 무릎을 끌어안으면 굴러 떨어진 마음도 흙을 툭툭 털어 올려놓을 수 있었다.

'괜찮아. 엄마는 내가 춤추는 걸 몰라.'

집에 가봤자 새삼 치울 것은 없다. 치워야 할 것은 엄마의 의심뿐이었다. 태인이가 피씨방이 아니라 독서실에서 있었는지, 내가 대학로 같은 데를 쏘다니지 않았는지, 엄마의 의심이 사라지고 나서야 집안이 말끔해졌다. 모두가 비로소 쉴 수 있었다. 그러니까 태인이가 없는 집에는 나도 가기 싫은 것이다. 나는 교실 바닥에 가만히 누웠다. 장마라는데 하늘은 눈부시게 파랗고, 가끔 새털 구름이 제멋대로 흘러가고 있다.

"유은기! 여기 있는 거 다 알아!"

낯선 목소리와 함께 누군가 교실 문을 열어젖혔다. 나는 깜짝 놀라 일어섰다. 공연과 김서준, 곱상한 외모와는 달리 거친 성격에 싸움 잘 하기로 소문난 아이였다.

"뭐야, 방금 소리낸 게 너였어?"

나는 고개를 끄덕였다. 복도 쪽에서 몇 명의 발자국 소리가 들려왔다.

"여기 유은기 왔어?"

"여긴 나 혼자……. 그런데 누구라고?"

"유은기, 그 사기꾼 자식 몰라? 으, 답답해. 차라리 내가 뒤진다."

김서준은 씩씩거리며 교실 안으로 한발 들여놓았다. 그때 다른 남자아이가 김서준의 어깨를 잡았다.

"옥상 쪽에서 무슨 소리 났어. 그쪽에 숨은 것 같은데?"

김서준은 뭔가 찝찝한 듯 주위를 둘러보다가는 다른 아이들 손에 이끌려 돌아섰다.

"유은기! 빠져나갈 생각 마라. 한 번만 더 신레이한테 집적거리면 진짜 죽을 줄 알아!"

또 다른 이름에 정신이 들었다. 무리는 복도를 울리는 발자국 소리와 함께 사라졌다. 나는 한동안 멍하니 선 채 움직이지 않았다. 그때 책상 밀리는 소리가 들렸다.

"이거 네 거지?"

갑작스런 목소리에 놀라 뒤돌아보니 은기가 내 가방을 들고 있었다. 너무 놀라 손으로 입을 막았다. 은기는 다급한 표정으로 복도를 살피고는 나에게 가자고 손짓했다. 나는 가만히 서서 은기를 보았다.

“여기에… 있었어?”

“쉿, 설명하자면 길어. 우선은 도망쳐야 해.”

“도망?”

은기는 대답 대신 빠른 걸음으로 복도를 달렸다. 나도 하는 수 없이 그 뒤를 따랐다. 마지막 계단을 내려온 은기는 살금살금 문으로 다가가 운동장을 내려다보았다. 그리고는 내게 손짓을 하며 운동장 쪽으로 달렸다. 운동장을 가로질러 교문을 나가려는 모양이었다. 나는 얼른 실내화를 갈아 신었다. 그때 은기에게 욕설을 퍼붓는 소리가 위에서 들려왔다. 은기도 나처럼 옥상을 올려다보고 있었다. 갑자기 욕설 소리가 작아졌다. 은기가 갑자기 내 쪽으로 달려왔다. 그리고는 손을 잡고 건물 뒤쪽으로 뛰었다. 손이 잡힌 순간 가슴이 철렁 내려앉는 것 같았지만, 은기의 힘에 이끌려 뛸 수밖에 없었다. 은기는 나를 끌고 학교 뒤 울타리 앞에 섰다.

“올라갈 수 있겠어?”

울타리는 높다란 옹벽이었다. 산사태를 방지하려는 것이라지만, 아이들이 뒷산에 올라가는 것을 막기 위한 것이기도 했다. 옹벽도 옹벽이지만, 그 위에 철제 난간까지 있어서 웬만한 결심이 아니고서는 남자아이들도 넘을 생각을 하지 않았다.

“저 자식들 내려오기 전에 얼른 넘자.”

“저 애들이 왜 너를……?”

“어서!”

은기는 더 이상 기다릴 수가 없던지 옹벽을 타기 시작했다. 하는 수 없이 나도 옹벽에 매달렸다. 중간에 튀어나온 부분이 있어서 올라갈 만은 했다. 하지만 철제 난간을 넘는 것은 좀 무서웠다.

단단한 옹벽과는 달리 매달리면 쓰러질 것 같았다. 은기는 주저하는 나를 응원하듯 단번에 난간을 뛰어넘었다.

"뛰어, 받아줄게."

받아주다니, 생각만 해도 창피했다. 나는 은기가 넘어간 쪽에서 좀 떨어진 곳으로 기어올라 눈을 질끈 감고 난간을 뛰어 넘었다. 은기가 떨리는 팔을 잡아주었다. 은기를 잡고 허리를 펴려는데 운동장 쪽에서 아이들 목소리가 들려왔다.

"유은기, 어디 있어? 서준아, 이 자식 벌써 튄 거 아냐? 다음에 찾는 게 어때?"

은기는 다시 내 손을 잡고 산길로 뛰기 시작했다. 무슨 일인지 정말 궁금했다. 옹벽은 높다. 옥상에서 일부러 내려다보지 않으면 우리가 벽 너머에 있다는 것을 알 수 없다. 게다가 여름방학이었다. 봄 내내 개나리, 진달래, 산수유, 겹벚꽃으로 화려했던 산은 이제 넓어진 이파리들로 울창한 그늘을 만들고 있었다. 산책로를 두어 걸음만 벗어나도 우거진 풀 때문에 사람의 모습이 지워졌다. 하지만 은기는 그런 사실도 잊을 만큼 쫓기고 있었다. 은기는 내 손을 잡고 정신없이 수풀 속으로 들어갔다. 처음 보는 모습이라 낯설면서도 걱정되었다. 긴장 탓인지, 잡힌 손에 땀이 나고 있었다. 나는 살며시 손을 빼냈다. 은기가 나를 돌아보았다.

"저기, 이제 뛰지 않아도 될 것 같은데……."

은기는 내 손을 보고 쑥스러운 듯 머리를 긁적거렸다.

"그런가……."

은기는 가만히 주위를 둘러보았다. 나뭇잎 사이로 바람이 불어 다양한 빛 무늬가 은기 얼굴에 일렁였다.

"무슨 일이야?"

내 질문을 못 들었는지 은기는 숨을 푹 내쉬며 바닥에 털썩 주저앉았다.

"좀 쉬자. 괜찮지?"

나는 은기로부터 좀 떨어진 바위에 걸터앉았다. 은기는 이내 팔베개를 하고 누웠다.

"걔, 김서준이지?"

"너도 아냐, 그 자식?"

"유명하잖아."

"응, 주먹질 하는 걸로."

은기의 말도 틀린 것은 아니지만, 공연과 장학생으로도 유명했고 인기도 많았다. 주먹질을 잘 하는 것도 연기를 위해 무술을 배워서라고 알고 있었다.

"걔가 왜 널 잡으려고 했어?"

"별 거 아냐. 몰라도 돼."

"여기까지 왔는데, 별 게 아니라고?"

은기는 곤란한 표정을 짓더니 할 수 없다는 표정을 지었다.

"그 자식이 나 때문에 오디션 떨어졌다고 말도 안 되는 소리를 하고 다니잖아. 앙상블 역 하나에 목숨을 거는 녀석이니까 이해를 해줘야 하나?"

"그게 왜 너 때문이야?"

"내 말이. 나는 그저 오디션을 봐달라기에 가서 본 것뿐이라고. 교사 추천인지 뭔지 알 게 뭐냐고?"

"교사 추천이라면……. 저번에 공고 난 〈지붕 위의 바이올린〉? 한 명씩만 추천 받는다고 하더니, 걔가 추천을 받았던 거구나. 그런데 너는 어디 추천을 받았어?"

"나야 뭐, 아는 제작사 피디가 한번 가서 보라고 하도 그래서. 관심도 없었다고. 알잖아, 난 그런 자잘한 건 싫어한다고."

"〈지붕 위의 바이올린〉이잖아. 아깝다. 어떻게 됐어?"

"어떻게 되고 말고도 없어. 인사만 하고 오디션은 안 봤으니까. 그게 다였다고. 그런데 그 자식은 떨어진 게 쪽팔리니까 내가 저 대신 학교 대표로 갔다는 말도 안 되는 소리를 하고 다니는 거야. 그날 얼굴 한 번 마주친 걸 가지고."

"어떻게 그런 말도 안 되는 억지를 부리지? 그나저나 오디션 보지 그랬어? 아깝다."

나도 모르게 〈선 라이즈 선 셋 Sun rise sun set〉을 흥얼거렸다. 그러다 귀 기울이는 은기의 기척이 느껴져 멈췄다.

"그럼 계속 도망 다녀야 해?"

"도망은 무슨. 주먹질 안 하려고 피해 다닌 거지. 계속 귀찮게 하면 죽여 버리려고."

순간 은기의 눈빛이 무섭게 번뜩였다. 나도 모르게 두려워졌다.

"안 돼!"

갑작스런 외침에 놀란 은기는 당황스러운 듯 어색하게 웃었다. 은기의 눈빛이 서서히 순해졌다.

"농담이야, 농담."

은기는 천천히 자리에서 일어났다. 그리고는 나를 보며 다리를 가위 모양으로 교차하더니 팔을 앞으로 둥글게 내렸다.

"이렇게 했었나? 아까 네가 추었던 춤."

"뭐?"

"미안. 이번에도 보려고 한 게 아니라, 우연히 보게 된 거야. 알다시피 그 자식들 때문에 숨도 못 쉬고 있었거든. 너한테 알릴 수 없었어. 이해하지?"

나도 모르게 한숨이 나왔지만, 싫지는 않았다. 상상 속에서 은기는 내 춤의 유일한 관객이었으니까.

"이렇게, 이렇게……."

은기는 놀랍게도 〈꼬마 광대의 춤〉을 정확히 알고 있었다. 그 해 겨울부터 이듬해 봄까지만 무대에 올랐던 공연, 그 중에서도 아주 잠깐의 춤을 어떻게 알고 있는지 궁금했다.

"설마 그걸 한 번 보고 기억하는 거야? 어떻게 그럴 수 있어?"

"이런 건 식은 죽 먹기지. 난 천재잖아."

은기의 말에 대꾸할 말을 찾을 수 없었다. 은기는 동작을 멈추더니 내 눈을 짓궂게 들여다보았다. 나도 모르게 시선을 피했다.

"그걸 믿냐? 적어도 20번은 봤을 거야."

"그 공연, 더 이상 안 하는데……. 어떻게 알고?"

"어릴 때, 엄마가 그 뮤지컬에 투자인지 뭔지 했다고 표를 갖고 왔었거든. 그때가 아홉 살이었나, 열 살이었나. 극장에서 한 번 봤어. 사실 들어가자마자 잤지만."

"어릴 때?"

숨을 멈추고 이렇게 물었다. 은기는 아무렇지 않은 표정으로 날 보며 고개를 끄덕였다.

"엄마가 투자를 했다고?"

갑자기 아빠와 결혼한 여자가 생각났다. 그 여자가 한 일이 제작이었는지 투자였는지 알 수 없었다. 하지만 그 뮤지컬 때문에 아빠랑 더 자주 만난 것은 분명했다. 이상하게도 그 여자 얼굴이 생각나지 않았다. 그 여자한테도 아이들이 있었던가……. 헛웃음이 나왔다. 무슨 황당한 생각을 하는지 한심할 지경이었다. 하지만 가슴은 여전히 답답했다.

"너희 엄마… 지금도 제작 같은 거 하셔?"

"아니. 그런 거 관심도 없을 걸. 아무튼 지금은 말이야."

조금은 안심이 되었다. 더 이상 말도 안 되는 상상은 하고 싶지 않았다.

"잤다면서… 어떻게 그 공연을 기억한 거야?"

"우연히 공연 영상을 찾다가 봤어. 무슨 연극 페스티벌에서 공연을 했나보던데, 여자아이가 춤을 너무 못 춰서 여러 번 봤어. 그러는 넌 어떻게 그 춤을 아는데?"

예상치 않은 질문이었다. 은기는 당황해 하는 내 눈을 관찰이라도 하듯 빤히 들여다보았다. 나는 점점 숨쉬기가 힘들어졌다.

"나, 나도… 영상을 봤어. 춤이 쉬워 보여서 연습했던 거야."

"그래? 쉬워 보이진 않던데."

"그거 다 발레 기본 동작이거든. 변형도 많지 않고. 플로어에서 추면 쉬워."

5분 정도의 짧은 춤이었다. 어린아이가 추는 춤이라 동작 자체는 쉬웠지만, 사람들의 시선을 끌려면 표정이 풍부해야 했다. 여주인공의 깜짝 등장을 위해 만들어진 춤이었기에 한 동작 한 동작 떠들썩하고 코믹하게 표현해야 했다. 무대를 열고 닫는 내 역할이 정말 좋았다. 무대 뒤에서 어른들의 춤과 연기를 따라하는 것도 신났다. 12월에서 2월까지, 서른여섯 번 무대에 올랐다. 소질이 있다는 말도 들었지만 아마 별 의미는 없었을 것이다. 어린아이에게는 누구나 친절한 법이니까. 아빠가 무용수들에게 연기를 가르친 덕분에 나는 매일 아빠와 함께 할 수 있었다. 그때는 엄마도 나의 춤과 노래를 싫어하지 않았다. 오히려 연출가 선생님의 말을 기억하고 있을 정도였다. 하지만 나의 춤과 노래에 모두가 행복하던 시간은 그때뿐이었다.

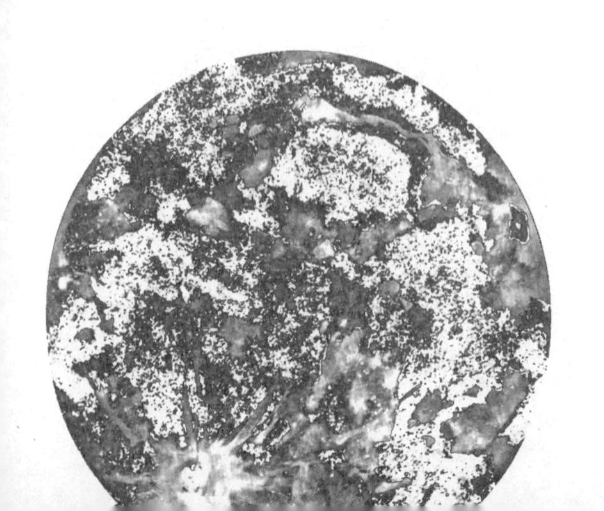

여름 해거름

인간이 육체에 집착하는 이유는 세상이 은유와 상징으로 만들어졌기 때문이라고 했었지. 나를 이해시키려고 너는 온 마음을 다해 설명을 했었어. 하지만 이 세상이 진짜가 아니라는 걸 정말 이해하는 사람이 있을까? 나는 이제야 세상에서 가장 확실에 가까운 건 몸이라고 했던 네 말을 이해할 수 있어. 인간이란 육체를 통해 무의미하고 하찮은 이 삶을 구원하는 거라는 말이야. 세상에 태어난 인간이라면 누구나 자신이 하나의 '사건'으로 남는 것을 두려워한다고 했어. '존재'로서의 자신을 증명하고 싶어 몸부림친다고. 정말 이해하고 싶었어. 하지만 최선을 다한 너에게 나는 더 이상 물어볼 수 없었어.

그래, 그걸 이해시켜준 건 네가 아니었어. 연기수업을 듣다가 그 말을 이해할 수 있었지. 욕망을 욕망하는 육체, 그 아리송한 말을 무대에 대입하면 이해된다는 것이 신기했어. '배우가 자신의 육체를 소진시켜 무대를 끝냈을 때, 다른 목소리 즉 관객의 반응에 따라 극은 완성되거나 미완성이 된다.' 이렇게 말한 건 관객의 의미에 대해 말해 주던 환이 오빠였을 거야. 어쩌면 그녀였는지도……. 분명한 건 나에게 이해할 기회를 준 것은 네가 아니었다는 것뿐.

"그러고 보니 이 산은 처음이야. 좀 더 올라가 볼래?"

은기가 비탈을 딛고 내게 손을 내밀었다. 가지런히 내민 다섯 개의 긴 손가락이 예쁘고 상냥했다. 나도 모르게 얼굴이 빨개졌다. 나는 손을 못 본 체, 씩씩한 걸음으로 위를 향했다.

"한 5분만 올라가면 정상이겠지?"

수풀에서 벗어나니 산책로였다. 은기 말대로 정상이 훤히 올려다보았다. 공원처럼 잘 다져진 길에 계단이 보였다. 은기는 두세 계단씩 오르며 성큼성큼 정상으로 향했다.

"다인아, 얼른 와. 동네가 다 보여."

은기는 휘파람을 불며 산 아래 풍경을 내려다보았다. 나도 얼른 은기 옆에 섰다. 은기는 마음에 안 드는 듯 고개를 저었다.

"쉽네. 너무 쉬워. 산 정상이 이래도 돼?"

나는 피식 웃었다.

"너 우리 학교 올 때, 애들이 왜 힘들어하는지 알기나 하는 거야?"

"물론이지. 거의 등산이잖아."

"우린 방금 학교 꼭대기에서 담을 넘은 거야."

내 말에 은기는 허를 찔린 듯한 표정을 짓더니 이내 깔깔 웃어댔다. 나는 웃음을 참았다. 웃으면 자꾸 눈이 감겨 환하게 웃는 은기를 온전히 볼 수 없었다.

"그늘로 가자. 벤치도 있고 운동기구도 많네. 그런데 이 나무 엄청 크다. 무슨 나무일까?"

"너도밤나무, 그 옆에 하얀색은 자작나무."

"너도밤나무……. 얘 입장에선 기분 나쁜 이름인데?"

"왜?"

"이름이 2인칭이야. 항상 남의 눈치를 봐야 하는 이름이랄까."

"2인칭이라니?"

"그렇잖아. 얘는 얘 자체로 존재하는데, 어떤 놈이 '그래, 너도 밤나무로 인정해 줄게', 이러는 것 같잖아. 밤나무가 얘한테 한 대 맞고, '인정! 너도 밤나무!' 이랬다던가."

은기의 말이 엉뚱해서 웃음이 터져 나왔다. 은기는 벤치 딸린 탁자 위에 가부좌 자세로 앉았다. 그리고는 고개를 젖히고 너도밤나무를 올려다보았다.

"흠, 건강해, 대칭에 가까워. 존재는 아름다워."

나도 고개를 젖히며 나무를 올려다보았다. 은기의 시선이 느껴졌지만, 아는 체 할 수 없었다. 은기가 탁자에서 내려왔다.

"그런데 넌 나무 이름을 어떻게 외울 수 있어? 난 봐도 모르겠던데."

"엄마가 식물을 좋아해서 많이 익혔어. 어렸을 때 산에 가면 엄마가 나무 이름이랑 꽃 이름이랑 많이 알려줬거든."

"엄마?"

은기는 의외라는 표정으로 나를 건너다보았다. 순간 은기와 눈이 마주쳐 얼른 시선을 피했다. 은기는 무심한 척 자작나무 쪽으로 옮겨갔다. 그리고는 괜히 자작나무 껍질을 떼어냈다.

"어릴 때는 엄마랑 좋았다는 거야?"

"응."

"그럼 무서워한 건 언제부터야?"

은기가 왜 그런 것을 물어보는지 알 수 없었다. 진지하게 말해야 하나, 아니면 아무렇지 않은 척해야 하나, 고민이 되었지만 후자를 선택했다.

"잘 몰라. 아마 엄마랑 아빠가 이혼할 때쯤?"

운동기구를 만지작거리며 일부러 경쾌하게 말했지만, 기분은 좋지 않았다. 아빠가 떠날 무렵, 그러니까 〈서커스의 천사〉의 공연이 반쯤 남았던 그 겨울이 생각났다.

공연이 막을 열고 그 이듬해, 엄마와 아빠 사이는 점점 더 나빠졌다. 아빠는 엄마보다 그 여자와 더 많은 시간을 보내며 수많은 이야기를 나눴다. 그 대화 중에는 나의 재능에 대한 것도 있었다. 아빠와 사이가 나빠질수록 엄마는 나를 극단에 보내려 하지 않았다. 연습 날은 물론 공연이 있는 날도 방문을 잠가버렸다. 나는 발버둥을 치며 울었다. 결국 무대에 오를 시간이 임박하여 아빠에게 전화가 오고 나서야, 엄마는 어쩔 수 없다는 표정으로 차비를 주었다.

눈물로 얼룩진 채 극장에 가면 분장실 언니가 익살스러운 광대 화장을 해 주었다. 그러면 신기하게도 모든 일이 잊혀졌다. 하지만 공연은 곧 막을 내렸고 이미 극단에서 살던 아빠는 다시는 집으로 돌아오지 않았다. 여름방학이 끝날 무렵, 다음 공연을 준비하자는 전화가 왔지만 엄마는 나를 보내주지 않았다. 다섯 살 때부터 했던 발레도 중단시키고 이모네 동네로 이사를 가버렸다. 그 학기가 끝날 때까지 나는 거의 매일 울었다. 엄마는 울 때마다 무섭게 화를 냈다. 그러면 태인이가 경기를 일으키듯 소리를 질러대서 나는 울지 않으려고 엄청나게 애를 썼다. 하지만 나도 모르게 흐르는 눈물은 참을 수 없었다. 여름방학이 된 후에도 나는 엄마 집에서 아무것도 하지 않았다. 엄마는 놀러 나가는 것도 싫어했고, 친구들도 만나지 못하게 했다. 이모는 한여름에도 새하얀 나와 태인이의 얼굴을 보고 엄마에게 잔소리를 했다.

"애들이 어떻게 아빠를 만나러 간다고 그래? 다 언니 망상이야. 그런 거 신경 쓰지 말고 전처럼 애들 학원도 보내. 애들 친구도 못 만들게 할 거야?"

엄마는 이모의 잔소리에 화를 내고 싸우기까지 했다. 이모까지 우리집에 오지 않게 된 후, 나는 참고 참던 말을 꺼냈다.

"엄마, 원래 살던 동네에 가서 발레만 배울게요. 아빠는 안 만나요."

엄마는 내 얼굴을 뚫어질 듯 내려다보다가는 물었다.

"아빠, 안 만나고 싶어?"

뭐라고 말해야 할지 알 수 없었다. 엄마의 표정은 화가 난 것 같기도 하고 슬퍼 보이기도 했다. 나는 엄마가 우리를 불쌍하게 생각하는 표정이라고 믿었다.

"보고 싶어요……."

"아빠가 너랑 만나서 다시 극장에 데려간다고 하면 어떻게 할래? 가고 싶겠지?"

부드러운 엄마 목소리에 나도 모르게 고개를 끄덕이고 말았다. 아빠랑 극단에서 연습했을 때 내가 얼마나 즐거워했는지 엄마도 알고 있으니 아니라고 하면 거짓말이라고 생각했다. 엄마는 거짓말을 싫어하니까 내 솔직한 마음을 알고 싶은 것이라고 생각했다. 하지만 엄마의 표정이 갑자기 차가워졌다.

"다인이 네가 그 인간을 찾는다면 말릴 수는 없겠지. 그런 인간이라도 아빠는 아빠니까. 하지만 그 인간을 만나는 순간, 너한텐 엄마가 없는 거야. 이건 정말이야."

나는 그만 입을 다물고 말았다. 눈이 시려 눈물이 고이는데도 한 번도 깜박이지 않았다. 엄마 눈에 가득한 분노가 누구를 향한 것인지 확인해야 했다. 그리고 나는 확실히 알게 되었다. 이제 더 이상 아빠라는 말과 아빠와 했던 모든 것을 입 밖에 내면 안 된다는 것을. 하지만 말하지 못한 것들은 가슴에 켜켜이 쌓이기 시작했다.

그 며칠 후, 엄마와 화해를 한 이모가 다시 집으로 와 나를 데리고 나갔다. 이모는 사촌동생이 다니는 댄스 학원에 나도 보냈다. 엄마도 이모 말에는 대꾸하지 못했다. 학원 차가 오는 시간마다 이모가 전화를 했다. 나는 몇 개월 만에 춤을 출 수 있게 되었다. 발레가 아니어서 실망했지만 배우다 보니 재즈 댄스도 재미있었다. 아니, 발레보다 자유롭고 거친 동작이 많아서 가슴이 시원하게 뚫리는 느낌이었다. 하지만 그것도 1년뿐이었다. 엄마의 잔소리를 막아주던 이모네가 이사를 가면서 춤을 배울 기회는 더 이상 오지 않았다. 엄마가 없을 때는 출 수 있었지만 엄마는 거의 외출을 하지 않았다. 운동장을 연습실로 삼기 전까지, 나는 머릿속에서만 춤을 추었다. 댄스 학원의 플로어처럼 매끄럽고 쿠션이 좋은 바닥은 기대하지 않았다. 완벽한 조건만 기다려서는 춤출 수 없다는 것을 일찌감치 깨달았다. 하지만 넓고 잘 닦인 플로어를 나는 언제나 바라고 있었다.

"어렸을 때는 그렇다 치고, 사춘기 때 반항 안 해봤어?"

잎사귀 사이로 들어오는 햇빛에 눈을 찡그리며 은기가 물었다.

파란 하늘 끝, 황금색 구름들이 태양 주위로 천천히 움직이고 있었다. 아직 붉게 변하려면 여유가 있었다.

“응, 한 번도.”

“한 번도? 그럴 정도로 무서웠단 말이야? 도대체 왜? 너한테 어떻게 했는데?”

은기는 화가 난 표정으로 나에게 물었다. 나 때문에 화가 난 은기를 보자, 이상하게도 기분이 좋아졌다.

“잘 모르지만… 엄마가 우릴 두고 떠나 버릴까 봐 겁이 났나봐. 어릴 때부터 난 엄마보다는 아빠랑 더 친했거든. 아빠가 우리를 더 사랑한다고 믿었는데 떠나버렸으니까. 그때 어떤 일이 벌어졌는지는 잘 몰라. 하지만 난 아빠가 우리를 버렸다고 생각했어. 그러니 엄마는 더 쉽게……. 혼자 세상에 남을까 봐, 무서웠던 것 같아.”

“바보였구나, 너도.”

“너도? 그럼 너도 그랬단 말이야? 너희 부모님도 이혼하셨어?”

은기가 잠시 멈칫하더니 고개를 저었다.

“아니. 우리 아빠는 죽었어. 내가 아주 어릴 때.”

“아… 미안.”

“아주 어렸을 때라니까? 나도 슬펐던 적이 없는데 미안할 필요 없어. 그나저나 주다인, 그만 힘을 내. 넌 이제 버려지지 않아.”

“버려지지 않아?”

내가 크게 웃자, 은기는 고개를 가만히 고개를 끄덕이고는 탁자 위에 벌러덩 누워 눈을 지그시 감았다. 그리고는 중얼거렸다.

“버리면 내가 주울 거거든.”

약간 센 바람이 나뭇잎들을, 그리고 나와 은기의 머리칼을 훑고 지나갔다. 은기의 입가에 미소가 흘렀다. 나는 가슴이 벅차서 아무런 말도 할 수 없었다. 햇빛은 점점 붉게 변하고 있었고, 달려드는 구름들까지 빨갛게 만들고 있었다. 나는 모든 것이 이대로 멈추면 좋겠다고 생각했다. 황금구름이 붉어지고, 새빨개지고, 점점 보랏빛으로 물들면 결국 해가 져버린다. 이 시간이 끝나고 마는 것이다. 살짝 초조했다. 아무 말 없이 시간이 흐르는 것이 아까웠다. 그때 콧노래를 부르던 은기가 입을 열었다.

"아, 기분 좋다. 그런데 이건 무슨 냄새냐?"

"냄새? 아, 꽃향기? 이건… 원추리꽃 같은데? 잠깐… 치자꽃 향기도 난다. 희미하게."

"대단해, 그게 구분이 돼? 어, 잠깐. 가만히 있어 봐. 나도 구분할 수 있을 것 같다. 짙은 게 원추리꽃이지? 그리고… 약한 게… 어, 이건 내 향수 냄새랑 비슷한데?"

"향수?"

내 말에 은기가 눈을 떴다. 그리고는 나를 보며 싱긋 웃었다.

"네가 성년의 날이라고 준 거 있잖아. 마음에 딱 들어."

순간 나도 모르게 은기에게 다가들었다. 은기가 놀라 뒤로 물러섰다.

"뭐야, 놀랐잖아?"

은기의 웃음에 얼른 뒤로 물러섰지만, 나는 웃을 수 없었다. 희미했지만, 확실히 은목서 향기가 났다. 내가 가장 좋아하는 은목서 향기가……. 눈물이 날 것 같았지만, 꾹 참았다.

"향수랑 달라. 이건 치자꽃 향기야."

"그래?"

은기는 대수롭지 않게 말하고는 눈을 지그시 감으며 숨을 크게 들이마셨다.

"아, 꽃향기 정말 진하다. 봄엔 라일락 냄새 때문에 취할 것 같았는데, 학교에서 맡는 건 아무것도 아니었어, 그지?"

넓은 나뭇잎들이 그늘을 드리워준 덕에 은기는 한없이 평화로운 미소를 지으며 눈을 감고 향기를 만끽하고 있었다. 나도 은기처럼 미소를 짓고 싶었지만, 떨리는 목소리를 가다듬느라 자꾸만 찡그리게 되었다. 나는 겨우 숨을 고르고는 조용히 물었다.

"뭐 하나 물어봐도 돼?"

"물론."

"…우리, 무슨 사이야?"

"응?"

은기가 벌떡 일어나 앉더니 나를 보고 웃었다. 나는 주먹을 꽉 쥐고 대답을 기다렸다. 은기는 천천히, 그리고 진지한 목소리로 대답했다.

"난 사귀고 있다고 생각하는데, 너는?"

그렇게 듣고 싶었던 말인데, 기쁘지 않았다. 울음이 터져 나올 것만 같았다. 나는 숨을 크게 들이마셨다.

"그럼 아까 김서준이 한 말은 뭐야?"

"무슨 말?"

"김서준이 레이에 대해 한 말."

은기의 눈동자는 유리구슬처럼 투명했다. 순간 괜한 얘기를 꺼낸 것은 아닌지 후회가 되었지만 이미 질문은 던져졌고 은기는 기억을 되살리고 있는 것 같았다.

"아, 나랑 레이랑 사귀는 사이란 거?"

김서준은 사귄다고는 하지 않았다. 나는 은기의 기억을 고쳐주었다.

"네가 레이에게 집적댄다는 말…"

입술을 깨물었다. 우리가 사귀기로 한 날인데 때 이른 은목서 향기가 자꾸만 나를 울고 싶게 만들었다. 하지만 울어버리면 사귀자고 말해 준 은기가 기분 나빠질지도 모른다. 다행히 은기는 화를 내지 않았다.

"에이, 그런 자식이 한 말을 신경 쓴단 말이야? 신레이랑 몇 번 말 한 걸 가지고 그러는 거야. 김서준 그 자식, 고백했는데 레이가 상대도 안 해줬다는 소문이 있어. 여자애들한테 인기 좀 있다고 빼기는 놈인데 충격이 컸겠지. 몇 번 말해 주고 웃어준 걸 자기를 좋아하는 거라고 착각했는지. 제 딴엔 남자답게 대시한다며 폼 잡았는데 상대도 안 해 주니까 자존심이 상한 거야."

은기는 내가 궁금해 하지 않은 것들까지 자세히 말해 주었다. 하지만 그 말을 들으니 안심이 되는 것도 사실이었다. 내가 너무 바보 같았다. 은기가 누구에게 집적댄다니 상상할 수도 없는 일이었다. 게다가 그 상대가 레이라니. 정말 말도 안 되는 일인데, 은기의 말이 당연한데, 코끝에 은목서 향기가 여전히 남아 나는 은기의 얼굴을 쳐다볼 수 없었다.

13
햇빛 따위는 잊어버려도 좋아요
날카롭게 돋아나서 눈을 찔러버리는 것들은 잊고
구름으로 된 의자에 앉아

어른의 향기

레이가 파리에 갔던 날, 처음 공항에 가 봤었어. 레이는 공항이라는 말만 들어도 멀리 떠나고 싶다고 말했어. 은서도 고개를 끄덕였지. 나는 그냥 두근거렸어. 공항에 가는 건 정말 예상치 않았던 일이었으니까.

공항에 도착했을 때, 북적이는 사람들 때문에 조금 놀랐어. 이렇게나 많은 사람들이 어딘가로 떠나고 어딘가에서 돌아오고 있었다니, 전혀 모르던 세상 같았어. 레이가 그렇게나 덤덤할 수 있었던 이유를 이해할 수 있었다고나 할까.

공항은 엄청나게 넓었어. 그리고 친절했어. 발이 아프다고 은서가 불평을 털어놓을 즈음 세련된 쇼파가 기다리고 있는 식으로. 우리는 비행기가 내려다보이는 쇼파에 누워 달콤한 케이크를 먹었어. 레이가 파리에 대해 이야기해 주는 동안, 나는 공항에 정신이 팔려 있었어. 번쩍이는 바닥, 투명한 유리 너머의 커다란 비행기, 고급스러운 나무 벽, 최신형 컴퓨터, 당당한 걸음의 사람들……. 아무것도 궁금해 하지 않기로 했어. 레이 덕분에 오게 된 화려한 그 공간에 다시 올 리가 없다고 생각했거든. 그게 내 방식이었거든.

방학식이 끝나고 레이는 아이스크림을 하나씩 건네며 이렇게 말했다.

"닷새가 지나면 난 없어. 그러니까 즐기자!"

학원을 다 끊은 레이는 은서네 집에 와서 수다를 떨다가는 우리를 끌고 시내로 나갔다. 은서도 못 이기는 척 함께 따라 나왔다. 우리는 닷새 후면 세상이 끝나기라도 할 것처럼 원 없이 놀았다. 아침이면 버스 정류장 앞 카페에서 만나 뭘 할지 정했다. 영화, 쇼핑, 게임……. 할 것은 수없이 많았지만, 사실 카페에 들어가 수다만 떨어도 충분했다. 하지만 레이는 꼭 돈을 써야 한다며 고집을 피웠다. 평소에는 갈 수 없었던 비싼 카페에서 빙수를 하나씩 주문해서 입이 얼얼해질 때까지 먹기도 했다. 레이는 캬비크의 수익금이라면서 돈을 펑펑 써댔는데, 나는 아무래도 믿을 수 없었다. 캬비크의 옷이 그렇게 팔렸던 기억이 없었던 것이다. 하지만 워터파크에서 하루 종일 첨벙대고, 공원에 가서 토핑이 가득한 새로운 피자를 시켜 먹다보면 그런 건 어떻든 상관없다는 기분이 들었다. 은서도 항상 웃는 얼굴이었다. 비록 워터파크에서는 얼굴을 찡그리며 B동의 게임장으로 가버렸지만. 매일 뭘 하고 놀까를 고민하는 태평스런 닷새였다. 가끔이나마 걱정스러운 마음이 드는 건 나뿐인 것 같았다. 언니나 되는 것처럼 이대로 놔두어도 될까, 레이와 은서가 걱정되었다. 특히 멀티플렉스 맞은편 거리를 볼 때면 나도 모르게 레이나 은서에게 눈이 갔다. 멀티플렉스 맞은편 거리에 죽 늘어선 건물들은 거의 다 학원이었다. 무거운 가방을 멘 아이들이 심심찮게 레이에게 말을 걸기도 했다. 막바지 특강에 까칠한 아이들과는 달리 한없이 여유로운 레이는 아이들을 가볍게 위로하고는 우리들에게로 왔다.

"수능… 불안하지 않아?"

내가 이렇게 물어도 레이는 간단히 아니라고 대답했다.

"불안하기 시작하면 끝이 없지. 하지만 다른 곳도 아닌 파리가 날 기다리고 있는데 어떻게 거부할 수 있겠어?"

방학하기 얼마 전, 레이는 엄마와 파리에 다녀올 거라는 말을 했다. 마치 서울에 다녀오겠다는 말처럼 가볍게 들려서 처음엔 실감하지 못했다.

"파리, 프랑스 수도?"

은서도 나 같은 기분이었을 것이다. 레이는 자기가 없어도 졸업작품을 진행해달라며 디자인 스케치를 정신없이 늘어놓았다. 나와 은서는 스케치북 대신 레이의 얼굴만 멍하니 들여다보았다. 처음에는 어이가 없었지만, 점점 진짜라는 생각이 들었다. 파리라는 말이 나와 은서를 이유 없이 들뜨게 했다. 우리는 레이에게 갑자기 파리 여행은 왜 가는지, 얼마 동안 있을 것인지, 프랑스 말을 잘 하는지, 에펠탑에도 갈 것인지 등등 생각나는 것 전부를 꼬치꼬치 캐물었다. 레이도 진지하게 대답해 주었다. 밀라노의 엄마 친구가 1년 동안 파리에서 작업할 예정이라 엄마와 함께 머물기로 했다는 것이었다. 레이는 작업실에서 디자인의 기본을 다시 배울 거라고 들떠 있었다.

"관광객 티는 내고 싶지 않지만 에펠탑은 안 가볼 수 없지. 하지만 그거 말고는 진짜 파리지앵처럼 살아볼 거야."

"파리지앵? 왠지 파리가 왱왱거리는 소리 같아."

은서가 짓궂게 말했다.

"일생에 한번, 뉴요커나 파리지앵처럼 살아보는 건 모두의 꿈 아니겠어?"

레이가 이렇게 말했을 때, 나는 정말 그런 꿈을 가지기라도 했던 것처럼 부러웠다. 하지만 실감은 나지 않았다. 수학여행 말고 여행이라는 걸 가본 것이 언제인지 기억도 나지 않는 내게 해외, 그것도 파리는 여행책의 제목이나 블로그 같은 데나 나오는 도시였다. 하지만 레이의 항공권은 진짜였고, 거기에 적힌 날짜가 되면 진짜 파리로 날아가 파리 사람처럼 살 수 있는 것이었다.

레이의 출국 전날, 우리는 마지막 날을 특별하게 보내야 한다고 별렀다. 다른 날보다 한 시간이나 일찍 멀티플렉스 1층 카페 앞에서서 뭘 할지 머리를 맞댔지만, 특별한 것을 해야 한다고 생각하니 머리가 아팠다. 한 시간이나 밖에 서 있던 우리는 영화관으로 올라가기로 했다. 영화라도 한 편 보면서 생각하기로 한 것이다. 은서가 영화를 결정하고, 레이와 내가 팝콘과 콜라를 사기로 했다. 레이는 내일 입을 공항 패션이라며 사진을 보여 주었다. 사진 속 레이는 어른스럽고 세련되어 보였다. 들떠 있는 레이를 보니 웃음이 나왔지만 은서가 표를 내밀었을 때 웃음은 멈추고 말았다.

"시간이 딱딱 맞아떨어져서 소름 돋지? 11시 25분 끝, 11시 30분 시작, 1시 25분 끝, 2시 시작, 3시 55분 끝! 이거 다 우리가 보고 싶었던 영화들이잖아. 하루에 끝낼 수 있어. 두 번째 영화 끝나면 점심시간도 있다고. 완전 행운. 완벽하지?"

신난 표정으로 영화표를 들고 있는 은서에게 나는 아무 말도 할 수 없었다. 레이는 영화만 보다 끝날 수는 없다고 불평했지만, 환불할 수도 없었다. 1분 후에 첫 번째 영화가 시작될 예정이어서 우리는 달리다시피 영화관으로 들어가야 했다. 은서 말대로 완벽한 영화 시간 덕분에 우리는 영화 사이사이 겨우 화장실에 가거나 스트레칭을 하며 세 편의 영화를 다 보아야 했다.

"아, 허무하다. 세 번째는 정말 보고 싶었던 영환데 완전 자버렸어. 유은서, 하여튼!"

레이가 은서를 원망했지만, 은서는 의기양양이었다.

"배 안 고프냐?"

나와 레이는 고개를 저었다. 점심 때 급하게 먹은 햄버거 세트와 두 통이나 먹은 팝콘 때문에 배가 터질 것 같았다.

"난 팥빙수 먹을래."

카페에서 나와 레이는 커피를 시켰다. 은서는 우리에게 자신의 팥빙수에 손대지 말라고 경고를 했다. 레이는 어른스럽게 다리를 꼬며 커피를 홀짝였다. 은서는 그런 레이를 빤히 들여다보며 팥빙수를 비볐다.

"정말 엄마랑 가는 거야? 남자친구 아니고?"

은서의 말에 레이가 하, 하, 하, 하, 스타카토로 웃었지만 은서의 표정은 굳어 있었다. 나도 궁금해졌다.

"정말 남자친구 없어?"

"아, 정말. 다인아, 너까지 왜 그래? 은서, 저 의심쟁이의 말을 믿는 거야?"

레이가 너스레를 떠는데도 은서는 여전히 고집스러운 표정이었다.

"신레이, 나 너희 엄마한테 파리에 가는 것 맞냐고 물어볼래. 전화번호 좀 줘 봐."

은서의 말에 레이는 그만 웃음을 터뜨리고 말았다.

"그런 전화하면 우리 엄마도 이상한 생각하잖아. 그리고 남자친구가 있다고 해도 우리가 비행기 표 살 돈이 어디 있냐? 넌 망상이 너무 심해."

"우리? 이봐, 이봐, 분명 우리라고 했다."

은서의 말에 레이는 얼굴이 붉어졌다.

"아이 참, 만약에 있다면 말이야. 어린 주제에 비행기 표를 어떻게 사냐고, 안 그래?"

"남자친구는 어른이라며? 그런 남자친구랑 해외 여행은 안 돼."

"아, 정말 미치겠네……. 글쎄, 없다니까."

"저번에 아무 날도 아닌데, 선물하면 이상하냐고 물어봤잖아."

레이는 그제야 생각났다는 듯 여전히 크게 웃음을 터뜨리며 고개를 끄덕였다.

"아아, 그 오빠? 아직은 사귀는 게 아니야. 여행은커녕 데이트도 못 한다고."

레이의 말에 은서가 안심한 표정을 지었다. 레이는 그런 은서가 재미있는지, 다시 한바탕 깔깔댔다. 나는 궁금한 것이 생겼다.

"레이야, 너는 사귀면 여행도 같이 갈 수 있어?"

"주다인, 넌 또 뭐니? 아, 정말 웃겨서 배꼽 빠질 것 같아."

정말 궁금한데, 레이는 나를 보며 깔깔 웃었다. 나는 얼굴이 빨개졌다. 순간 은기와 함께 에펠탑 앞에 서 있는 내 모습을 상상했던 것이다.

"주다인, 너도 남자친구 있지?"

은서가 예리한 표정을 지으며 추궁하듯 물었다.

"아, 아니. 그런 거 없어. 알잖아, 매일 너희랑 바느질만 하는 거. 그리고 우리 엄마 무척 무섭단 말이야. 밤에 전화하거나 어디 멀리 가는 거 상상도 할 수 없어."

은서가 고개를 갸웃거리는데, 레이가 손을 턱에 대고 나를 빤히 쳐다봤다.

"대답이 너무 긴데? 주다인, 정말 있는 거 아냐? 밤새 문자 하거나 몰래 만나는 남자친구가?"

"좀 수상하긴 해. 저번에 밤에 전화했을 때, 너 통화 중이었어."

이번엔 은서. 나는 황급히 고개를 저었지만, 레이와 은서는 나를 놓아줄 생각이 없는 것 같았다.

"너희도 알잖아. 나 존재감 없는 거. 너희 아니면 말도 잘 못 하고……. 이런 나를 좋아해 줄 남자가 어디 있어?"

"주다인, 왜 또 그런 말 해? 네가 몰라서 그렇지, 널 좋아하는 남자애들 많을 걸? 그렇지, 은서야?"

레이의 말에 은서는 보일 듯 말 듯 고개를 끄덕였다. 레이는 언제나 그렇듯 나의 자신감을 키워주려고 애를 쓰고 있었다. 덕분에 남자친구에 대한 추궁은 잠시 멈췄다. 이제는 화제를 바꿔야 할 때였다. 그때 은서가 자신의 팥빙수에 스푼을 집어넣는 레이의 손을 탁 치며 말했다.

"그래서 팥빙수 시키라고 했잖아. 아무튼 너는 짝사랑이란 말이야?"

"나도 몰라."

"모르다니? 그 어른 남자는 널 알긴 해?"

은서의 말에 레이는 고개를 끄덕였다. 레이를 알면서 레이에게 좋아한다고 말하지 않는 남자는 도대체 어떤 남자일까? 나는 궁금해졌다.

"누군데?"

"그건 말해 줄 수 없어."

"어째서? 비밀연애를 해야 하는 사람이야? 설마 연예인? 아니면 원조교제?"

은서의 말에 레이는 고개를 절레절레 저었다.

"유은서, 만화 좀 그만 봐라. 나를 뭘로 보고……."

"혹시 우리가 아는 사람이야?"

나의 질문에 레이는 한숨을 폭 쉬었다.

"그렇게 궁금하냐? 어떻게 될지도 모르는 사이라 말을 안 하는 것뿐이라고."

"그럼 어떻게 만났는데? 잘 생겼어? 뭐하는 사람인데?"

이제 레이는 커피를 밀쳐두고 본격적으로 팥빙수를 먹기 시작했다. 나도 커피에는 손이 안 갔다. 나와 레이의 커피는 거의 그대로 식어가고 있었다.

"어렸을 때, 같은 동네 살았어. 어렸을 때는 하얗기만 하고 못생겼었는데 지금은 엄청 크고 잘생겼어. 어렸을 때는 그 오빠가 날 더 좋아했었는데……."

"지금은 네가 더 좋아해?"

궁금해졌다. 레이처럼 멋진 아이는 어떤 사람을 좋아할지 알고 싶었다.

"그런 것 같아. 아니, 오빠 마음을 잘 모르겠어. 개구쟁이긴 하지만 정말 정말 착한 오빠였는데, 지금은 어떤 사람인지 헷갈려."

"헷갈리다니? 지금은 안 착해?"

"착해. 착할 거야. 하지만 잘 모르겠어. 나만 만나면 화를 내거든. 하지만 그 이유를 알 것 같아서 미워할 수가 없어. 그리고 완전 바보야. 자기가 얼마나 멋진 사람인지 몰라. 다인이 너처럼."

"나처럼?"

"아니, 그보다 더 심하지. 멋지다고 말하면 화를 내니까 멍청이라고 해야 하나? 멍청할 정도로 착한 건 지금도 마찬가지야. 자기는 어떻든 상관없대. 그러면서 남 걱정만 하지. 말하는 것만 들으면 완전 찌질해. 할 줄 아는 게 아무것도 없다고 생각한다니까. 그런데 아니거든. 뭐든 할 줄 아는 게 오히려 걱정이라고 하면 이해가 안 되지? 자기가 어떤 사람인지 하나도 모르는 남자야."

"그런 사람이 어디 있냐? 신레이, 네 착각 아냐?"

은서가 고개를 저었다. 레이는 나를 보며 자기 편이 되어달라는 듯 억울한 표정으로 나를 보았다.

"어떤 사람인지는 상상이 안 되지만, 네가 좋아하는 사람이니까 정말 멋질 거라고 생각해."

레이는 고개를 끄덕였다.

"어렸을 때부터 좋아했어. 그 오빠한테는 먼지 냄새가 나서 옆에 있으면 즐거운 생각이 많이 났거든. 비가 내리기 시작할 때 나는 흙먼지 냄새 알지? 막 무슨 일이 벌어질 것 같은 느낌도 들고, 당장 집으로 가고 싶기도 한 냄새 말이야. 먼지 냄새 다음에 무슨 냄새가 퍼져나갈까 생각하다보면 풀 냄새 꽃 냄새도 막 생각이 났었어. 어른 되었다고 잘 맞지도 않는 수트에 진한 애프터쉐이브 냄새를 풍겨서 기절할 뻔했다니까. 뭐, 그 덕분에 어렸을 적 나던 먼지 냄새를 떠올렸지만. 그러다가 요즘에 드디어 알아냈어. 그 오빠한테는 수트가 안 맞는다는 것, 그리고 어울리는 향기는 의외로 플로럴 계열이라는 걸. 은방울꽃이나 은목서 향기 같은."

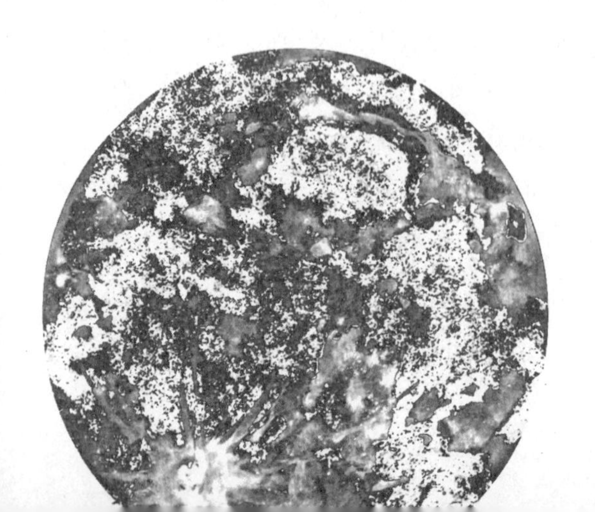

장마, 낮은 구름 수렴대

이제까지 내가 깨달은 것이 있다면, 삶은 사건의 연속이고 가차 없다는 거야. 어떤 일이 벌어졌는지 알아낼 때까지 기다려주는 일은 없지. 그래서 삶의 요령이란 당황하지 않고 시간에 흘러가는 것이라지. 진실을 알아낸다고 해도 정리되는 것은 없으니까. 우리가 태어난 순간부터 사건은 사고처럼 일어나고, 사랑도 수많은 사건 중에 하나라는 걸 받아들이는 순간, 우리는 어른이 되는지도 몰라. 가지런히, 서랍 같은 곳에 깔끔하게 집어넣을 수는 없다는 것을 인정하는 그 순간부터. 그러니 손에 잡히는 대로, 단서를 잡는 대로 겪어내고 부딪치는 수밖에. 아빠는 말했었어. 아무리 괴로워도 부닥쳐 깨져야 한다고. 아프다고 외면하는 순간, 늙기 시작한다고……. 아빠를 신뢰하진 않았지만, 그 말은 이해할 수 있었어. 너에게 벗어날 수 있었던 건 마음을 죽인 다음부터였으니까. 애초에 괴로움을 없애는 방법은 하나였어. 태어나지 않거나, 죽은 듯이 살거나. 하지만 삶의 꽃은 살아있어야만 볼 수 있지. 그래서 모두 빛을 찾아 질주했던 거야. 사고가 기다리는 길로.

지구멸망을 다룬 영화에나 나올법한 하늘이 세상을 감싸고 있었다. 더러운 솜을 깔아놓은 것처럼 까맣고 무거운 구름이 머리에 닿을 듯 낮았다. 낮 2시, 버스 정류장 주변 가게들은 실내에 등을 켜놓고 침묵을 지키고 있었다. 버스 정류장에는 나 말고도 동행인 듯한 아주머니 두 분이 있었지만 아무도 침묵을 깨뜨리려 하지 않았다. 아침까지 눈을 뜨기 힘들 정도로 맑고 후텁지근했던 날씨가 겨우 한 시간 만에 종말 직전처럼 변했다. 날씨 변덕은 몇 번을 당해도 익숙해지지 않았다. 나는 사우나 같은 더위에 끈적끈적 달라붙는 원피스를 떼어놓으며, 에어컨이 시원한 버스가 빨리 오기만을 기다리고 있었다. 구름을 인 거리에는 큰일이 닥치기 직전처럼 무거운 정적이 고여 있었는데, 몇 분 전부터 드디어 바람이 불기 시작했다. 전혀 시원하지 않은 바람이 신문지, 검은 비닐봉지 따위를 낮게 날리는가 싶더니 갑자기 천둥소리가 나 깜짝 놀라고 말았다. 그 소리에 생각났다는 듯 아주머니들이 대화를 시작했다.

"엄청 쏟아지겠네. 아침에 창문 열고 나왔는데 이를 어째."

"그러게. 자기 우산 갖고 왔어?"

"그냥 통으로 퍼붓는 비일 텐데 우산이 무슨 소용이야? 버스는 왜 안 온담?"

아주머니들의 이야기를 듣자, 살짝 걱정이 들었다. 아침에 나올 때는 너무 더워서 베란다 문을 열고 나왔다. 비가 오면 엄마가 집을 돌아보려나……. 하지만 그것 때문에 집으로 갈 수는 없었다.

“오늘 인사하고 일 시작하면 돼. 내일부터는 아침에 나와서 연습해도 되고.”

은기가 일하던 연기 학원에 인사를 하러 가는 길이었다. 은기가 다른 아르바이트를 하겠다며 대신해달라고 부탁했다. 하지만 그건 어디까지나 은기의 말이고, 실은 은기가 나를 위해 연습실을 마련해 준 것이나 마찬가지였다.

며칠씩 쉬지 않고 비가 오면 운동장을 쓸 수가 없었다. 교실이나 복도에서 연습한 적도 있지만 어둑한 교사에 들어가는 것도 어두운 건물 한 곳에만 불이 켜진다는 것도 신경쓰였다. 그래서 장마기간에는 아예 연습을 포기하곤 했다. 그런데 올해는 은기 덕분에 좋은 연습장을 찾게 된 셈이다.

“쉬면 찜찜하지 않아? 마침 내가 연기 학원 알바 못 하게 되었는데, 네가 해 줄래?”

“연기 학원? 너랑 갔던…”

“응, 테니스 형네. 방학 때는 2시부터 시작이니까 그 전에 연습하고 청소만 하면 돼. 수업 받을 수 있으면 받고.”

“정말, 그래도 되는 데야?”

“응. 지하지만, 연습실이 꽤 커. 아, 뛰는 게 문제가 되려나? 트랙은 없거든.”

“아냐, 아냐! 그거면 돼. 정말 좋아.”

생각만 해도 기분이 좋아졌다. 방음이 되는 연습실, 플로어와 거울, 음향장치……. 그런 완벽한 공간을 공짜로 쓸 수 있다니 꿈을 꾸는 것만 같았다. 은기는 환해진 내 얼굴을 보며 고개를 갸웃거렸다.

"그렇게 좋아하면서 오디션은 왜 제대로 안 보는 거야?"

갑작스러운 질문에 표정이 굳어졌다. 하지만 은기는 진지했다.

"오디션에 붙으면 지칠 때까지 연습할 수 있잖아."

"내가 어떻게 오디션에 붙겠어?"

"주다인, 그런 말 말고 정말로 말해 봐. 네 실력이면 어디에든 붙는 게 당연한데, 이상해. 오디션은 왜 대충 보는 거야?"

"너니까 그렇게 말하는 거야. 나 실력 없어."

"그렇지 않아. 내 눈은 정확하다고. 너희 아빠도 네 실력을 믿으니까 오디션 서류 보내는 거잖아. 설마 모르는 건 아니지? 말해 봐, 진짜 이유가 뭐야?"

은기의 눈에 힘이 잔뜩 들어가 있었다. 대답을 듣고 말겠다는 듯 부릅뜬 눈빛을 피할 수가 없었다.

"그건…… 말했잖아, 엄마 때문이라고. 엄마한테 들키면 난 끝이야."

"엄마, 엄마, 엄마! 지겨워. 도대체 뭐가 끝나는데?"

은기가 갑자기 소리를 질렀다. 은기가 화를 낸 것은 처음이었다. 그 까닭을 알 수 없었다. 대답이 너무 성의 없다고 생각한 걸까? 아니면 엄마 핑계를 댄다고 생각하는 걸까? 나는 겨우 용기를 내 은기의 옷자락을 잡았다. 은기가 뒤를 돌아보며 한숨을 쉬었지만 여전히 화가 난 표정이었다.

"저기… 내가 한심해서 화내는 거지? 바보 같은 말이라는 거 알아……. 그런데 엄마가 정말 싫어해. 아빠랑 연락하고 있다는 거 알면 더 화낼 거야. 내가 아빠처럼 연기를 한다고 하면 다시는 날 안 볼 거라고. 실력도 없지만 집을 나가서 살 능력도 안 되고……. 연기 같은 거 좋아해봤자 아빠처럼 돈도 못 벌 텐데, 그럼 어디에서 살아. 그리고 엄마는……. 나마저 없으면 태인이랑 엄마는 더 안 좋을 거야. 엄마 바느질도 도와줘야 하고……."

"아, 시끄러워! 그런 핑계 짜증난다고!"

은기는 여전히 화를 냈다. 나는 얼른 돌아섰다. 화가 난 것은 아니었다. 많이 놀랐을 뿐이다. 슬퍼서가 아니라 놀라서, 그래서 눈물이 나왔다. 눈물을 들키는 것이 싫어서 빠른 걸음으로 걸었다. 뒤에서 은기가 달려오는 소리가 들렸다.

"주다인! 내가 잘못했어."

눈물이 멈추지 않아 계속 걸었을 뿐인데 은기가 달려와 내 어깨를 잡았다.

"너 때문에 화난 거 아니었어. 그냥 난 네가 자랑스러운데 네가 그걸 너무 몰라서. 난 네가 무대에 올라가기를 바랐을 뿐이야. 멋대로 화내서 미안해. 용서해 줘."

은기의 사과는 고마웠지만, 나 자신이 한심해서 마음이 무거웠다.

"아냐. 네 말이 다 맞아. 나도 내가 뭘 하고 있는지 잘 모르겠어. 왜 그렇게 연습이 좋은지 진지하게 생각한 적도 없으니까. 네 말대로 엄마는 핑계일지도 몰라. 그런데 난 정말 무대에 올라간다는 건 생각도 안 해봤어. 미안해."

"바보야, 네가 뭐가 미안해? 성질 낸 내가 미안하지. 그냥 아무 생각하지 말고 하고 싶은 대로 해. 거기는 네가 하고 싶은 만큼 연습할 수 있을 거야."

나는 고개를 끄덕였다. 바보 같지만, 하고 싶은 대로 연습하라는 말이 위로가 되었다. 나는 꼭 그 아르바이트를 해야만 했다.

버스에 올라타자마자 비가 쏟아지기 시작했다. 거리는 순식간에

캄캄해졌고 굵은 빗줄기가 버스 유리창에 사선으로 스크래치를 내며 튕겨 나갔다. 버스는 물줄기가 쏟아지는 회색 도로를 달려 학원 가까운 정류장에 멈췄다. 나는 우산대를 어깨에 기대고 최대한 빨리 달렸다. 하지만 다리와 치마가 젖는 것은 어쩔 수 없었다. 건물 계단을 내려와 신발과 양말을 벗었다. 가방에서 수건을 꺼내는데 안에서 대화 소리가 들려왔다.

"그럼 대본 써도 된다는 거지? 허락한 거다."

"연습에 뭔 허락씩이나."

우렁우렁 울리는 저음과 정확한 발음. 은기가 테니스 형이라 부르는 이환의 목소리였다. 그리고 다른 하나는 은기. 오지 못한다고 했는데 온 걸 보니 역시 내가 걱정되었나 보다. 나도 모르게 입가에 미소가 흘렀다. 나는 휴대전화를 꺼내 은기에게 들어가도 되냐는 문자를 보냈다. 그리고 재빨리 다리와 치마의 물기를 털어냈다.

"〈완전히 미쳐버린〉, 이건 누가 안 올리나? 극본상 받았을 때, 곧 무대에 올라갈 거라고 생각했는데 말이야. 햄릿을 한다면 이 햄릿을 하고 싶다고 생각했어."

"그 햄릿은 만만하다는 말이야? 하긴 셰익스피어의 햄릿을 하기엔 이해력이 좀 딸리지."

"뭐라고?"

안에서 이환의 웃음소리가 들렸다. 공연에서 보았던 것과는 전혀 다른 웃음소리였다. 은기와 친하다는 말을 듣고 〈대역배우〉라는 연극을 본 적이 있었다. 연극 내용은 어려웠지만 주인공을 맡은 이환 만은 일주일이 지나도 계속 생각났다. 배우가 미친 것은 아닐까 걱정이 되어서 한 번 더 봤는데 이환은 처음 봤을 때와는 또 다른 대역배우가 되어 처절하게 살아있었다. 그랬던 배우가 바로 문 안에 있다고 생각하니 가슴이 두근거렸다. 나는 다시 전화를 들여다보았다. 빨리 들어가고 싶은데 은기의 답이 없었다. 할 수 없이 까치발을 선 채 문을 열었다. 동시에 누군가 문을 열었다. 순간, 나도 모르게 입으로 손을 막았다. 배우 이환이 내 눈 앞에 서있던 것이다.

"어떻게 왔니? 새로 등록하려고?"

이환은 시간을 보더니 고개를 끄덕였다.

"알바생?"

이환은 내게 들어오라는 손짓을 했다. 까치걸음으로 걷는 내 앞에 이환은 하얀색 슬리퍼를 놓아주었다.

"신고 따라와."

이환은 서랍에서 열쇠꾸러미를 건넸다.

"이게 학원의 각 방 열쇠야. 이것들은 연습실 1, 2, 3. 이건 화장실, 이건 사무실. 알겠지? 하나씩 열고 청소하면 돼. 그건 그렇고 자기소개 해 봐."

"네… 제 이름은 주다인입니다. 검산콘텐츠산업고등학교 패션디자인과 3학년…"

"초등학생이야? 뭔 소개가 그래?"

"아, 죄, 죄송합니다."

"웃기는 학생이네. 잘못한 것도 없이 무작정 사과부터 하다니… 별론데? 그나저나 이름이 주다인이면 네가 혹시 그 주다인이냐? 전설의 꼬마 광대, 어느 날 갑자기 사라진."

"네?"

갑작스런 말이 당황스러웠다. 이환은 멍한 내 표정이 재미있는지 큰 소리로 웃었다.

"아무리 봐도 전설 속 꼬마는 아닌데? 하긴, 동명이인인지도 모르니까, 그지? 아무튼 지하니까 곰팡이 안 생기게 마른걸레 청소까지 해야 한다. 걸레는 반드시 제습기가 있는 사무실에 말려놓고 가."

내가 고개를 끄덕이자, 이환이 돌아섰다.

"저, 저기요……."

"나? 나도 이름이 있는데 저기요라니. 나 이환이라고 한다."

"아, 알아요. 이환 배우님."

"배우님이라는 호칭도 있냐? 연기를 한다는 녀석이 호칭은 바로 써야지. 뭐가 좋을까……. 내가 여기 사장이 아니니 사장님은 아니고, 널 가르치는 것도 아니니 선생님도 아니고. 그냥 오빠라고 부르든지. 나, 나이 안 많아."

"오빠요?"

"그래. 미국처럼 이름 부르면 좋은데, 그지?"

"저, 그런데 은기는 어디에 있나요?"

"은기?"

"방금 전까지 배우님, 아니, 오, 오빠랑 같이 있었는데요."

"방금 전이라면 내 친구였는데."

"은기는 아니구요?"

"내 친구 이름은 한석준이야. 친구 목소리랑 비슷한 가 보지? 아무튼 오늘은 여기까지. 비 좀 그치면 가라. 다 젖었는데 에어컨이 세서 춥겠네. 곧 학생들이 몰려올 시간이라서."

이환은 무릎담요를 건네고는 사무실을 나갔다. 이상했다. 분명히 은기 목소리였는데……. 세상에는 비슷한 사람이 많다더니 신기하다는 생각이 들었다. 은기에게 말해 주고 싶어 휴대전화를 꺼냈는데 은기에게는 여전히 답이 오지 않았다.

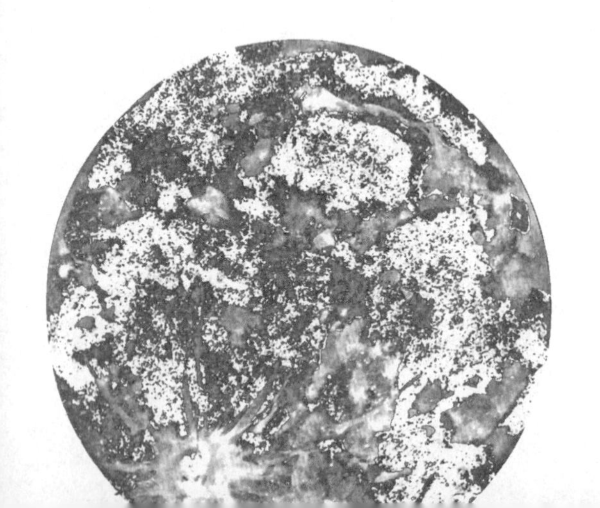

유리구슬처럼

너를 만나면 언제나 호흡이 가빴지. 너를 만나는 건 비밀이었고, 나는 숨죽여야 했어. 네가 보고 싶은 나는 마치 타이머 걸린 시계처럼 순간순간이 기쁨이면서 슬픔이었지. 그런데도 너를 만나면 고작 네 이름을 부르는 것밖에 하지 못했지. 하지만 아무것도 문제가 되지 않았어. 우리는 춤과 노래에 몸이 달뜨고 시와 공연에 목이 메일 때까지 떠들었지만, 말들은 먼 데서 웅성댈 뿐이었지. 우리가 주고 받는 모든 말들이 그저 하나의 의미밖에 되지 않았지. 나는 믿었어. 미소 가득한 눈빛으로 하는, 온기로 데워진 그 목소리로 울리는 모든 단어가 단 한 단어의 대명사일 거라고. 우리 둘이 만날 때는 심지어 우리의 이름조차 그 말의 대명사가 되고 말았지. 은기야, 은기야, 은기야……. 다인아, 다인아, 다인아……. 메아리처럼 서로를 부르던 이름조차, 내 머릿속에서는 사랑해, 사랑해, 사랑해……. 종소리처럼 울려댔지.

가만히 있는데도 땀이 났다. 나는 바느질을 멈추고 이어폰을 귀에 꽂은 다음 책상에 엎드렸다. 미국 배우의 뮤지컬 노래를 듣는데 피식피식 웃음이 나왔다. 환이 오빠 덕분에 알게 된 노래였다. 소극장 뮤지컬에 올릴 작품이라고 했다. 가사는 알 수 없지만 환이 오빠의 익살스런 표정과 연기가 생각났다. 갑자기 누군가 이어폰을 뺐다.

깜짝 놀라 고개를 들어보니 은서가 시큰둥한 표정으로 노래를 듣고 있었다.

"이런 뮤지컬스러운 거 말고 내가 좋아하는 인비져블 신곡은 없어?"

"난 인비져블 팬 아니야……."

나는 음원을 뒤지는 은서의 손에서 휴대전화를 빼앗았다.

"넌 클래식 비슷한 것만 듣더라. 지루하게……."

은서가 인비져블 노래를 흥얼거리며 나를 향해 엄지 손가락을 아래로 내렸다. 나는 이어폰을 주머니에 넣고 반짇고리를 열었다.

"계속 이거 만들고 있었어?"

"거의 다 했어. 레이가 돌아올 때까지 완성시킬 수 있어."

"하암… 신레이, 지금쯤 신나겠지? 여기처럼 파리도 더우려나?"

"맞다, 너 덥다고 집에 가서 샤워한다고 했잖아. 갑자기 왜 돌아왔어?"

졸업 작품 바느질을 돕겠다던 은서는 오후 4시나 되어 어슬렁어슬렁 교실에 나타났다. 하지만 30분도 못 견디고 덥다면서 돌아갔던 것이다. 은서는 대답 대신 온몸을 부르르 떨었다. 바느질을 멈추고 은서의 손을 잡았다.

"왜, 무슨 일 있었어?"

"…매미가 떼로 울고 있어서……."

"매미? 매미는 원래 떼로 울잖아……."

“그게 아니라, 울다가 막 땅에 떨어진단 말이야.”

“설마, 매미 때문에 돌아왔다고?”

“징그러워. 커다란 바퀴벌레 같아…….”

은서는 얼굴을 잔뜩 찡그린 채 울상이었다. 웃음이 나왔다.

“애기 같다, 너.”

“어울리지 않는다는 거냐? 됐고, 얼른 가자.”

“조금만 기다려.”

“지금 가. 나 덥고 배고프단 말이야.”

은서는 입술을 앞으로 쭉 내밀며 내 반짇고리를 가방에 넣었다. 그렇잖아도 새벽부터 연습을 한 터라 피곤했던 나는 못 이기는 척 가방을 어깨에 짊었다.

“그럼 오랜만에 너희 집에 갈까? 방학 시작하면서 거의 안 간 것 같다.”

은서가 고개를 끄덕였다.

“우리 집엔 에어컨이 없으니까.”

“에어컨 때문에 안 간 건 아니지. 방학하고 나선 레이랑 노느라 그랬고, 그 다음엔 네가 학원에 간다고……. 나도 알바했구.”

“그랬나? 어쨌든 내 집엔 에어컨도 없고 먹을 것도 없어.”

“배고프다며?”

“컵라면 사갖고 가려고. 네 건 네가 사.”

“꼭 그걸 먹고 싶은 게 아니라면 내가 해 줄까? 나, 일본식 계란 말이 할 줄 아는데 먹을래?”

“먹을래!”

나와 은서는 매미가 툭툭 떨어지는 길 대신 큰길로 갔다. 마트에서 계란을 한 판 사고 쪽파와 무를 샀다. 은서는 집에 가자마자 창문을 활짝 열고는 샤워하러 들어갔고 나는 밥을 짓고 무국을 끓인 뒤, 계란말이를 했다. 은서네 냉장고에는 김치와 포장 김, 그리고 콜라가 있었다. 나는 남은 재료를 냉장고에 넣어두고 김치를 꺼내 상을 차렸다.

"맛있어?"

은서는 고개를 끄덕였다. 나도 모르게 궁금한 것을 물어보았다.

"정말 다른 가족은 안 오니? 언제부터 혼자 산 거야?"

"왜 궁금한데?"

역시 은서는 까칠했다. 정신이 들었다.

"아니, 그냥… 나라면 혼자 맛있는 걸 해먹을 것 같아서."

"음식 하는 거 아니, 부엌 가는 거 싫어해. 숨 막혀."

"숨 막혀?"

"잘은 모르지만 고소공포증 이런 거랑 비슷하지 않을까?"

"이유도 없이?"

"이유? 아마 있을 걸."

"뭔데, 그게?"

"부엌 귀신이 나를 싫어해. 부엌에 있다가 들키면 막 망치로 날 죽이겠다고 쫓아다녀."

"진짜 귀신을 봤다고?"

은서가 피식 웃으며 고개를 끄덕였다.

"거짓말, 꿈 얘기지?"

"당연하지. 헤헤, 이거 계란말이 맛있어."

은서의 말에 일찍 해줬다면 좋았겠다는 생각이 들었다. 밥 차리는 것쯤은 아무것도 아니었다. 엄마가 바느질로 바쁠 때는 내가 밥을 지어야 했으니까. 국과 밑반찬도 꽤 만들 수 있었다. 앞으로 가끔씩 밥을 해 주면 은서가 좋아할까 생각해 보았다. 밥을 먹고 나서 은서는 방바닥에 누워 잠을 청했다. 부엌공포증 때문에 설거지도 못한다며 짓궂게 웃었다. 설거지를 마치자 선잠이 든 은서가 눈을 게슴츠레 뜨며 나에게 손짓을 했다. 그 옆에 가서 벽에 기대 앉으니, 설핏 잠이 왔다.

"아, 이는 닦아야 하는데……."

하지만 나는 다리를 쭉 뻗고 누워버렸다. 은서가 나에게 껌을 건넸다. 우리는 껌을 씹으며 졸업 작품 발표회가 끝나면 가기로 한 여행에 대해 잡담을 하다가 잠이 들었다. 시원해진 몸 위로 잠의 물결이 기분 좋게 내 머리를 풀어헤쳤다. 나는 고무줄을 손목에 걸고 벽을 향해 모로 누웠다.

즐거운 꿈이었다. 졸업 여행 같았는데 겨울바다는 예상 외로 따뜻했다. 나와 레이, 은서는 학교 아이들과 함께 바다로 뛰어들어 헤엄을 쳤다. 파도가 밀려와 자꾸 물을 먹었지만 그래도 좋았다. 나는 먼 바다를 향해 헤엄쳐 갔다. 아이들이 부르는 소리가 들렸지만 파도가 마음을 끌었다. 한참을 가다보니 어느새 해안가는 보이지 않았고 나는 바다 한 가운데 누워 햇빛을 올려다보고 있었다.

'나 먼저 갈게.'

햇빛이 나에게 이렇게 말했다. 나는 '안녕'이라고 말한 뒤에야 해안가의 친구들이 떠올랐다. 친구들에게 가야겠다고 마음먹었지만 웬일인지 다리가 움직이지 않았다. 당황해서 팔을 허우적거렸지만, 이번에는 팔도 움직이지 않았다. 자세히 보니 해초가 팔을 감고 있었다. 놔달라고 소리를 질렀지만 목소리는 밖으로 나오지 않았고 해초는 몸을 점점 옥죄기 시작했다. 그때, 갑자기 눈이 떠졌다.

'휴, 꿈이었네.'

은서네 방은 어둑했다. 불을 켤 때까지 방에 아무도 없다는 것을 깨닫지 못했다. 그새 은서도 학원에 간 모양이었다. 남의 집에서 한 시간 넘게, 꿈까지 꾸며 자다니……. 나는 얼른 이불을 갠 뒤 옷매무새를 바로 했다. 그런데 이상했다. 머리를 묶으려 하는데 뭔가 끈적거리는 것이 잡혔다.

"아아아아……!"

거울을 본 나는 한탄인지 비명인지 모를 소리를 질렀다. 너무 황당한 일이 벌어지고 말았다.

"어떡해?"

거울 속의 내 머리는 끔찍했다. 머리에 껌이 붙어 엉망으로 헝클어져있었다. 손으로 떼려고 할수록 다른 머리카락에 붙어서 상황은 점점 나빠졌다. 한심한 것은 둘째 치고 어떻게 해야 할지 알 수 없어 나도 모르게 눈물이 나왔다.

"도와줄까?"

갑자기 굵은 목소리가 들렸다. 나도 모르게 뒤를 돌아보다가 깜짝 놀라 이불 속으로 숨었다. 믿을 수 없었다. 방안에 서 있는 것은 은기였다. 잠깐이었지만 웃음을 참지 못하는 표정은 확실히 보았다.

"네가 어떻게……?"

"나가려고 했는데, 너희가 쳐들어와서 다락에서 책보고 있었어."

"그, 그럴 수가! 그러면 훔쳐봤단 말이야?"

"아니, 책 봤다고."

"그러면 끝까지 모른 체 할 일이지, 왜 내려왔니?"

"네가 어떻게, 어떻게 하면서 울었잖아."

내 목소리를 흉내 내며 말하는 은기가 나를 놀리는 것만 같았다.

"내가 창피해하는 걸 보고 싶었던 건 아니고?"

"그런 거 아니야. 너 혼자서는 해결하지 못할 것 같아서 내려온 거야."

"저리 가. 내가 알아서 할 거야."

나는 이렇게 말하고는 이불을 뒤집어썼다. 잠에서 막 깬데다 머리에 껌까지 붙은 모습은 절대로 보여주고 싶지 않았다. 하지만 은기는 올라갈 생각이 없는 것 같았다.

"혼자 해결할 수 없어서 울었던 게 아니야?"

창피했지만 사실이었다. 껌은 점점 더 머리카락 여기저기에 엉겨 붙고 있었다. 하지만 다른 사람도 아닌 남자친구에게 이런 꼴을 보일 수 있단 말인가? 나는 거듭 올라가 있으라고 했지만 은기가 억지로 이불을 들췄다. 그리고는 참을 수 없다는 듯 큰 소리로 웃어댔다. 창피하기도 하고 화도 났다. 나는 가방을 찾아들고 문 쪽으로 갔다. 은기는 얼른 웃음을 멈추고 억지로 나를 거울 앞에 앉혔다.

"머리카락이 가늘구나."

"……."

"이불 속엔 왜 들어가서. 더 엉망이 되었잖아."

"놔줘. 창피하다고."

"가만히 있어 봐. 어떻게 해볼게."

은기는 다락방으로 올라가 가위를 가지고 내려왔다.

"최대한 이상하지 않게 잘라낼게. 우선 이거라도 두르고 있어."

은기는 주위를 둘러보더니 레이가 두고 간 원단 상자를 꺼냈다. 그리고는 광택이 있는 인조 가죽을 꺼내 내 목에 둘렀다. 레이가 에나멜 느낌의 벨트를 만들겠다며 사놓은 것이었다.

"반짝거리는 게 너랑 잘 어울린다. 의외로 화려한 게 잘 어울리는 거 아니야?"

은기는 머리카락을 조심조심 자르면서 너스레를 떨었다. 크리스탈을 깔아놓은 듯 반짝이는 분홍색 원단에 차례로 떨어지는 머리칼을 보자 나도 모르게 눈물이 나왔다. 중학교 때까지는 교칙 때문에 어깨 위에서 찰랑거리는 단발이었다. 고등학교가 결정되자마자 내가 가장 먼저 한 일이 머리 기르기였다. 그런데 졸업을 한 학기 앞두고 이렇게 허망하게 잘리다니 눈물이 났다. 그나마 긴 머리로 얼굴을 숨기고 있었는데, 하필이면 은기 앞에서…….

"어, 우네……. 그렇게 머리 자르는 게 싫어? 하지만 껌 때문에……."

"알아. 그냥 아까워서 그래. 3년이나 기른 건데."

"흠, 내 생각에 넌 커트 머리가 더 잘 어울릴 것 같아."

"넌 긴 머리 안 좋아해?"

"그거야 사람에 따라 다르지. 커트 해 본 적 있어?"

"중학교 때까지 단발이었어."

"단발 말고 커트말이야. 긴 머리도 잘 어울리지만, 너한텐 신레이 머리 스타일이 더 잘 어울릴 거야. 목선이 무지 예뻐서 막 만지고 싶어."

순간 어깨가 흠칫 떨렸다. 은기의 손이 멈칫했다.

"깜짝이야. 가위에 찔릴 뻔했잖아."

"아, 알았어. 가만히 있을게."

혼자 이상한 상상을 한 것 같아 무안해졌다. 은기가 빙글거리며 웃었다.

"혹시 네 목 만져 봐도 돼?"

"아니, 안 돼! 아니, 그런 말이 아니라 내 말은……."

은기는 거울속의 나와 눈이 마주치자 황급히 시선을 피했다.

"농담이었어. 가만히 있어 봐. 다 됐다. 좀 이상하지만 집에 갈 때 미용실 가서 레이처럼 잘라달라고 해."

"레이처럼?"

"응. 내 생각에 너희들은 머리 스타일을 바꿔야 해."

나는 아무 말도 하지 않았다. 은기는 천을 들어올렸다. 나는 방바닥에 떨어진 머리칼을 치웠다. 갑자기 은기가 내 앞에 무릎을 굽히고 앉더니 씩 웃었다.

"안 가? 여기 우리 둘만 있어. 나랑 둘이만 있는 거 괜찮아?"

은기가 짓궂은 표정을 지었다. 나는 거울도 제대로 들여다보지 못한 채 일어섰다.

"가, 갈 거야. 너는 안 나가?"

은기는 쓰레받기에 담은 머리칼을 쓰레기통에 넣더니 라면을 꺼냈다.

"저녁 먹고 가려고. 지금 아니면 먹을 시간 없거든."

"그래… 그럼 난 갈게."

가방을 들고 방을 나섰다. 안에서 수돗물 트는 소리와 가스레인지 켜는 소리가 이어졌다. 나는 몸을 돌려 방문을 열었다. 은기가 무슨 일이냐는 표정을 지었다.

"괜찮다면 계란말이 해 줄게. 밥이 남았거든. 라면 보다는 밥이 낫지 않아?"

"와, 정말?"

은기의 눈이 커다래졌다.

"아까 너희가 먹은 거 말이지?"

"봤어?"

"응, 미안. 하지만 냄새가 좋아서 안 볼 수가 없었다고. 진짜 해주는 거야? 아, 하지만 위험한데……."

"뭐가?"

나는 냉장고를 열며 물었다. 은기가 고개를 저었다. 은기의 표정이 심각해서 왠지 웃음이 나왔다. 나는 남은 재료로 계란말이를 하기 시작했다. 은기는 나를 흘깃흘깃 훔쳐보았다.

"다 먹을 동안 같이 있어줄래?"

상을 차려주고 일어서는데 은기가 내 손을 잡았다. 은기의 눈빛이 마치 방에 우두커니 앉아 나를 기다리던 태인이 같아 일어설 수가 없었다. 내가 고개를 끄덕이며 맞은편에 앉자 은기는 그제야 계란말이를 입에 넣었다.

"맛있다. 다른 음식도 할 줄 알아?"

"전화할 때 말했던 메뉴들은 거의 다 할 줄 아는 것들이야."

"그럼 그동안 네가 말했던 저녁 메뉴를 다 네가 만들었다는 거야?"

"다는 아니고 가끔……."

"나한테도 해 줄 거지?"

"응? 아, 그래."

"약속 했다. 나 이제 평생 이런 음식을 먹을 수 있는 거다?"

은기의 말에 가슴이 덜컥 내려앉았다.

"평생……?"

"응, 영원히."

은기는 아이처럼 몸을 흔들거리며 밥을 가득 떴다. 내 머리에는 벌써부터 은기에게 해 주고 싶은 요리가 자꾸자꾸 떠올랐다.

"너도 졸업 작품 준비하고 있어?"

"아니. 수능 보는 애들은 안 해도 된다고 해서, 수능 보기로 했어."

"그럼… 졸업 여행도 안 가겠네?"

"넌 갈 거잖아."

"응."

"나도 가볼까?"

은기의 말에 나도 모르게 웃음이 나왔다. 나는 고개를 살짝 끄덕였다.

"먹고 싶은 게 있으면 말해. 내가 해 줄게."

"응!"

은기가 환하게 웃자 내 마음도 환해지는 것 같았다. 졸업 작품은 아직도 멀었는데 내 마음은 벌써부터 어딘가로 떠나고 있었다.

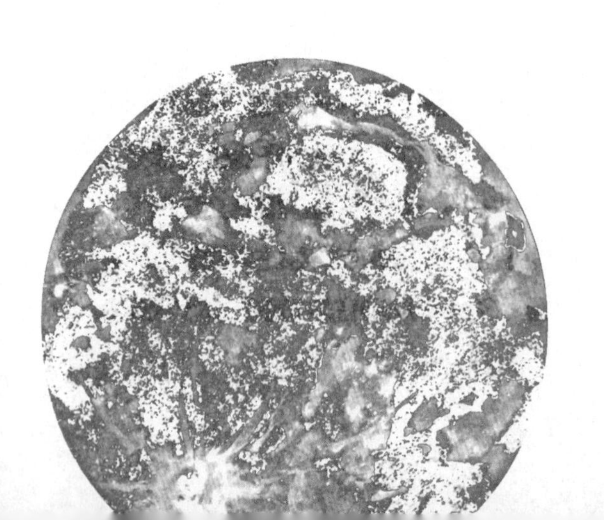

16
해 질 녘엔 몸을 굽혀 대양大洋 같은 그대의 두 눈에
나의 슬픈 어망을 던진다

바이어스

가장 먼저 배운 바느질은 동정 달기였어. 이름만으로는 모르겠지만, 너 역시 동정이 뭔지 알고 있을 거야. 한복 목덜미를 감싸는 그 하얀 바이어스를. 어린 나도 할 수 있을 만큼 쉬운 바느질이었지만, 혼자 한복 한 벌을 다 지을 수 있게 된 후에도 나는 동정 달기가 제일 좋았어. 그건 완성을 뜻했으니까. 어떤 한복을 보더라도 깃 위에 조붓이 올린 하얀 동정이 가장 먼저 보였지. 동정은 참 신기해. 남자와 여자, 어른과 아이, 갖가지 모양과 색을 다 아우르거든. 두꺼운 종이, 살짝 광택이 나는 흰 천으로 만든 어슷하게 끊긴 좁은 천에 불과하지만 동정이 달리지 않는 저고리는 새 옷이라도 흐물흐물 초라해 보였어. 헌 옷이라도 빳빳하고 새하얀 동정을 깃 위에 올리기만 하면 낡아버린 옷감조차 시간의 무늬로 만들어버리며 당당해지지. 누구도 쉽게 건드릴 수 없도록 단아하고 부드럽게 감싸주는 동정은 실은 작은 바이어스에 불과했는데……. 나는 생각했었어. 누군가를 사랑한다면 그의 어지러운 바느질 자국과 실밥들을 부드럽게 안아 올려 우아함으로 바꿔주는 그런 존재가 되어주고 싶다고.

개학 후 한 달, 교실은 이상하게 조용했다. 아니, 시끄러운 건 방학 전과 마찬가지였지만 왠지 활기가 없었다. 점점 서늘해지는 바람 때문이라고 핑계를 댈 수만은 없었다. 이미 취업을 한 아이들은 아예 등교를 하지 않았고, 수능 공부를 하는 애들은 심각한 표정으로 가슴 가득 책을 안고 다녔다. 교실 뒤편으로 빠진 책상처럼 우리 사이에 있던 어떤 것이 방학 동안에 영원히 사라져버린 느낌이었다. 졸업 작품을 만드는 아이들도 더 이상 허풍을 떨거나 잘난 척하지 않았다. 변하지 않은 건 나와 은서뿐인 것 같았다. 레이는 겉으로는 변하지 않은 것 같았지만, 혼자 있을 때면 전혀 다른 사람 같았다. 전과 달리 수업에 집중하지 않고, 부쩍 하늘을 올려다볼 때가 많았다. 파리 여행 이야기도 대충 해 줄 뿐이었고, 비싸 보이는 가방을 선물해 주면서도 설명조차 하지 않았다. 파리에 다녀와서 치른 모의고사에서는 오히려 백분위가 올라갔다고 했는데 요즘 들어 공부에 관심이 없는 것처럼 보였다. 코앞에 두기는 졸업 작품도 마찬가지였지만, 그건 아예 잊어버린 것 같았다. 하지만 나와 은서는 약속이나 한 듯 레이의 변화에 대해 이야기하지 않았다. 변했다는 것을 인정하는 순간, 우리의 시간이 전과 전혀 다른 어떤 것이 될 것 같은 두려움을 느꼈기 때문이었다. 그러다보니 우리 사이에 오가는 말들은 하지 않아도 되는 것뿐이었다. 우리는 그렇게라도 두어 달 뒤의 완전한 변화를, 우리가 스무 살이 되고 헤어질 수밖에 없는 시간이 다가온다는 것을 잊고 싶었다. 하지만 시간은 보이지 않는 우리의 안간힘을 비웃듯 성큼 다가왔다. 레이에게 끝을 떠올리게 하는 말을 걸어야 하는 순간이 오고야 말았다. 졸업 작품 접수 시한이 한 달 남짓밖에 남지 않았기 때문이었다.

"저, 레이야 뭐 좀 물어봐도 돼?"

자율학습이 시작되기 전, 나는 레이 곁으로 다가갔다. 가만히 눈을 감고 앉아있던 레이가 눈을 떴다. 존 것 같지는 않은데 어디 다른 세상에 다녀온 듯 레이의 눈빛은 인형의 그것처럼 무표정했다.

"미안. 공부 바쁠 텐데 졸업 작품도 얼른 만들어야 할 것 같아서……. 잠깐만 설명해 줄래? 자율학습 시간에 바느질하려고 했는데 혼자 할 수 있는 건 다 해 버렸지 뭐야. 설명만 해 주면 내가 바느질 할게. 넌 신경 쓰지 않아도 돼."

내 말을 들은 레이가 이상하다는 표정으로 내 눈을 들여다보았다.

"주다인, 혹시 화났어?"

"아니? 내가 왜……."

"그런데 왜 졸업 작품에 신경 쓰지 않아도 된다고 해? 난 은서랑 둘이서 나만 빼놓기로 한 줄 알았어."

"그런 거 아냐."

"휴, 다행이다. 난 너희가 날 버린 줄 알았잖아."

농담이라는 건 알지만 레이의 눈동자에 물기가 차 진심인 것처럼 느껴졌다. 내가 얼른 고개를 젓자, 이번에는 새쭉한 표정이 되었다.

"그게 아니면 나한테 미안하다는 말은 또 뭐야? 비아냥댄 거지?"

"아니, 내 말은 그게 아니라……. 수능 보면 졸업 작품 안 내도 되는데, 너희가 괜히 나 때문에 하는 것 같아서……."

내가 장황하게 설명을 하자 레이가 미안한 표정으로 내 손을 잡았다.

"주다인, 정말 미안해. 그동안 내가 너무 신경을 안 썼지? 그래도 그런 식으로 말하니까 내가 너무 나쁜 애 같잖아. 졸업 작품은 내가 정말 하고 싶어서 하는 거야. 너 취업이라도 하고 나면 나 혼자 어떻게 이런 걸 만들 수 있겠어? 그래서 야심차게 시작한 거라고."

레이의 말을 들으니 뭔가 무겁게 가라앉았던 마음이 한결 가벼워졌다. 나는 얼른 내 자리로 가서 바느질 가방을 갖고 왔다. 그 안에는 반짇고리와 방학 전 열심히 만들었던 복잡한 원단들이 있었다.

"방학동안 만들기로 한 거 다 만들어 놨어. 이제 옷만 만들면 돼."

내가 상자를 열자 레이의 눈이 커다래졌다. 그때 예비 종이 울렸다. 레이는 내 바느질 가방과 반짇고리를 들더니 밖으로 나가자는 손짓을 했다. 레이의 책상에 놓인 〈만점전략〉이라는 책을 보며 멈칫하자, 레이는 내 팔을 끌고 밖으로 나갔다.

레이는 가방 속을 연신 들여다보며 감탄을 멈추지 않았다. 그 뒤를 조용히 따라가며 나는 조금 자랑스러움을 느꼈다. 방학 전까지 우리는 면, 린넨, 마 무지를 사다가 염색을 하고 특이한 패턴을 그려 옷감을 준비했었다. 레이가 파리에 가 있는 동안 나와 은서는 레이가 그린 복잡한 그림을 그대로 살린 바이어스를 세 롤이나 완성했고 자수와 레이스로 다양한 크기의 패치도 만들었다. 인조 가죽 원단에 비즈로 바위, 연꽃, 물결 모양의 패치를 만들 때는 은서가 도망가 버려서 혼자 손가락에 굳은살이 박일 정도로 고생해야 했다.

"우리 이거 먹고 카페 가자."

레이는 학교 앞 떡볶이 포장마차 앞에 서자마자 어묵을 꺼내 먹었다.

"카페 비싼데, 그냥 분수공원으로 가자."

"그럴까? 거기 벤치 깨끗하겠지? 하긴 옷감에 커피 쏟으면 안 되지."

나는 고개를 끄덕이며 떡볶이를 먹기 시작했다.

"원단을 만들 때만 해도 안 예쁘면 어떡하나 걱정했는데 이 정도로 멋질 줄은 몰랐어."

"기본 원단과 재료들은 다 만들었어. 은서가 네 디자인으로 본을 만들려고 했는데 헷갈린다고 해서 널 기다렸거든……."

"와, 정말 예쁘다. 내가 생각했던 것보다 더 잘 나왔어. 주다인, 정말 네가 만들었어?"

나는 고개를 끄덕였다. 레이는 안타까운 표정으로 고개를 절레절레 저었다.

"너 왜 수능 준비 안 한 거야? 의상학과 가면 좋을 텐데. 너무 아깝다. 아, 내가 밀라노 이모한테 소개해 줄까? 취직 아직 안 했다면 아마……."

눈빛에 열정이 가득한 레이를 보니 방학 전의 레이가 돌아온 것 같았다. 하지만 이런 얘기는 불편했다.

"괜찮아, 레이야."
"응?"
"내 걱정 안 해도 된다고. 난 너처럼 옷에 관심 있는 게 아니니까."
"아니, 왜? 혹시 다른 꿈이 있어?"
"아니. 난 그냥 졸업하면 엄마를 도울 거야."
"그러지 마. 너, 엄마 싫어하잖아."
"좀 무서워하는 거지 싫어하는 건 아니야."
"어쨌든 어차피 바느질 할 거잖아. 그럼 꿈을 좀 더 크게 꾸는 게 좋지 않아?"
나는 고개를 저었다.
"꿈은 환상 같은 거래. 나 같은 애가 가지면 위험해진대."
"누가? 그런 얘기를 한 게 누구야?"
레이는 내 손을 꽉 잡고는 대답을 재촉하는 표정으로 나를 보았다.
"어… 무슨 책에서 봤나?"
내 대답에 마음이 놓인 듯 내 손을 잡은 레이의 손에서 힘이 스르르 풀리는 것이 느껴졌다. 이번에는 내가 질문해도 될 것 같았다.
"왜 그렇게 놀라는데?"
넋을 놓고 있던 레이는 고개를 저으며 싱겁게 웃었다.
"내가 아는 사람이랑 똑같은 말을 해서 갑자기 확 열이 났어."
"너한테 그렇게 말했다고?"
"응."
"왜? 뭐라고 한마디 하지 그랬어."

"그러게 말이야. 그때 한마디도 못 해서 이렇게 속이 상한가?"

레이의 표정이 시무룩해졌다. 레이답지 않은 표정에 나는 궁금해졌다.

"도대체 누군데 한마디도 못 한 거야? 설마 부모님?"

레이는 고개를 저었다.

"아니, 좋아하는 사람. 아무 말도 할 수 없더라."

"좋아하는 사람? 누구?"

"왜, 파리 가기 전에 은서랑 말했었잖아."

"아, 어른 남자친구? 남자친구 때문에 고민 있어?"

"은석 오빠는 남자친구 아니야. 남자친구라고 말하고 싶지만 양심상 그건 못 하겠다. 하지만 그 오빠한테는 나뿐이야. 하지만 지금 그 오빠는 슬프게도 연애 같은 거 생각할 여유가 없어."

"일이 바빠서?"

"차라리 그런 거라면 좋겠다. 바쁘다면…… 정신적으로 바쁜 걸까?"

"그게 무슨 뜻이야?"

"그게……. 좀 이랬다 저랬다 한달까, 스스로 갈피를 못 잡는달까……. 굉장히 불안해 보이는 상태라서 내가 마음을 못 놓겠어."

"뭘 불안해 해?"

"사실 오빠는 불안하다는 생각조차 없지. 하지만 내가 보기엔 분명 그래. 글쎄, 저번에 수시 합격했다고 하더니 이제야 아니라고 말하는 거 있지. 삼수하는 주제에 수능은 포기하겠다고 하지, 그럼 뭘 할 거냐고 하니까 신경 끄라고 화를 내더라니까?"

"너한테?"

레이가 고개를 끄덕였다. 순간, 왜 그런 남자를 만나느냐고 묻고 싶은 것을 겨우 참았다. 레이를 좋아하는 애들이 학교에만도 여럿인데 왜 좋아해 주지도 않은 남자 때문에 고민을 하고 있는지 속상했다.

"너 좋아하는 애들 많잖아. 김서준도 너한테 고백했다면서?"

"어떻게 알았어?"

"어쩌다가."

"설마 김서준이 떠들고 다닌 건 아닐 텐데 어떻게 소문이 났지? 수암성당엔 이 동네 사람들 없는데?"

"수암성당이 어딘데? 넌 검산성당에 다니잖아."

"어릴 때 수암동에 살아서 수암성당에 친구들이 많아. 교황주일에 행사 도와주려고 갔었는데 거기서 뜬금없이 고백을 하더라고. 어떻게 알고 왔는지 미스테리야."

"김서준이 쫓아갔겠지. 널 좋아한다면 그 정도의 노력은 해줬으면 좋겠어."

"아, 그래요? 넌 날 너무 좋아해. 나도 네가 이상한 애랑은 사귀지 않았으면 좋겠어. 사랑스러운 주다이~인."

레이가 애교를 떨며 내 어깨에 고개를 살짝 기댔다.

"그보다 네가 좋아한다는 그 오빠, 김서준 보다 잘생겼어? 김서준은 성실하다고 선생님들도 인정하잖아. 이왕이면 등급컷이 김서준이었으면 좋겠어."

레이가 입을 크게 벌리며 크게 웃었다.

"기준이 너무 낮은 거 아냐? 하긴 김서준, 잘생겼지. 주먹자랑하고 다니는 게 재수 없어서 그렇지 열심히 한다는 건 나도 인정해."

"하지만 네가 좋아하는 사람보다는 못 하다는 거지?"

"그렇지도 않아. 아니, 솔직히 김서준이 훨씬 낫지. 걘 적어도 환상에 빠져 살지는 않으니까."

레이가 한숨을 길게 쉬었다.

"환상에 빠져?"

"응. 내 남자는 환상 속의 여인을 좋아한다니까. 어렸을 때 한 번 본 여자를 찾겠다고 난리더니 결국 찾았다나. 뜬금없이 이사할 때부터 알아봤어야 했는데. 이사하고 나서 우리 집하고 가까워졌는데 만나는 건 더 어려워졌어. 마치 날 피해 다니는 것처럼."

레이는 마치 내가 피해 다니기라도 한 듯 원망 섞인 표정을 지었다.

"겨우 사정해서 몇 번 만난 게 다야. 그런데 만날 때마다 그 환상 속의 여자랑 영원히 행복해지고 싶다는 말이나 하고. 그게 뭐냐고. 걸그룹을 쫓아다닌다면 희망이라도 있지."

솔직히 레이를 이해할 수 없었다. 환상 속의 여자라고는 하지만, 실제 그 여자를 만나 사귀기 시작했다면 환상만은 아니지 않은가? 레이가 좋아하는 오빠가 레이와 사귀어주지 않는 건 안타까운 일이지만 어째서 환상이라고만 하는지 알 수 없었다.

"그 여자와 사귄다면 어쩔 수 없는 일 아닌가……. 아, 미안."

무심코 말해놓고는 레이의 표정을 보았다. 레이의 표정이 더 우울해졌다.

"맞아. 사귄다면 깨끗이 포기할 수 있어. 하지만 사귀는 게 아냐, 그건."

"아직 사귀지 않는다고?"

"자기 말로는 사귄다고 하지. 만나고 밥 먹고 영화보고 그러면 다 사귀는 거야?"

나는 뭐라고 할 말이 없었다. 나와 은기도 그 정도인데 그렇다면 그건 사귀는 것이 아닌 걸까?

"보통 그렇게 사귀지 않아?"

"겉으로는 그렇게 보일지 몰라도 오빠는 그냥 환상을 키우고 있을 뿐이야."

"왜 그렇게 생각해?"

"자기를 보여주려고 하지 않으니까. 그 여자 앞에서 진짜는 어떤 것도 보이려 하지 않으니까. 나쁜 것도, 아픈 것도, 다 숨기고 멋진 모습만 보여주려고 하니까. 그래놓고 내 앞에서는 다 보여주니까……. 그걸 보고 있으면 정말 속상해. 그런데도 난 그 모습까지, 아니 그 모습 때문에 더 좋아……. 그런데 그 오빠는 나보고 동정하지 말라고 하더라."

"동정이라고?"

레이는 고개를 끄덕였다.

"어릴 적에 한번 싸운 적이 있었어. 오빠가 동생 생일이라고 해서 아빠가 사온 케이크 상자를 가져다줬거든. 그런데 오빠가 갑자기 내 가슴을 발로 차는 거야. 내가 숨이 막혀서 켁켁 대고 있는데 일으켜주기는 커녕 소리를 지르더라. '넌 공주님이 아니야!' 이렇게. 지금은 그때 오빠를 이해할 수 있지만, 어릴 때는 이해할 리가 없잖아."

"그래서?"

"나도 발로 오빠 무릎을 찼어. 그랬더니 이번에는 내 얼굴을 때리더라. 너무 분해서 오빠한테 매달려서 어깨랑 얼굴이랑 힘껏 깨물어버렸지. 오빠 턱에서 피나고, 내 얼굴은 부어오르고 난리도 아니었어. 그 다음에 어찌되었는지 기억은 잘 안 나지만, 어쨌든 그 일로 친해진 거야. 그래서 난 더 이상 오빠가 나를 오해하지 않는다고 생각했어. 내가 한 번도 본 적 없는 오빠 동생을 위해 케이크를 준 게 동정이 아니었다는 것을 알고 있다고 말이야. 그런데 이제와서 동정이라는 말을 하다니, 너무 하지 않아? 아무리 나한테만은 솔직하다고 해도 나를 그렇게 생각했다니, 정말 눈물이 났어. 그런데도 난 오빠가 걱정이 되더라고. 나도, 오빠도 정말 한심하지 않니?"

잘 이해는 안 되었지만, 고개를 끄덕였다. 레이의 표정이 씁쓸해졌다.

"아, 미안. 나는 그런 뜻이 아니라……."

"한심한 거 맞아. 하지만 그래서 더 신경이 쓰여. 에이, 왜 눈물이 나지?"

레이 눈에 눈물이 고였다. 어떻게 해야 할지 알 수 없었다. 나는 그저 레이의 어깨를 감쌌다. 주위는 어느새 푸른 잉크를 푼 듯 어둑해졌고 공원에는 기억나지 않는 영화의 주제곡이 흐르고 있었다.

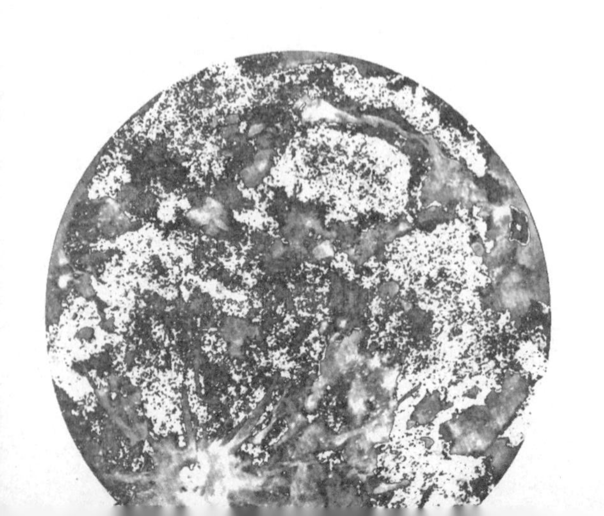

17

벼랑을 쥐고 꽃이 피네
실은 벼랑이 품을 내어준 거라네

차갑고도 산뜻한

그건 꿈에서 흘러나온 것 같은 향기였어. 돌아보면 아무도 없는데, 어느새 익숙해진 누군가의 발자국 소리마냥 그저 스며들기만 했지. 여름 햇빛에 지쳐 나무 그늘로 피해 있을 때, 너그러운 바람이 위로처럼 보내준 선물과도 같았어. 고집스레 빳빳해진 초록을 노려보다 눈이 부셔 아파도 그 향기는 정체를 드러내려 하지 않았어.

땅바닥에 잔뜩 엎드린 하얀 바람꽃만큼 조심조심, 무리 속에 숨은 안개꽃만큼 수줍게 모여 있는 꽃무리가 설마 그런 향기를 뿜어낼 거라 상상도 하지 않았지. 무거운 상큼함, 담담한 달콤함, 은근하면서도 아찔한, 진하면서도 우아한 이 세상 단 하나의 향기는 절대 잊을 수 없었어.

그 이름을 오해했었어. 웬만해서는 찾을 수 없는 꽃, 하지만 향기 때문에 그 정체가 더 궁금해지는 꽃, 그래서 숨어있는 꽃. 그게 그 이름의 뜻이라고 생각했어. 레이가 그 향기를 좋아한다고 했을 때, 하나도 이상하지 않았어. 수줍게 아름다운 향기를 내는 건 분명 여자라고 믿었거든. 은목서 같은 여자가, 나는 되고 싶었거든.

11월이 가까워지자 공기가 부쩍 차가워졌다. 새벽에는 한겨울에 입는 점퍼를 걸치고 나가야 할 정도였다. 곧 거추장스러워질 걸 알면서도 감기에 걸리지 않으려면 하는 수 없었다. 나는 점퍼를 입고 머리맡에 놓인 휴대전화를 집어 들었다. 그때 전화가 반짝거렸다. 홈버튼을 누르자 문자 이미지가 떴다. 나는 얼른 문자를 확인했다. 은기였다.

'새벽 3시 30분……. 무슨 일이지?'

어제 저녁 내내 은기는 연락이 되지 않았다. 그러다가 새벽 늦게 보고 싶다는 문자를 보내다니. 은기는 더 이상 편의점 아르바이트를 하지 않았다. 더 나은 아르바이트라는 것이 무엇인지 알려주지는 않았지만, 잠을 제대로 잘 수 있다는 것이 좋았는데, 무슨 일이 있었는지 궁금했다. 하지만 오늘은 은기의 문자보다 은서나 레이의 문자가 더 기다려졌다. 어제 방과 후, 둘이 살짝 감정이 상한 걸 눈치 챘기 때문이다.

"신레이, 넌 오늘도 안 올 거야? 졸업 작품은 우리만 하면 된다는 거지?"

종례가 끝나자마자 가방을 들고 일어서는 레이를 은서가 막아섰다.

"수능 끝나고 일주일이나 시간이 있으니까, 그때 열심히 만들면 되잖아. 나 바로 나가야 해. 미안."

레이의 대답에 은서도 나도 놀랐다. 수능 2주 전, 늘 태평하던 레이도 예민해질 수밖에 없는 모양이었다. 나는 은서를 기다려 함께 교문을 나섰다.

"수능 딱 2주 남았잖아. 네가 이해해. 난 오히려 레이가 인간다워서 좋은데?"

"원래 인간이었어."

은서는 퉁명스럽게 말하고는 입을 꾹 다물었다. 은서네 집에 갈 때까지 어색한 침묵을 참기가 힘들었다.

"은서야, 오늘 오랜만에 밥 해 먹을까?"

"재료 없어. 돈도 없고."

"참치 통조림 하나만 사자. 참치김치덮밥 해 줄게."

"콩나물도 사. 콩나물국이랑 먹게."

은서의 기분이 조금 나아진 것 같아 나도 덩달아 좋아졌다.

"옷이 점점 완성되는 게 좋아. 정말 작품처럼 멋있잖아."

"멋있기만 하지. 그런 쓸데없는 무대의상 같은 걸 만드니까 자기도 열심히 안 하는 거라고."

"에이, 그런 거 아닐 거야. 너는 수능 생각하면 긴장 안 돼?"

은서는 말없이 코웃음만 쳤다. 하지만 덮밥을 먹자마자 공부하러 간다며 바로 나가버렸다. 평소에는 그래도 내 곁에서 잠이라도 잤는데, 혼자 바느질을 하려니 이상하게 긴장이 되었다. 나는 까치발을 들고 다락방으로 올라가는 문 앞으로 가보았다. 다락방은 꽉 닫혀있어서 열어보기가 여간 힘든 것이 아니었다. 조금만 힘을 줘도 삐걱대는 소리가 났다. 온기가 없을 거라 생각하면서도 긴장이 되었다. 나는 희미하게 빛이 들어오는 다락방을 보고는 문을 닫았다.

"실은 말이지, 가끔 다락방에 틀어박혀 있을 때가 있어. 은서한테 문자를 하고 가야 하는데 가끔은 몰래 들어가도 모르거든. 그래도 들키면 큰일 날 거야."

"뭐? 그러면 그때 말고도 훔쳐본 날이 있다는 말이야?"

'생각이 주마등처럼 지나가다'라는 말이 무슨 의미인지 알 것 같았다. 아무렇게나 기대 앉아 바느질을 하거나 아이들과 라면을 나눠 먹거나 은서가 곁에서 낮잠을 자던 모습을 지켜본 사람이 있었다니, 그 사람이 은기였다니 얼굴이 화끈거렸다.

"훔쳐본 적 없어. 딱 한 번, 은서가 너희를 데려온 게 신기해서 내려다본 것 말고는 맹세코 훔쳐보지 않았어."

"그걸 어떻게 믿어?"

"나중에 우리 집 가면 다락방으로 올라가는 문을 자세히 살펴봐. 굉장히 조심하지 않으면 열리는 소리가 나게 되어 있어. 은서한테 들키면 끝인데 내가 어떻게 그럴 수 있었겠어?"

"하지만… 하지만… 수다라든가 하는 얘기는 다 들었을 거 아냐?"

내 말에 은기가 피식 웃었다.

"그건… 듣고 싶지 않아도 들리니까."

"너무 해, 그런 게 어디 있어? 이제 너희 집 안 갈 거야. 상상도 못 했어."

나는 양손으로 머리를 잡고 고개를 숙였다. 울고 싶은 마음이었는데, 은기는 웃기만 할 뿐이었다.

"그러지 마. 너 없으면 은서는 정말 구제불능이란 말이야."

"내가 은서 보모니?"

"헤헷, 이제 돌아왔다."

"뭐?"

"목소리 말이야. 원래대로 돌아왔어."

은기의 웃음소리에 당황스러웠던 마음이 가라앉으며 마음도 한결 가벼워졌다.

"그럼 내가 늦게 나가는 것도 알았겠네?"

"응. 남의 집에서 설거지도 하는 바보 같은 여자애라는 것도 알았지."

부드러운 눈빛이 나를 향하는 바람에 나는 고개를 숙여야 했다. 부끄러우면서도 왠지 설레였다.

그때부터 은서네 집에 갈 때마다 다락방이 신경 쓰였다. 은서가 눈치를 챌까 봐 눈길 한 번 돌리는 것도 조심스러웠지만 두근두근 가슴이 정신없이 뛰곤 했다.

'위험해, 위험해.'

마음속 목소리가 계속 경고했다. 하지만 어쩔 수 없었다. 장난스럽기만 한 은기에게 나는 자꾸만 마음이 기울고 있었다. 나는 은서가 나를 더 좋아해 주었으면 좋겠다고 생각했다. 은기와 내 사이를 알아도 화내지 않도록, 아니 오히려 기뻐하도록 만들고 싶었다.

새벽 5시, 거리 가로등 불빛에 의지한 운동장은 꽤나 어두웠지만 스트레칭을 하면서 눈도 차차 어둠에 익숙해졌다. 나는 차가운 공기를 막기 위해 마스크를 쓰고 천천히 트랙을 돌기 시작했다.

"이야, 이 시간에. 정말이었잖아?"

다섯 바퀴쯤 돌았을까, 갑자기 누군가 내 곁으로 달려왔다. 깜짝 놀라 멈추자 상대방이 코밑까지 올렸던 패딩점퍼의 지퍼를 조금 내렸다. 이환 선생님 아니, 오빠였다.

"서, 선생 아니, 오빠… 어떻게?"

"계속 뛸 거지? 춥다, 이왕 나온 거 얼른 뛰자."

환이 오빠는 추워 죽겠다는 듯 몸을 부르르 떨더니 앞서 나가기 시작했다. 마지막 인사까지 하고 아르바이트를 끝냈던 것이 불과 이틀 전인데 갑자기 운동장에 나타난 이유를 알 수 없었다.

"어떻게 오셨어요?"

"체력훈련 하러 왔지."

"선생님, 아니, 오빠가 여기서요?"

"왜? 여기서 하면 안 되는 이유라도 있어?"

개학한 다음에도 한동안 학원 아르바이트를 이어갔다. 그때까지만 해도 저녁 수업이 끝나고 청소하기 전에 두어 시간동안 훈련을 할 수 있었다.

"연극영화과 준비하는 거면 대사 수업을 들어보지 그래?"

환이 오빠도 다른 사람들과 마찬가지였다. 하지만 나도 춤과 노래를 진로와 연결시키는 사람들을 어떻게 대해야 하는지는 이미 익숙했다. 그 후, 환이 오빠는 더 이상 진로 얘기를 하지 않았지만 만날 때마다 한 가지씩 가르쳐주었다. 그런데 입시가 가까워지자 밤새 연습하는 학생들이 생겼다. 더 이상 연습할 곳이 없어진 나는 다시 운동장으로 돌아가기로 했다. 마지막 인사를 할 때, 환이 오빠는 일주일에 하루 정도라도 괜찮다면 아는 극단 연습실을 소개해 주겠다고 했다. 나는 하는 수 없이 새벽 운동장 이야기를 했다. 일주일에 하루로는 내 욕심만큼 춤과 노래를 연습할 수 없었다. 환이 오빠는 내 대답에 고개를 끄덕이며 부상 조심하라고 말했다. 그런데 설마 여기까지 올 줄은 몰랐다.

"스트레칭은 하고 뛰는 거예요? 이렇게 이른 시간에 관절 다칠

지도 모르는데… 몸 관리는 배우의 기본이라고 오빠가…….”

“그러니까. 이 시간에 여기서 뭐하는 짓인지 나도 모르겠다.”

갑자기 환이 오빠가 뛰기를 멈췄다. 그리고는 스트레칭을 하기 시작했다. 나도 모르게 웃음이 나왔다.

“왜 웃어?”

“학원이나 무대에서 본 오빠랑 달라요.”

“왜, 새삼 만만해 보여?”

“아뇨……. 그런데 전부터 궁금했던 것이 있어요. 왜 별명이 테니스 형이에요?”

“어? 너 그거 어떻게 알았어? 그거 석준이가 부르는 별명인데?”

무릎을 돌리던 오빠가 고개를 갸웃거렸다.

“한석준? 오빠가 말했던 작가 친구분이요? 천재라는…….”

“응. 역시 너지? 한석준이 말하는 천사가?”

“헤헤, 천사요? 듣기만 해도 오글거린다. 내 주위엔 그런 말 하는 남자는 없어요. 천재 작가 맞아요?”

“그 녀석 생명공학 박사에 극본상까지 받은 천재 맞아. 그런데 정말 한석준을 몰라? 내 옛날 이름을 영어로 하면 테니스거든. 그 녀석이 다른 사람들한테 떠벌리고 다녔나? 그럼 예명을 만든 보람이 없잖아.”

“이환이 예명이에요? 그럼 옛날 이름이 뭔데요?”

“말 안 해. 할아버지가 잘 되라고 만들어준 거라는데, 이쪽으로 잘 될 것 같지 않아서 말이지. 아, 할아버지 죄송합니다.”

오빠는 하늘에 대고 소리를 치고는 허리를 돌리기 시작했다. 그 모습을 보니 익살극을 보는 것처럼 웃음이 났다.

“그런데 정말 훈련하려고 오신 거예요?”

"미쳤냐? 어제, 아니 오늘 새벽 2시까지 뒤풀이하고 한석준 집에서 자다가 속이 하도 뒤틀려서 나왔지. 그 녀석 집이 이 근처거든. 돌아가다가 생각난 김에 와봤다. 정말 이런 데서 훈련하고 있나 궁금하기도 하고. 그런데 너 정말 취미 맞냐? 한겨울에도 이런 데서 훈련을 했단 말이야?"

"네. 몇 바퀴 뛰면 오히려 더울 정도예요. 그리고 보시다시피 여기가 산꼭대기라서 발성 연습이나 노래를 해도 괜찮거든요. 추위는 문제가 안 돼요."

"그렇단 말이지? 그럼 노래 하나 해 봐라."

"어떤 거요?"

"그동안 들었던 거 말고, 음… 드림걸즈 넘버가 좋겠다. 〈리슨 Listen〉같은 거."

"리슨이요? 저한테 안 어울릴 텐데……."

"어울릴 걸? 한번 불러 봐."

나는 반신반의했다. 평소에 좋아하기는 했지만, 은기가 부르지 말라고 했던 노래였다. 그런데 환이 오빠는 내가 노래를 부르자마자 박수를 치며 잘 했다고 칭찬을 해 주었다.

"여태까지 불렀던 것 중에서 최고인데? 여태 왜 안 불렀어?"

"안 어울리는 것 같아서……."

"너, 녹음해서 들어보기는 했어? 듣고도 그랬다면 귀가 이상한 거고… 아, 오디션도 본 적 있다고 했지. 거기서 그래?"

"아뇨. 친구가요……."

"남자친구?"

나는 쑥스럽게 고개를 끄덕였다.

"전문가도 아닌 녀석이 뭘 알겠어?"

"전문가는 아니지만, 전공은 하고 있어요."

"그래? 그럼 싹수가 노란 거고. 아무튼 너한테는 이런 강한 노래가 더 잘 어울려. 프로가 된다면 평범한 캐릭터도 살릴 수 있겠지만, 어쨌든 지금은 말이야. 그러니까 이제부터는 〈시카고 Chicago〉나……."

"은기는 싹수가 노랗지 않아요."

나도 모르게 오빠의 말을 끊고 말았다. 하지만 불쑥 나온 말에 후회는 하지 않았다. 누구라도 은기를 흉보는 것은 참을 수 없었다. 오빠는 깜짝 놀란 표정으로 물끄러미 나를 보다가 뒤늦게 이해한 듯 웃으며 고개를 끄덕였다.

"그래, 내가 실수했다. 나중에 한번 보여주라, 네 남자친구. 싹수가 있나 없나 보게."

"있으면요?"

"있으면 뭐?"

"그럼 캐스팅이라도 시켜줄 거냐구요?"

나도 모르게 생각지도 않은 말이 나왔다. 하지만 오빠의 한마디에 은기의 미래가 걸린 것처럼 나는 눈을 크게 뜨고 오빠를 건너다보았다.

"뭐, 그러면 연출가한테 보라고 해볼게. 대신 너도 같이 보여줘야 해."

"그, 그런 게 어디 있어요? 전 무대에 올라갈 수 없다고 했잖아요."

"아아, 알아들었어. 별로 대단하지 않은 마스크에, 집안 반대에, 능력도 없단 말이지. 그런데 너 그중에 하나라도 정면으로 부딪쳐봤어? 네 얼굴이 무대용인지 어떤지, 반대를 이겨내려는 시도는? 네 능력의 끝을 본적은 있어?"

아무 대답도 할 수 없었다. 환이 오빠가 이렇게 찔리는 말을 하는 건 처음이었다. 늘 편하게 내 말을 들어주고, 노래에 화음을 넣어주며 아빠처럼 다정하게 대해 준 사람이었는데.

"지금까지 나를 한심한 아이라고 생각했어요? 원래 그렇다고 했잖아요. 못생겼고 오디션에 가면 얼어버리고, 엄마한테 들키면 안 된다고요. 그때는 취미로 해도 좋다고 했으면서……."

나도 모르게 원망하는 투가 되었다. 환이 오빠는 당황한 듯 얼굴이 빨개졌다.

"아, 그런 거 아냐. 미안……. 술이 덜 깨서 이상한 말을 한 것 같다. 이러려고 온 게 아닌데 자, 이거."

환이 오빠는 가만히 있는 내 손에 작은 봉투를 쥐어주었다.

"공연표. 앵콜 공연인데 올해 내 마지막 공연이기도 해서. 수능 끝나고 보러 와. 시험 잘 보고……."

오빠는 도망치듯 운동장을 나갔다. 그 뒷모습을 보며 봉투를 열어 표를 살펴보았다. 〈대역배우〉, 처음 상연한 극장과는 비교도 안 되는 큰 극장이 적혀 있었다. 나는 오빠의 뒷모습과 표를 번갈아 보았다. 몇 달 전까지만 해도 무대 위에서 빛났던 배우를 오빠라고 부르며 그 앞에서 노래하고 춤을 췄다니……. 내가 수능을 안 보는 것도 모른다는 사실에 기분이 상하다니……. 나는 내 탓이 아니라 환이 오빠의 잘못이라고 생각했다. 그렇게 편안한 사람은 한 번도 만나본 적이 없었다. 어떤 사람인지 생각하기도 전에 마음을 내려놓고 아무 말이나 재잘대게 만드는 사람이 환이 오빠였다. 어떻게 그런 일이 벌어질 수 있는지, 내가 뭔가에 홀린 모양이라고 생각했다.

버려진 문

햄릿: 현실이 열릴 때 남루해지는 우리. 휘황한 불빛은 아직 너를 담지 않아, 차가운 눈송이 검게 쏟아지면 빛이 네 안으로 들어가지. 산산이 부서진 빛의 입자가 현기증처럼 어둠 속에 천천히 가라앉으면, 내 마음 펼쳐 붉은 심장으로 받아 안네, 그 고운 빛들. 언젠가 네가 빛 속으로 들어가 태양이 되면, 붉었던 핏자국 엷게 번져 아름다움이 되겠지.

〈Flavour of Love〉, 1장 2막

수능 닷새 전, 은서가 결석했다. 처음에는 많이 아픈 모양이라고 생각했다. 복도 한구석에서 은기에게 문자를 보냈다. 학교에서 좀처럼 없는 일이었지만 은기가 많이 걱정하고 있을 것 같아서였다. 은기는 내가 아는 한 최고로 좋은 오빠였다. 하지만 나는 그런 은기가 가여웠다. 그래서 가끔씩 은서 모르게 밥을 넉넉하게 했다. 그리고 나가기 전에 문자를 보냈다. 처음에는 은기가 밥을 먹는 동안 함께 있기도 했는데, 괜히 어색하고 불편했다. 은기도 은서에게 들킬까 봐 조마조마하다고 했다. 은기는 미안해하며 나를 안아주기도 했다. 그 짧은 포옹이 설명할 수 없을 만큼 두근두근 심장을 뛰게 했다. 하루가 다르게 차가워지는 바깥 공기가 상쾌하게 느껴질 만큼 몸이 따뜻해졌다. 뭔가 아쉬운 기분으로 문을 나서면 집으로 가는 내내 설레였다. 행복한 느낌이 가슴 가득 차올라 나는 지나가는 길 가로수에게도, 막 돋은 샛별에게도, 투명한 달에게도 인사를 건넸다. 머릿속이 노래로 가득해서 이어폰이 필요 없을 것만 같았다. 가끔 내가 레이였으면 좋겠다고 생각했다. 레이라면 가슴을 닫아 두진 않을 거라고 생각했다. 그 애라면 자신 있게 큰소리로 노래를 부르며 걸을 거라고 생각했다.

'자, 지금부터 내가 노래할 거거든? 꽤 괜찮을 테니까 후회는 안 할 거야. 듣기 싫은 사람은 그대로 이어폰을 끼고 있어도 좋아. 자, 시작한다.'

나는 레이가 되기라도 한 듯 상상하며 혼자 헤식게 웃었다. 하지만 현실의 나는 다른 사람이 이상하게 생각할까 봐 조촘거리며 웃음을 지우느라 바쁜 아이일 뿐이었다. 비록 터질 것 같은 노래 소리를 밖으로 낼 수는 없어도 행복한 기분은 줄지 않았다.

'오징어볶음은 삶의 기쁨이야. 다진 파까지 먹었다니까!'

은기는 이제 저녁 메뉴를 묻는 대신 얼마나 맛있게 밥을 먹었는지 설명했다. 은기는 좀 특이하게 말하는 남자아이였지만 목소리를 듣는 것이 마냥 행복했다. 은기를 사귀기 전에는 어떻게 살았는지 기억나지 않았다.

"널 만나기 전의 일들이 잘 기억이 안 나. 왜 그렇지?"

은기라면 까닭을 말해 줄 수 있을 것 같았다. 언제나 내가 궁금한 것들에 대해 대답해 주는 똑똑한 아이였으니까. 은기의 부드러운 웃음소리가 전해졌다. 고개를 살짝 기울이고, 아주 따뜻한 눈빛으로 나를 내려다보는 눈빛이 눈에 선했다. 은기가 조용히 말했다.

"네가 날 사랑하니까."

"무, 무슨……?"

창피하고 손해 보는 느낌에 항의를 하려는데 은기의 목소리가 귓속으로 흘러들었다.

"내게 와, 버려진 문들아, 내가 너한테 집과 벽을 주고, 너를 두드리는 주먹을 줄게, 너는 영혼이 열리듯 다시 여닫힐 것이고…….*"

"혹시 시야?"

"응. 나도 너와 같아. 버려진 문이었어, 나도. 네 덕분에 많은 걸 잊어버리고 있어. 사랑해, 다인아."

귓가에 은기의 숨결이 다가드는 듯 얼굴이 붉어졌다. 사랑이란 정말 신기한 것 같았다. 왜 그렇게 사랑 노래가 많은지 비로소 이해할 수 있었다. 은기에게 더 멋진 요리를 해 줄 수 없어 속상했다. 나는 얼른 수능과 졸업 작품이 끝나기만을 기다렸다. 졸업 여행은 졸업 작품을 제출한 다음날 떠나기로 되어 있었다. 졸업 여행에서 공연과 작품 발표회가 준비되어 있었지만, 은기가 나오지 않는 공연에는 관심이 없었다. 나는 그저 은기에게 정말 맛있는 요리를 해 주고 싶다는 생각뿐이었다.

그런데 수능을 앞두고 오늘로 이틀째 은서가 학교에 오지 않았다. 지난주 금요일 저녁, 밥을 먹고 학원에 갈 때까지만 해도 아무렇지 않았는데 생각해 보니 주말부터 화요일까지 문자도 한 번 하

---

* 「라 세바스티아나에게」 中, 『충만한 힘』, 파블로 네루다, 정현종 옮김, 문학동네

지 않았다. 무슨 일인지 걱정스러웠다. 은기가 과보호를 하는 것이 아닐까 싶을 정도로 은서는 멀쩡한 아이였다. 괴짜이긴 했지만 왕따는 아니었고 수학 시간에는 선생님이 놀랄 정도로 인정을 받기도 했다. 나머지 시간에는 딴 짓을 하기 일쑤였지만 그래도 결석한 적은 없었다.

"레이야, 은서한테 무슨 일 있는지 혹시 알아?"

쉬는 시간에 레이에게 갔다. 월요일 수업시간에 문자를 보냈지만, 레이는 모른다는 짧은 답을 한번 보낸 것 말고는 전화를 꺼버린 상태였다. 쉬는 시간에 가볼까 했지만 책에 파묻혀 있어서 아는 체 하기도 조심스러웠다. 하지만 이틀째가 되자 더 이상 초조함을 견딜 수가 없었다.

"몰라."

"혹시 금요일 이후에 연락한 적 있어?"

레이는 갑자기 내 쪽으로 돌아보았다. 그리고는 한숨을 내쉬며 짜증스레 말했다.

"유은서, 걔 대체 왜 그러니?"

"왜? 또 졸업 작품 가지고 뭐라고 그랬어?"

"아니. 금요일 날 밤에 전화하다가 은서가 옛날에 나랑 같은 동네에 살았다는 거야. 너무 반가워서 수암동 성당 아래 고물터를 아냐고 하니까, 알더라고. 그랬다면 분명히 나랑도 놀았을 거거든. 너무 반가워서 어릴 적 이야기를 했는데 갑자기 듣기 싫다는 거야."

"무슨 얘기를 했는데?"

"수암동 고물터는 엄마들 몰래 가는 놀이터였어. 주인 아저씨 몰래 술래잡기 하고 노는 게 엄청 재미있었다고. 그래서 너도 거기서 놀았을 거라고 하니까, 아니라는 거야. 자기는 고물터라는 게 있다는 것만 알았다고. 그래서 혹시 은석 오빠를 아냐고 물어봤어. 거기서 놀던 아이들은 나는 몰라도 은석 오빠는 다 알 테니까."

"네가 좋아하는 그 오빠?"

"응. 모른다고 해서 내가 그 오빠 특징을 알려줬어. 동네 말썽쟁이로 유명해서 모르는 사람이 없었거든. 그래도 모른다고 하기에 내가 완전 재미있는 걸 알려줬지. 그랬더니 은서가 그만하라면서 갑자기 소리를 지르는 거야. 너무 어이가 없잖아. 내가 좋아하는 오빠 이름을 왜 말하면 안 되냐고 했더니, 글쎄 자기가 은주였다면서 끊어버리는 거 있지?"

맹세코 무슨 뜻인지 알 수 없었다. 하지만 심장이 마구 뛰면서 답답해지기 시작했다.

"무, 무슨 재미있는 얘기를 해줬는데?"

"실은, 너도 이름은 들어봤을 거야. 유은기… 그 오빠 바뀐 이름이거든. 오빠가 아는 척하지 말래서 그러고는 있지만, 너나 은서나 공연과도 아닌데 뭐 어때, 안 그래?"

"누, 누구……?"

순간, 머리가 핑 돌면서 하마터면 쓰러질 뻔했다. 레이가 내 팔을 잡으며 걱정스런 표정을 지었다.

"주다인, 왜 그래? 빈혈이야? 얼굴이 새하얘졌어."

"괜찮아……. 그보다 그게 무슨 말이야?"

나는 손을 내저으며 레이의 말을 기다렸다.

"오빠가 2년 꿇고 지금 우리랑 같은 학교라고. 그런데 은서 웃기지 않니? 자기 이름이 뭐 어떻다는 거야? 설마 자기가 은석 오빠

여동생이라는 거야? 은석 오빠도 이름을 바꾸기는 했지만 여동생까지 바꾸는 경우가 많지 않잖아? 무엇보다 늘 혼자인데다 한 번도 오빠 얘기를 한 적이 없잖아. 은석 오빠는 자기 동생을 그렇게 혼자 있게 내버려둘 사람이 아니라고. 만약에 자기가 여동생이 맞다고 해도 그게 왜 화를 낼 일인데?"

레이가 말하는 동안, 나는 레이의 책상을 붙잡고 쪼그려 앉았다. 자꾸만 머리가 무겁고 숨이 잘 쉬어지지 않았다.

"다인아, 너 양호실에 가 봐야 하는 거 아냐? 은서 걱정 너무 하지 마. 나도 아픈 건가 신경이 쓰여서 은석 오빠한테 전화해 봤는데, 자기 동생은 아프지 않다고 했어. 은서, 가끔 이상할 때 있잖아. 수능이 코앞이니까 집에서 혼자 공부하고 있는지도 모르고. 그런데 다인아, 너 안 되겠어. 일어서, 내가 양호실 데려다 줄게."

"아니, 아니야!"

나는 나를 부축하려는 레이를 뿌리치고 천천히 일어났다. 눈앞에 거미줄 같은 빛 무늬가 일렁거렸지만 주먹에 힘을 꽉 쥐고 한 걸음 한 걸음 앞으로 내딛었다. 그리고 그 길로 교실을 나가 공연과 교실로 내려갔다. 교실 뒷문을 열었을 때 시작종이 울렸지만 들리지 않았다. 아이들의 시선이 일제히 나를 향했다. 맨 뒷자리에 엎드려 있던 은기가 몸을 일으키는 순간, 나와 눈이 마주쳤다. 나는 일부러 주위를 한번 돌아보고는 아무 일도 없는 듯 교실 밖으로 나갔다. 아이들이 나에 대해 뭐라고 웅성거리는 소리가 들려왔다. 복도 끝 계단을 향해 걷는데, 다급한 발소리가 들렸다. 급히 교실로 가는 선생님들이 돌아보았지만, 은기는 내 손을 잡고 계단을 내려갔다.

"무슨 일이야?"

교사校舍에서 나오자마자 은기가 내게 물었다. 하지만 나는 은기의 손을 뿌리쳤다. 밖으로 나가고 싶었지만, 교문까지 가다가는 누구에게든 눈에 띌 것이 분명했다. 내가 어쩔 줄 몰라 서 있는 것을 보던 은기는 내 손목을 잡고 비품창고로 향했다.

"자, 여기면 돼? 무슨 일 있었어? 그렇게 하얗게 질린 얼굴을 하고 나타나서 깜짝 놀랐잖아. 나한테 할 말 있었던 거지?"

나는 고개를 끄덕였다. 하지만 은기의 얼굴을 보니 무슨 말을 어떻게 꺼내야할지 알 수 없었다. 자꾸 가슴 속만 답답해지는 것이 어지럽기만 했다. 은기는 비품창고 문턱에 주저앉아 내가 입을 열 때까지 가만히 기다려주었다.

"혹시… 옛날 이름이 은석이었어?"

은기의 표정이 굳어졌다. 은기는 서서히 자리에서 일어섰다.

"그걸 어떻게 알았어?"

"은서는 은주였고?"

"어떻게 알았냐고? 설마 은서한테 내 얘기를 한 건 아니지?"

순간, 내가 아니라 은서 걱정을 하는 은기가 너무 미웠다.

"왜 얘기하면 안 되는데? 우리 사이를 말하는 게 뭐가 그렇게 큰일인데?"

"말했잖아. 은서가 그 사실을 알면 은서가 충격을 받을 거라고."

"충격? 그래, 지금 나 같은 기분 말이야? 어지럽고 혼란스럽고 그런 거? 아니, 이 정도는 아닐걸? 너는 내가 어떤 기분인지는 궁금하지도 않니?"

너무 화가 나서 그런지 목소리가 떨렸다. 은기는 고개를 갸웃거리며 이상하다는 표정으로 나를 보았다.

"다인아, 왜 그래? 왜 화를 내는 거야?"

은기가 나를 달래려는 듯 다가와 부드럽게 물었다. 나는 뒷걸음질 치며 도리질을 쳤다.

“말해 봐. 아무에게도 말하면 안 된다는 이유가 은서 때문이었어? 레이 때문이 아니고?”

내게 손을 내밀던 은기의 손이 스르르 떨어졌다.

“레이라고?”

“그래. 레이랑 나, 둘 다 속이느라 비밀로 한 게 아니었냐고?”

“그게 무슨 말이야? 내가 왜 둘을 속여야 하는데?”

“너한테 은목서 향기가 날 때 의심하기는 했지만 널 믿었어. 레이가 두 살 위의 어른을 좋아한다고 했을 때 내가 얼마나 안심했는지 알아? 그런데 너는 나이까지 속인 거니? 레이에게 모든 걸 이야기한다는 은석 오빠가 바로 너라니 아, 정말 말도 안 돼.”

나는 풀썩 주저앉아 숨을 몰아쉬었다. 가만히 서 있던 은기가 천천히 내 곁에 무릎을 접고 앉았다.

“그런 거 아니야, 다인아. 잠깐만 내 얘기를 들어 봐.”

“무슨 얘기를 들으라는 거야?”

나는 원망하는 눈으로 은기를 노려보았다. 은기는 내 시선을 피하지 않고 슬픈 눈빛으로 나를 가만히 들여다보았다. 그 눈을 보고 있으니 나도 모르게 눈물이 나려고 했다. 나는 입술을 깨물고 눈물을 참았다.

“레이는 어릴 적 같은 동네에 살았던 아이야. 명랑하고 밝은 아이여서 누구에게나 인기가 많았어, 지금처럼. 레이네 집에 재미있는 것들이 많아서 그 집에서도 종종 놀았고. 그러다보니 친해졌지만 크면서 흐지부지 헤어졌어. 미국 다녀와서 다시 친해졌는데 갑자기 고백을 하는 바람에 오히려 서먹해졌어. 나는 레이를 그런 식으로 좋아한 게 아니니까. 그러다가 레이가 여기로 전학을 왔고 가끔 만나서 얘기를 나눈 것뿐이야. 레이가 아직도 내 옛날 이름을 부르는 것처럼 우리는 그냥 옛날 친구 사이일 뿐이야. 레이가 은서랑 그리고 너랑 친해져서 당황한 건 나였어. 은서도 레이를 모르거든. 하지만 은서가 레이를 아는 것은 상관없어. 나는 레이를 좋아하지만 너를 좋아하는 것과는 다르니까."

은기의 이야기를 듣는 동안 마음이 조금씩 풀렸다. 은기가 거짓말하는 것 같지는 않았다. 레이와 많은 이야기를 나눈다는 것이 걸리기는 했지만 은기가 들키지 않기를 바라는 사람이 나뿐이라는 말이 왠지 위안이 되었다.

"은서가 레이한테 자기가 은주라고 말했대. 은서는 이미 레이와 네 관계를 아는 거야. 그리고 우연인지는 몰라도 그 후로 학교에 안 오고 있고. 은서한테 가봤어?"

은기의 표정이 심각해졌다.

"도대체 너랑 은서 사이에 무슨 일이 있었던 거니?"

은기는 고개를 젓기만 했다. 나는 더 이상 물어볼 수가 없었다. 은기의 얼굴이 울음을 참는 것처럼 잔뜩 일그러졌기 때문이었다.

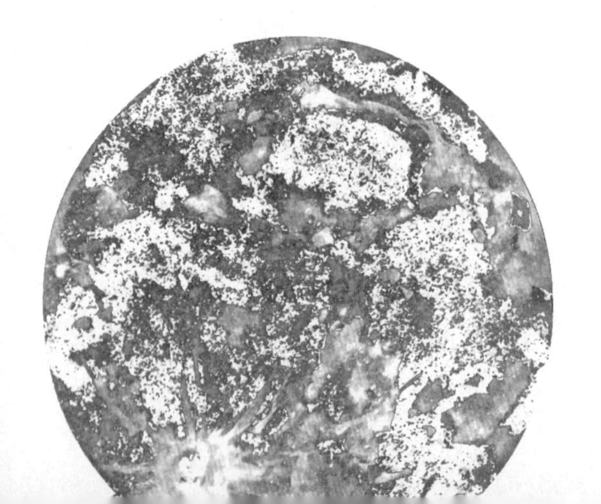

19
어쩌다 말도 없이 그앨 만나면
내 안에 작대기로 버티어놓은 허공이
바르르르르 떨리곤 하였는데

그림자 연극

오필리어: 사랑한다고 말하고 싶을 땐 나는 볼륨을 줄여. 너를 사랑하는 일은 죄가 되고 말아, 내 허파 속 숨관들 소름처럼 문닫아 버리네. 너를 사랑하는 일이 내가 사는 일인데, 나를 사랑하는 일이 너를 죽이네. 사랑한다 말하지 못하고 죽어가는 내 허파는 다시 숨관을 닫고 마네. 두려운 마음, 두 길로 갈라지네. 두 사람을 향한 사랑이 두 삶을 가르네. 너의 사랑을 갖고 싶은 일이 나를 살리고 너를 죽이네. 네가 죽으면 나도 죽고, 너의 사랑을 잊어도 나는 죽네. 너는 웃으며 빛이 되겠지. 온몸을 태우는 태양이 되겠지.

〈Flavour of Love〉, 2막

수능 전날까지도 은서는 학교에 나타나지 않았다. 모든 것이 정지된 것만 같은 하루하루였다. 은서의 전화는 물론 은기의 전화도 불통이었다. 문자를 보내도 답이 없었다. 은서의 집을 찾아가도 문이 잠겨 있었다. 은서가 병원이라도 입원했을까 봐 걱정이 되었다. 하지만 왠지 건강 문제는 아닐 것 같은 느낌이었다. 은기와 통화할 수 없어 불안했다. 은서네 집 문을 두드리면서도 한편으로는 은서가 문을 벌컥 열고 나올까 봐 두렵기도 했다. 우리 사이가 밝혀진다면 은서가 가만히 있지는 않을 것이라는 생각이 들었다.

수능 전날, 나는 다시 은서네 문을 두드렸다. 그때 은서가 내 옆으로 걸어와 섰다. 소스라치게 놀라 나도 모르게 짧은 비명을 질렀다. 은서는 그런 나를 보고는 기계처럼 단조로운 목소리로 물었다.

"유은기, 알지?"

문간에 서서 위아래로 훑어보는 은서의 첫 마디에 나는 거짓말할 생각도 못 하고 멍하니 서 있었다. 은서의 얼굴이 점점 붉어지고 있었다. 나는 어떤 변명이라도 하고 싶었다.

"저기··· 말하려고 했어."

"무슨 말?"

"그러니까 나랑 은기랑······."

"나한테 왜?"

"어? 그게 그러니까······."

뭔가 실수를 한 느낌이었다. 은서는 빤히 나를 보며 대답을 기다렸다.

"그러니까 나는 네가 은기랑······. 하, 하지만 걱정 마. 아무에게도 말하지 않았어."

"나랑 걔랑 뭐?"

순간 은기의 말이 생각났다. 둘이 남매인 것이 밝혀지면 학교에 나가지 않겠다던 은서, 은기가 가장 두려워하는 일이라는 걸 나는 알고 있었다. 역시 말을 잘못 꺼낸 걸까? 하지만 은서는 분명 모든 것을 알고 있는 눈치였다. 지금 거짓말을 한다면 정말 돌이킬 수 없을 것 같았다. 지금은 너무 무섭더라도 거짓말은 안 된다고 나는 속으로 몇 번이나 되뇌었다.

"너랑 은기… 가족이라는 거."

"은기가 말했니?"

"아니."

나도 모르게 대답이 나왔다. 은기가 비밀을 말했다고 하면 둘의 사이가 어긋날 것만 같았기 때문이었다. 은서는 이상하다는 표정으로 나를 보았다.

"그, 그게… 일부러는 아니고… 너희 집 책장, 거기서 우연히 은기의 수첩에 있는……."

"거짓말. 설마 사진 같은 걸 봤다는 얘기를 하려는 건 아니겠지? 거짓말을 하려면 제대로 해야지."

아무 얘기나 꺼내려는데 은서가 비웃으며 안됐다는 표정을 지었다.

"그게 아니라… 은기 수첩에 네 얘기가 있었어. 그래서 물어봤더니……."

"그랬더니 말하더라고? 그렇게 쉽게 내 얘기를 할 애가 아닌데. 혹시 협박이라도 했니? 말 안 해 주면 사귀지 않겠다고?"

"응?"

"너희 사귄다는 게 정말이니? 아니지? 걔가 일방적으로 널 쫓아다니는 거지?"

나도 모르게 침을 삼켰다. 은서가 무엇을 어떻게 알고 있는지 알 수 없었다. 나는 고개를 숙인 채 아랫입술을 꽉 물고 있었다.

"쫓아다닌 적 없어."

"그럼 사귄다는 게 사실이야?"

고개만 끄덕였다. 입을 열면 허튼말이 나올까 봐 무서웠다.

"그럼 반대로 걔가 널 협박했니? 사귀지 않으면 죽어버리겠다고?"

"아, 아냐!"

나도 모르게 말이 튀어나왔다. 은서를 이해할 수 없었다. 어떻게 자기 오빠를 그렇게 말할 수 있을까? 1년이나 나와 함께 있었으면서 나를 그렇게도 모르는 건가? 은서에게 섭섭한 마음마저 들었다. 나는 은서의 눈을 쳐다보았다. 협박 같은 건 없었다고, 은기는 나에게 일어난 기적이라고 말하고 싶었다. 하지만 내 마음은 전해지지 않았다.

"그럼 유은기 말이 사실이란 말이야?"

"뭐, 뭐라고 했는데?"

"서로 좋아서 사귀게 되었다는 말. 100일이나 되었다는 말."

100일보다는 길다고 생각했지만, 그냥 고개를 끄덕였다. 은서는 기막히다는 표정이었다.

"그걸 믿니?"

"어?"

"유은기가 널 좋아한다는 말을 믿느냐고?"

"응."

나는 단호하게 말했다. 하지만 은서는 여전히 비웃음을 숨기지 않았다.

"걔는 너 같은 스타일 안 좋아해. 너처럼 연약한 애는 별로라고."

"……."

"걔가 얼마나 질이 안 좋은 애인지 네가 모르는 것 같은데 지금 끝내버리는 게 나을 거야."

"그, 그렇지 않아. 은기, 좋은 애야."

"걔랑 사귀었던 애들이 다 그렇게 말하긴 하더라. 원래 바람둥이들은 그런 법이지. 상냥하고 위해 주고 달콤한 말만 해대고……. 걔가 무슨 생각으로 널 좋아하는지 잘 모르겠지만, 나는 널 친구라고 생각해서 이런 말 해 주는 거야."

"하, 하지만 은기는 네 오빠잖아. 어떻게……."

"누가? 누가 그런 말을 해? 핏줄만 이어지면 오빠야? 난 그런 인간하고 아무 사이도 아냐. 지금은 돈이 없어서 봐주는 거지 진짜로 가족이라고 생각하는 건 아니라고!"

"말이 너무 심해, 유은서. 은기는 정말로 널 걱정하는데……."

은서는 발로 문을 차며 짜증을 냈다.

"야, 주다인. 네가 뭘 알아? 남의 가족에 대해 그렇게 단정지어서 말할 수 있어? 너희 집은 그렇게 간단한 집이야?"

할 말이 없었다. 은서는 그것 보라는 표정이었다.

"거봐, 평범한 집들도 그렇잖아. 그런데 이 집은 그런 보통 집이 아니라고. 너희 같은 애들은 상상도 못 할 거라고. 그러니 걔를 보고 좋은 애니 아니니 하는 말은 하지 말라고."

"하지만……."

"시끄럽다고 했지!"

은서는 나를 사납게 노려보고는 대문을 열고 안으로 들어가 버렸다. 나는 닫힌 문에 대고 말했다.

"알았어, 말 안 할게. 하지만 내일은 수능이야. 꼭 시험 볼 거지?"

"네가 걔랑 헤어지면."

화가 났다. 아무리 여동생이라지만 무슨 상관이냐고 쏘아붙이고 싶었다. 하지만 닫힌 문을 보자 마음이 가라앉았다.

"수험표 고사장 가서 받으면 된대. 여기 고사장 주소 놓고 갈게. 돌로 눌러놓으니까 얼른 가져 가."

돌아서는데 삐걱하고 대문 열리는 소리가 들렸다. 은서가 쪽지를 보더니 입술을 비죽였다.

"담임한테 문자 받았는데 쓸데없는 짓 했네."

나는 다시 은서 앞으로 갔다.

"네 말대로 난 은기가 어떤 애인지 모를 수도 있어. 하지만 네 말만 듣고 헤어질 수는 없어. 이건 우리 문제야."

"우리 문제? 그러니까 상관하지 말라고?"

"그런 건 아니지만 난 너하고도 잘 지내고 싶어. 우린 친구잖아."

처음으로 은서의 얼굴에서 비웃음이 사라졌다.

"…나도 친구라서 해 주는 말이야. 너, 상처 받을 거야."

"상처… 그래, 받을지도 모르지. 하지만 그것도 내 문제야. 그러니까 너하고 나는 전처럼 그냥 친구로 지내면 안 될까?"

"난 상처 있는 애랑은 친구하기 싫어."

"왜 내가 상처받을 거라 생각하는데?"

"걘 쓰레기니까."

"은기는 그런 애가 아니야."

"네가 뭐라고 해도 난 알아, 유은기는 유은석일 때부터 쓰레기였어. 내 발, 왜 이렇게 되었는지 걔가 말해 주지 않았지?"

"네 발?"

나는 은서의 발을 내려다보았다. 은서는 얼른 발을 뒤로 숨겼다.

"이게 누구 때문일 것 같아? 그래, 걔 때문이야. 걔는 그렇다고. 자기한테 불리한 건 말하지 않고 유리한 것만 떠벌리지. 나를 엄청 위하는 척 하지만 진짜 필요할 땐 도망이나 치는 쓰레기 같은 놈이라고."

"그건……. 하지만 어렸을 때 일 아냐? 지금 은기는……."

은서는 얼굴이 빨개지더니 소리를 바락바락 질러댔다.

"어릴 적 일이라고? 그러니 잊어버리라고? 이게, 이 발이 잊어버릴 수 있는 발 같아?"

은서는 양말을 벗고 자기 발을 보여주었다. 화상 흉터처럼 언뜻 붉은 피부가 보였지만, 나는 외면했다.

"너도 걔처럼 보지를 못하네. 잘 맞아서 좋겠구나?"

"은서야, 그런 게 아니야. 은기는 진심으로 너를 걱정하고 있어. 그리고 나는 그런 은기가 좋아."

"흥, 그런 은기가 좋아? 상처받고도 그런 말이 나올까? 걔가 자기를 왜 좋아하는지도 모르는 주제에."

뭔가에 찔린 것처럼 가슴이 찌르르 아파왔다. 나도 늘 궁금했다. 은기 같은 아이가 왜 나를 좋아하는지. 하지만 은서의 입에서 나오는 말은 듣기 싫었다. 하지만 궁금증이 더 컸다. 나는 은서에게 묻지 않을 수 없었다.

"나… 나를 좋아하는 이유가 있어? 그게 뭔데……?"

떨리는 목소리에 놀랐는지 은서가 입을 다물고는 쪽지를 집어 올렸다. 나는 은서를 붙잡았다.

"말해줘, 이유를 안다면서?"

"어차피, 어차피 내가 말해도 안 믿을 거면서. 그러니 네가 알아 봐. 그러면 헤어지기 싫어도 헤어지게 될 테니까. 헤어지고 돌아오면 내가 축하해 줄게. 그 전에는 보고 싶지 않아."

"그러니까, 네 말은… 너랑 친구를 하고 싶으면 헤어지라는 거야?"

은서가 고개를 끄덕였다. 엄마를 마주한 것처럼 숨이 막혔다. 누구와 비교할 수 없을 정도로 은기를 좋아하지만, 은기를 위해 은서를 버려야 한다는 것도 이상했다. 나는 의미 없이 고개를 저으며 중얼거렸다.

"어째서? 친구는 어려울 때 함께……."

"싫어, 싫다고! 어려운 때가 싫어. 어려운 때, 어두운 애들, 다 싫단 말이야! 네가 어두워지면 난 바로 너를 잘라내 버릴 거야."

비로소 은기 얼굴에 드리운 그늘을 알 것 같았다. 은서에게 말해 주고 싶었다. 어두운 건 너 자신이 아니냐고. 하지만 진짜 어둠을 향해 그렇게 말할 자신은 없었다. 절룩이는 은서의 발에 대해 말하지 않듯이, 은서의 발을 만졌을 때처럼 나를 내칠 것이 분명했기 때문이었다. 은서가 너무나 가여웠다. 믿고 싶지 않았지만, 저렇게까지 은기를 미워한다면 은서가 한 말이 사실인지도 모른다는 생각이 들었다. 은서의 발을 영원히 절룩거리게 만들고도 시치미를 떼는 거라면 나 역시 은기를 용서할 수 없을지 몰랐다. 생각만 해도 마음이 저려왔다. 은기를 의심하는 내가 너무 싫었다. 좋아하는 마음은 전혀 사라지지 않았다. 오히려 은기의 두려움을 알 것 같았다. 하지만 은서가 너무나 외로워 보였다. 나는 은서의 손을 잡았다.

"상처받지 않을게. 비밀도 지킬게. 그럼 되잖아. 너도 학교에 나올 수 있고, 끝까지 친구도 될 수 있고. 안 그래?"

"하지만……."

"나를 봐, 은서야. 지금 난 너에게 상처를 받았어. 하지만 이건 네가 학교에 오면 사라질 거야. 그러니까 난 어둡지 않아. 전과 똑같아."

"전과 똑같아지지 않는 상처도 있어. 걔는 너에게 상처를 줄 거야."

"그럴지도 모르지. 하지만 지금은 은기에게 상처받지 않았어. 어둡지 않아. 그러니까 넌 여전히 내 친구야. 학교에서 늘 만날 수 있는."

은서는 아무 말도 하지 않았다. 나는 새끼손가락을 세웠다.

"약속할게. 난 상처받지 않아. 그러니까 너도 학교에 와줘. 수능도 꼭 볼 거지? 친구로서 약속했다고 믿을게. 그럼 나, 간다."

말하는 동안 울음이 북받쳐 올라 자주 숨을 멈춰야 했다. 은서는 여전히 차가운 눈빛이었다. 그리고는 중얼거리듯 말했다.

"아니. 넌 상처받을 거야. 그러니까 넌 내 친구가 될 수 없어."

나는 눈물을 가까스로 감추고 뒤돌아섰다. 집까지 가는 길이 전과는 달랐다. 자꾸만 눈물이 났다. 나는 다른 사람들의 눈치도 보지 않고 버스 정류장에 앉아 눈앞이 뿌옇게 되도록 눈물을 흘렸다.

20
아라 탐조등 불빛에 놀라 돌아서는
네 빈 가슴을 와 채우는 새파란 달빛을

텅 빈

수능으로 세상이 떠들썩하던 시점에 한 선생님이 이렇게 말한 적이 있었어. 사람이 왜 사는지, 왜 살아가야 하는지 오래 생각하는 사람은 죽을 수도 있다고. 그러니 너무 깊이 생각하지 말라고……. 뉴스에서 떠드는 고3에서 예외가 된 우리를 격려하기 위한 것이었는지, 취업이 되지 않은 대다수 아이들을 위로하기 위해 한 말이었는지는 모르겠어. 반 아이들 대부분은 떠들거나 자고 있었지만, 나는 정자세로 앉아 그 선생을, 아니 그 말을 노려보았지. 그냥… 마음에 들지 않았어. 선생님이 어떻게 그런 말을 할 수가 있는지 화도 났지. 물론 시간이 흐른 지금은 이해해. 선생님은 고백을 했는지도 모른다고. 우리들에게 인생의 비밀 하나쯤 공유하고 싶었을 지도 모른다고.

하지만 말이야… 아직 그 말에 반항하고 있는 나를 발견하곤 해. 내가 하는 일이 그 질문 없이는 시작될 수 없는 것이기 때문인지도 몰라. 인생에 대해 생각하지 않는다면, 어떻게 인생의 아름다움을 알아차릴 수 있을까? 진흙 속에서 돌에 긁혀 피를 흘리고 바닥으로 끝도 없이 빠지면서 눈물범벅이 된 삶을 연장시키는 그 거짓말을 어떻게 할 수 있을까? 취해 보라고 연꽃잎 하나 건네줄 수 있을까?

오후 7시, 대학로는 떠들썩했다. 카페, 레스토랑, 극장마다 현수막을 펄럭이며 수험생을 위로하고 있었다. 수험표가 있으면 할인해 준다며 팔을 붙잡는 사람도 여럿이었다. 나와는 상관없는 혜택에 아무도 내 팔을 잡지 않는 곳을 찾아 마로니에 공원 둥근 돌의자에 앉아 있었다.

"주다인, 안 추워? 카페라도 들어가 있지."

은기가 점퍼를 벗으며 나에게 다가왔다. 흰 티에 푸른색 스웨터를 걸친 내가 추워 보이는 모양이었다. 나는 고개를 저으며 은기의 점퍼를 다시 여며주었다.

"은서, 집에 있어? 시험 본 거지?"

은기가 고개를 끄덕였다.

"끝나고 들어가서 지금까지 불도 안 켜고 있어. 아마 잘 거야."

"안 들어가 봤어? 아플지도 모르잖아."

"들어가고 싶지만 날 보면 더 흥분할 텐데. 푹 자고 싶을 만도 하잖아."

새삼 은기의 얼굴을 보았다. 미소를 짓고 있었지만 은기도 하루 종일 시험을 보았으니 피곤할 것 같았다.

"피곤할 텐데 나와 줘서 고마워."

"무슨 소리야? 너 보고 싶어서 지금까지 얼마나 힘들었는데. 나야말로 연락해줘서 고마워."

나는 자리에 앉은 채 계속 고개만 끄덕였다. 아무 말이나 하고 싶었지만, 입 밖에 내면 입김과 함께 용기가 사라질 것만 같았다.

"뭐야, 끄덕이 인형 같잖아. 부탁할 게 있다면서?"

"응. 나랑 어디 갔으면 해서……."

"가자."

내 말이 떨어지자마자 은기가 벌떡 일어났다. 나는 은기의 옷자락을 잡았다.

"그보다……."

"뭔데? 뭘 그렇게 뜸을 들이냐?"

"레이… 시험 잘 봤대?"

"레이 얘기를 하고 싶었던 거야? 왜 직접 전화하지 그랬어?"

"뭐라고?"

은기가 어깨를 움츠렸다. 나도 모르게 날카로운 눈빛으로 쳐다본 모양이었다.

"미안해, 화난 거 아닌데……. 하지만 레이한테는 연락할 수 없어."

"나 때문에? 그럴 일 없다고 했잖아."

"하지만 레이는 널 좋아한다고 했어. 네가 자신한테만 하는 이야기가 있다고. 그리고……."

"그리고 뭐?"

"너는 환상에 빠져 있다고. 환상 속의 여자를 만나 사귀고 있다고……."

은기는 팔을 다리 위에 늘어뜨리고는 고개를 푹 숙였다.

"이런 거 묻는 건 싫지만, 궁금해. 그 여자가 누군지, 그리고 넌 왜 레이한테만 네 얘기를 하는지 생각할수록 화가 나."

"화가 많이 나?"

고개를 숙인 채 은기가 중얼거렸다. 나는 고개를 끄덕였다. 은기가 보든 보지 못하든 상관없었다. 갑자기 은기가 하늘을 보며 씩 웃었다.

"왜 물어본 거야?"

"좋게 생각하려고. 화가 난다는 건 나를 좋아하기 때문이야, 그렇지? 그럼 됐어. 레이는… 설명할게. 레이는 어렸을 때 알던 아이야. 오빠, 오빠 하면서 쫓아다녔어. 레이네 집에도 자주 놀러갔었어. 걔네 부모님 본 적 있는지 모르겠는데 엄청 멋지고 좋은 분들이셔. 레이 친구까지도 좋아해 주는 그런 부모님. 얼굴도 기억 안 나는 아빠까지 합쳐서 세 번째 아버지랑 사는 나는 부러워서 죽을 만큼 좋은 집이었지. 하마터면 미워할 뻔했는데 걔가 또 착하고 귀엽잖아. 미워할 수가 없지. 걔가 특별해서 뭐든 얘기하는 게 아니야, 다인아. 걔는 어렸을 때의 나를 알아. 새아빠 매질을 피해 개집에 숨어있던 나와 닥치는 대로 싸움을 걸었던 나를 안다고. 레이랑 얘기를 할 때는 어렸을 때 얘기부터 하게 돼. 그뿐이야. 걔가 나를 좋아한다고 고백한 적은 있었지만, 난 그런 적 없었어. 걔가 설마 나를 따라 학교까지 전학 올 줄은 몰랐다고."

"개집? 개집에 살았다고?"

은기는 고개를 저으며 피식 웃었다.

"거봐, 이렇게 눈빛이 달라지잖아. 옛날 이야기야. 그리고 거기서 살지는 않았지. 세 번째 아버지가 화가 났을 때만 피하면 되었으니까. 잘 때는 집에서 잤어. 그나마 그 아버지가 얼마 못 살고 죽어서 그 다음부터는 괜찮았다고."

"힘들었겠다. 은서도 그러면 그때……."

"옛날 이야기는 하기 싫어."

"레이랑은 한다면서?"

"걔는 나를 전혀 불쌍한 얼굴로 보지 않거든. 난 너한테 불쌍한 사람이 되고 싶지 않다고. 너를 마녀의 성에서 구해 줄 왕자라면 모를까."

"난 네가 그냥 은기였으면 좋겠어."

"그건 아주 쉽지. 주다인을 정말 좋아하는 유은기, 여기 대령했사옵니다. 그런데 여긴 너무 춥지 않아? 어디 갈 거냐? 추운 데 빼고 아무 데나 가자."

은기가 배시시 웃자, 나도 따라 웃음이 났다.

"네가 환상에 빠졌다는 건 무슨 말이야? 환상 속의 여자랑 사귄다는 말은?"

"너."

"응?"

은기가 어깨를 안으며 한 걸음 앞으로 걸었다.

"나라니?"

"너라고. 내가 찾았던 여자아이. 레이가 환상이라고 불렀다고? 넌 내가 오래 꿈꾸었던 여자아이야. 레이가 뭐라 부르든 상관없어."

은기가 환하게 웃었지만, 조금도 기쁘지 않았다. 레이의 말을 들은 후, 나는 좀 이상해졌다. 더 이상 멍한 표정으로 은기의 말을 듣지 않았고, 웃는 얼굴도 하나하나 분간할 수 있게 되었다. 은기의 환한 얼굴은 어딘가 수상했다. 마치 용접할 때 튀는 새하얀 빛처럼 부자연스럽게 아슬아슬했다. 어쩌면 처음부터 내가 은기에게서 눈을 뗄 수 없었던 것이 바로 그 기묘한 밝은 빛 때문일지도 모른다는 생각이 들었다. 그림자까지 지워버리는 은기의 빛은 자연스러운 상황에서는 볼 수 없는 종류였다. 그건 은서의 어둠과도 비슷했다. 아이들과 눈을 맞추려 하지 않는 어색함, 필요이상 절룩거리는 왼쪽 발, 말똥말똥 뜬 눈으로 엎드린 채 보내는 수업시간. 연기하듯 일부러 주변을 어둠으로 채우는 은서와 마찬가지로 은기 역시 억지로 밝음을 연기하는 것인지 모른다는 생각이 들었다.

"그런데 정말 어디 가는 거야?"

"너도 아는 사람 보러."

"누군데?"

"저기야."

나는 오렌지 빛으로 빛나는 상자 같은 건물을 가리켰다. 얼음처럼 차가워 보이는 유리벽에 세로로 크게 〈대역배우〉라고 걸개가 걸려있었다. 건물을 올려다보던 은기가 걸음을 멈췄다.

"꼭 여기서 만나야 해? 이 건물 마음에 안 든다."

은기의 말에 나는 표를 꺼냈다.

"제목 봤으면 알았을 거 아냐. 환이 오빠가 표 줬어. 친구랑 보러 오라고. 이건 수험표 없어도 돼."

"환이, 오빠?"

"아, 역시 이상하지? 괜히 친한 척 하는 것 같고……. 아르바이트 하다가 친해졌어. 오빠한테 발성이랑 움직임이랑 대사 처리하는 거랑… 많이 배웠어. 그런데 너를 모르더라? 네가 친하다는 사람이 환이 오빠 아니었어?"

"아닌데……. 그 형은 아마 거기 그만뒀을 거야. 그렇게 친한 것도 아니고……."

"시간 많이 남았는데, 뭐라도 먹을래? 저녁 먹었어?"

"아니."

걸개에 시선이 꽂힌 채 은기는 건성으로 대답했다. 나는 은기를 툭 치며 먼저 앞으로 걸었다. 은기는 내가 사람이 북적거리는 신호등 앞에 설 때까지 천천히 내 뒤를 따라왔다.

"어이, 주다인!"

신호등 건너편에서 익숙한 목소리가 들려왔다. 긴 팔을 높이 들고 흔드는 모습이 환이 오빠였다. 나는 창피해서 손만 살짝 들었다. 넓은 도로에는 신호를 기다리는 차들이 멈춰 이상하게도 조용했다. 그 조용함을 틈타 오빠는 또다시 소리를 쳤다.

"야, 한석준! 한석준, 여기!"

내가 아니라 다행이라고 생각하며 뒤를 돌아보았다. 하지만 환이 오빠의 손짓에 마주 손을 흔드는 사람은 한 명도 없었다.

"야, 기다려, 할 말 있다고!"

공연 전인데 저렇게 소리를 질러도 될까 걱정이 되어 다시 돌아보는데 은기가 보이지 않았다. 신호가 바뀌었다. 나는 건너가는 대신에 신호등 주위를 두리번거리며 은기를 찾았다.

"주다인, 왔구나? 그런데 혼자야?"

단걸음에 횡단보도를 건너 온 환이 오빠가 어깨를 툭 쳤다.

"친구랑 왔는데 잠깐 어디로 간 모양이에요."

"아쉽다. 남자친구 얼굴 구경하려고 했는데……."

오빠가 놀리는 것이 싫어 나는 얼른 화제를 바꿨다.

"오빠도 누구 찾지 않았어요? 한석준, 친구 맞죠?"

오빠는 주위를 한번 둘러보더니 고개를 절레절레 흔들었다.

"그 자식, 잠수 탔다더니 정말 모른 체 해 버리네. 흥, 천재 극작가라 이 말씀이지?"

"같이 찾아봐드리고 싶은데 저도 친구가……."

내 말에 오빠는 유쾌하게 웃으며 고개를 저었다.

"그런 녀석 찾을 시간 없어. 잊었어? 나 오늘 공연 있다고."

"맞아요. 그런데 목소리를 그렇게 써도 되나 걱정했어요."

"걱정 마. 그 정도는 알아서 하니까. 그나저나 남자친구 한번 봐준다고 했지? 메일 보내놨어. 그리로 찾아가 봐. 대신 남녀 모두 오디션이 조건이니까 너도 꼭 봐야 할 거야."

"저는……."

"시간 없다. 아무튼 나중에 보자."

환이 오빠는 내 머리를 톡톡 치고는 공연장을 향해 뛰어갔다. 그때 전화기가 울렸다. 모르는 번호였다.

"여보세요?"

"나야, 은기."

"어디 있어? 그리고 이 번호는 뭐야?"

"공중전화야. 시험 보느라 전화를 집에 놓고 와서……. 저기, 나 아무래도 집에 가 봐야할 것 같아."

"왜?"

"은서."

나는 다음 말을 기다렸지만, 은기는 더 이상 아무 말도 없었다.

"어… 그래. 그럼 나중에 연락해……."

"응."

은기는 전화를 끊었다. 공연을 함께 못 봐서 미안하다거나, 혼자라도 보라는 말 한마디 없이.

21
너와 나를 스치는 모든 것은
두 현에서 한 소리를 불러내는 바이올린의 활처럼
우리를 하나이게 한다

에우리디케를 위한 변명

경험하지 못 한 것에 대한 미숙함. 어둠에 익숙한 영혼은 모든 빛에 서툴다. 인간이란 늘 익숙한 것에 기울어지는 법. 푸른 연잎은 겁 없이 환한 세상을 원하지만, 어설픈 그물새로 어둠이 돋아나 시야를 가린다. 희망은 언제나 작고, 연잎의 뿌리는 깊고도 깊다. 어둠의 메두사를 비춰주는 거울은 너무나 많다. 어둠에 취해본 존재는 어둠에 예민하여 습한 기운에도 쓰러지고 만다. 가공할 어둠이 육체의 방둑을 범람하여 연잎의 줄기로 거침없이 스며든다. 내리쬐는 빛은 누구도 응원하지 않는다. 어둠은 호락호락하지 않다.

〈에우리디케를 위한 변명〉, 오르의 노트

"왜 그래? 평소랑 달라."

"별로."

나를 살피며 은기는 극장가 골목 안으로 들어섰다. 은기에게 다가가 팔을 잡았다.

"왜?"

"저번처럼 말도 없이 가버릴까 봐."

"말했잖아, 저번에는……."

"응. 더 말하지 마."

은기가 입을 다물었다. 후회되었다. 내가 막고 싶은 것은 은기의 입이 아니라 시끄러운 머릿속인데……. 환이 오빠가 보내준 극단 이름을 보고 몇 번이나 다시 검색을 했다. 하지만 '강&주 컴퍼니'라는 회사는 하나뿐이었다. 나는 한 번도 들어가 보지 않은 홈페이지를 열었다. 대표 인사말에 나오는 여자 사진은 기억 속의 그 여자가 맞았다. 아무리 찾아봐도 아빠의 사진은 없었지만 기획부라는 곳에 아빠의 이름이 있었다. 며칠 동안 고민했지만 나는 은기만 생각하기로 마음먹었다.

"와, 이 길 맞아? 혹시 공연장이야?"

나는 고개를 저었다. 인터넷에서 열 번도 넘게 찾아봤다. 눈감고도 찾아갈 수 있었다. 은기가 나를 멈춰 세웠다. 걱정스러운 표정이었다.

"어디 가는 거야?"

나는 어색하게 미소를 지었다. 은기에게 아빠를 소개할 생각은 없었다. 그저 은기에게 기회를 주고 싶을 뿐이었다. 그러니 은기가 이상하게 여기도록 할 수 없었다.

"우리 이모가 아는 회사라고 해서. 내 친구가 연기 지망생이라니까 소개해 준다고 했어."

"회사? 뭐 하는 회사?"

"잘 모르겠지만, 주연급 오디션을 주관하는 데래. 텔레비전이나 영화 쪽도 제작하는 회사라니까 네가 말하는 그 미래에 가깝지 않을까? 오늘 서류 받으면서 인사하면 좋을 거라고 해서…"

"흠, 그렇네. 주연급을 오디션으로 뽑는 데는 별로 없는데 말이야. 어쨌든 고마워."

은기가 나쁘지 않게 생각해 다행이었다. 하지만 한편으로는 실망했다. 만일 은기가 싫다고 했으면, 그대로 뒤돌아 가면 그만이었는데…….

"다, 다인이?"

은기와 나는 동시에 걸음을 멈췄다. 은기가 나를 흘깃거리고 있다는 것을 알았지만, 나는 잔뜩 굳은 표정으로 아빠를 노려보고 있었다. 마음속으로 어떤 의미인지 모를 '아니'라는 말을 외치고 있었다. 나는 떨고 있었다. 아빠가 나를 와락 끌어안으며 울지도 모른다고 생각하고 있었다. 절대 그러면 안 된다고 생각했다. 그러면 은기에게 설명할 말이 없으니까. 하지만 걱정할 필요도 없었다. 타이밍이 지나갔다. 무슨 타이밍인지 알 수는 없지만 아무튼 기대 아니, 걱정하고 있던 상황은 벌어지지 않았다. 아니, 그 정도가 아니라 아빠는 어쩔 줄 모르는 표정이었다. 아빠는 입을 바보처럼 벌린 채 나를 흘깃거릴 뿐이었다. 먼지를 뒤집어쓴 몰골인 것은 그렇다 쳐도 딸을 똑바로 쳐다보지도 못하다니. 오래동안 찾지 않은 것도 당연하다는 생각이 들었다. 나는 무뚝뚝하게 고개를 끄덕였다.

"네, 네가 뮤지컬을 하고 싶다고?"

아빠의 목소리가 살짝 떨렸다. 나도 모르게 얼굴이 경직되어 입을 열기가 힘들었다.

"친구가요."

은기가 이상하게 쳐다보지 않았다면 입을 떼기도 힘들었을 것이다.

"안녕하십니까, 다인이 남자친구 유은기입니다."

은기의 말에 나도 아빠도 깜짝 놀랐다. 아빠의 입가에 웃음기가 도는 것을 보며 나는 황급히 은기에게 돌아섰다.

"아까 말했지? 이모부 친구분이야."

"…그래?"

은기는 내가 아니라 아빠를 보고 있었다. 아빠는 약간 일그러진 표정으로 천천히 고개를 끄덕였다.

"은기는 배우가 되고 싶어 해요."

"그, 그렇구나. 내가 아는 형이 있는 기획사에서도 연습생을……."

아빠는 여전히 나를 보며 중얼거렸다.

"연습생 말고 데뷔할 수 있는 오디션 말이에요. 연습생 되려고 여기까지 찾아왔겠어요? 하긴 이름만 거창하지 이렇게 작은 극장을 보니까 잘못 찾아온 것 같네요. 여기 오면 서류 준다고 해서 왔는데 잘못 왔나 봐요. 은기야, 미안해. 이렇게 초라한 곳인 줄 몰랐어. 알았으면 오지 않았을 텐데, 집에 가자."

나는 왠지 자꾸 화가 나 은기의 점퍼를 붙잡고 밖으로 나갔다. 그때 아빠가 황급히 내 팔을 잡았다.

"저, 저기 잠깐만 기다려라."

아빠는 한 손으로는 나를 붙잡고 한 손으로는 반대편 책상에 있던 파일을 뒤졌다. 내가 걸음을 멈추자, 아빠는 그제야 두 손으로 서류를 찾더니 그중 하나를 은기에게 주었다.

"초라해 보이지만 여긴 연습실이라 그런 거고… 혹시 프로필 같은 게 있으면 놓고 가라. 서류는 나중에 보내주마. 받으면 다, 다인이랑 같이 와라."

"감사합니다!"

은기는 가방에서 프로필 파일을 아빠에게 건네고 90도로 인사를 한 뒤 내 뒤를 따라왔다. 이상하게 가슴이 뛰었다. 지하 극장이라 계단을 오르기는 했지만 그 정도로 숨이 찰 리 없었다. 그런데도 가슴이 이상했다. 나는 입을 꼭 다물고 묵묵히 길을 되짚어 지하철 역으로 향했다. 나를 멈춰 세운 건 은기였다. 그는 내 가방 끈을 붙잡고 떡볶이 파는 포장마차 처마 아래로 들어섰다.

"다인아, 나 춥고 배고파."

겨우 정신을 차렸다. 하지만 은기의 귀여운 표정에도 웃음은 나오지 않았다. 은기는 여전히 어색한 내게 어묵 꼬치를 쥐어주고 국물이 담긴 컵도 주었다.

"정말 이모부 친구분이셔?"

나는 입을 꾹 다물었다. 은기는 익살맞은 표정을 지으며 나를 웃기려 했다. 하지만 추위에 얼굴이 굳었는지 웃음이 나오지 않았다.

"네가 그 아저씨 약점이라도 잡았나 싶어서 말이야. 너한테 쩔쩔매는 것 같던데……."

다행히 눈치 채지 못한 것 같았다. 그제야 마음이 놓였다.

"넌 무슨 오디션인지 보지도 않고 무조건 인사부터 하니?"

목소리가 날카롭게 나왔다. 마치 신경질 내는 엄마 목소리 같아서 나조차 놀랐다. 하지만 은기는 전혀 놀란 것 같지 않았다.

"인사하고 나서 살짝 봤어. 이거 아이돌 파란이 나온다고 소문난 뮤지컬이야. 트리플 캐스팅이라고 하더니 하나는 오디션으로 뽑으려나 보다. 고맙다, 주다인. 네 덕분에 이런 기회가 생겼어."

아이돌 파란이 나온다는 뮤지컬 소식은 나도 알고 있었다. 그런 뮤지컬 주연이 된다면 은기에게 정말 좋은 기회일 거란 생각이 들었다. 마음이 한결 풀리는 느낌이었다. 추레한 옷차림과는 달리 아빠도 뭔가를 하는 것 같아 왠지 마음이 놓이기도 했다. 어쨌든 큰맘 먹고 아빠를 찾아간 보람이 있었다. 은기에게 들키지 않고 좋은 기회를 얻었으니 내가 원하는 것은 다 얻은 것이라는 생각에 한숨이 나왔다. 잔뜩 긴장해서 느끼지 못했는데 갑자기 오슬오슬 추웠다. 나는 얼른 어묵 국물을 마셨다.

"대단한 사람을 알고 있었네? 혹시 친척이라도 돼?"

"아니라니까!"

"알았습니다. 머리가 나빠서 죄송합니다."

내 목소리에 은기는 알았다는 듯 여러 번 고개를 끄덕였다. 그 모습에 웃음이 나왔다.

"주다인, 웃을 때가 제일 예뻐, 넌."

은기의 말이 기쁘면서도 혼란스러웠다. 은서가 떠올랐다. 수능 이후에도 은서는 여전히 학교에 나오지 않는다. 나는 바느질을 끝낸 옷을 레이네 문 앞에 두고 왔다. 은기를 만나 기뻐하는 순간에도 은서를 잊을 수는 없었다. 내가 느끼는 모든 기쁨이 물거품처럼 사라질까 봐 두려웠다. 나는 일부러 소리 내 웃으며 바닥에 뒹구는 비닐봉지를 발로 찼다.

"하하, 또 깜박 속을 뻔했네. 유은기, 네 말은 정말 진심 같아. 하지만 한번만 생각하면 금세 들통날 말들이라서 안 됐다고 생각해."

"무슨 말이야?"

은기의 얼굴이 심각해졌지만 나는 여전히 싱긋 웃으며 말을 이었다.

"내가 환상 속의 여자아이라는 말, 거짓말이지? 그러니까 무슨 환상인지 말도 못 하지. 그리고 내 웃는 얼굴이 어색하다는 건 내가 제일 잘 알아. 그러니까 평범한 나한테 너무 많은 걸 원하지 마. 너처럼 천재 소리 듣는 애랑 다니는 것만 해도 힘들단 말이야."

"그렇지 않아."

은기가 화가 난 목소리로 소리쳤다. 그렇게 소리쳐 주는 사람이 은기가 아니었다면, 나도 믿고 싶을 만큼 힘찬 목소리였다. 하지만 은기였다. 레이처럼 나와는 전혀 다른 세상에 사는 아이. 그리고 나는 보통이라는 것이 뭔지 알고 있었다.

"내가 레이였으면 좋겠어. 레이라면 은서한테 당당하게 말할 수 있을 것 같아. 난 어둡지 않다고. 특별한 은기랑 말이 통하는 건 특별한 나뿐이라고. 하지만 아쉽게도 난 레이가 아니야. 그게 너무 힘들어."

"그렇지 않아! 넌 특별해!"

은기가 떼쓰듯 소리쳤다. 나는 가만히 미소를 지었다. 은기는 목소리를 낮추었다.

"넌 예쁘고, 상냥하고, 센스도 최고인 여자애야. 무엇보다 나랑 말이 통하는 유일한 여자애라고. 그리고 대학 따위는……."

갑자기 은기가 입을 다물었다. 그리고는 다가와 내 어깨를 끌어안았다. 너무 세게 끌어안는 바람에 은기의 가슴에 부닥친 쇄골뼈가 아플 정도였다.

"너, 아무것도 느끼지 못했구나? 내가 널 얼마나 좋아하는지."

은기의 심장박동이 느껴졌다. 뒤로 물러서고 싶었지만 은기는 나를 놓아주지 않았다.

"미안해."

은기가 조용히 속삭였다. 나는 은기의 품에서 겨우 고개를 옆으로 돌릴 수 있을 따름이었다. 주변 사람들이 흘깃거리는 것이 신경 쓰였다.

"왜, 왜 그래?"

"내 잘못이야. 아무것도 표현하지 못했어. 미안해. 은서 때문에 데이트도 제대로 못 하고……. 네가 모르는 것도 당연한데 난 왜 이렇게 화가 나지? 다인아, 내가 싫어?"

숨을 쉴 수 없을 만큼 두근거렸다. 내 심장소리가 은기에게 들킬 것 같아 나는 그에게서 떨어지고 싶었다.

"널… 어떻게 싫어해……."

진심이었는데, 말하고 나니 부끄러웠다. 은기가 내 어깨를 밀더니 내 얼굴을 물끄러미 내려다보았다.

"정말 날 좋아해?"

그의 눈을 똑바로 볼 수 없어 나는 고개를 끄덕였다.

"비겁한 머저리인데도?"

은기의 마음에 그런 생각이 있었다니 믿을 수 없었다. 나는 강한 눈빛으로 고개를 저었다.

"안 돼, 그런 생각하지 마. 넌 최고야. 모두가 널 그렇게 생각해. 스스로 그렇게 생각하면 안 돼!"

한참 동안 나를 내려다보던 은기의 얼굴이 천천히 내게 다가왔다. 그때까지 무슨 일이 벌어지는지 알 수 없던 나는 그의 숨결이 입술에 닿는 순간 겨우 고개를 피할 수 있었다. 나는 그를 뿌리치고 얼른 지하철 역을 향해 걸었다. 한동안 서 있던 은기가 성큼 내 옆으로 다가왔다.

"미, 미안."

나는 고개를 숙인 채 좌우로 흔들었다. 화낼 줄 알았는데 오히려 미안하다고 말해줘서 다행이었다. 후회가 되었다. 은기는 여자친구가 많았다고 레이가 말했었다. 중학교 때 고등학생과 사귄 적도 있다고 했다. 하나같이 눈에 띄는 예쁜 사람들이라고 했다. 그런 여자친구라면 은기가 입맞춤을 하려 할 때 피하는 짓 따위는 하지 않았을 것이다.

'나란 애는 대체 왜 이 모양일까?'

영화를 보며 나라면 어떻게 할까 생각한 적은 있었지만, 실제로는 있을 수 없는 일이라고만 생각했다. 그래도 피한 것은 정말 황당한 짓이었다. 은기가 나를 답답한 아이라고 생각할까 봐 불안했다. 하지만 다시 그런 상황이 올 거라고 생각하는 것만으로도 머리가 어지러웠다.

'다시는 그러지 말아야 하는데……. 또 그러면 그땐 은기도 화를 낼 거야. 답답하고 창피할 테니까.'

낙담한 채 지하철 계단으로 발을 들여놓았다. 그때 사람들이 우르르 올라와 나를 밀쳤다. 은기가 내 어깨를 붙잡아 자기 쪽으로 끌었다. 내 손을 꽉 쥐고 나를 보며 미소를 지었다. 우리는 천천히 계단을 내려갔다. 사람들이 지나갔는데도 은기는 내 손을 놓지 않았다. 다시 가슴이 뛰기 시작했다.

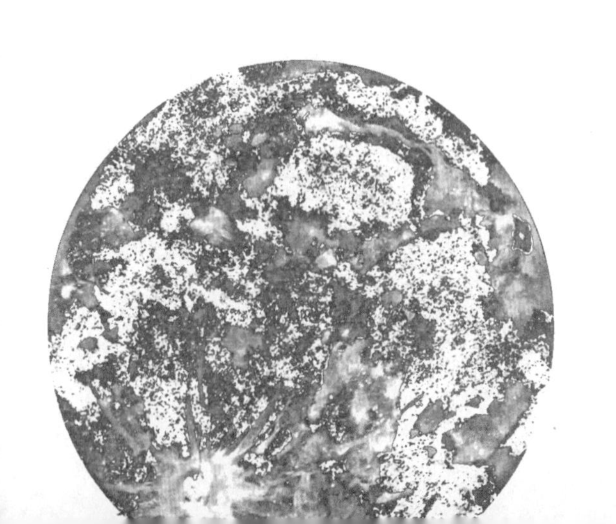

22
그러나 소녀여 너는 방금
지평선과 맞닿은 거대한 뗏장 구름 쪽으로 갔다

오르의 노트

제대로 된 남자는 입이 가벼워야 한다고 아빠가 말했었어. 그렇다고 비밀을 떠벌리거나 수다를 떨라는 얘기는 아니었고. 사랑할 때만큼은 가슴과 입이 광속으로 연결되어야 한다고 한 거지. 그게 여자라면 더더욱 가슴에 있는 말을 부지런히 입으로 옮겨줘야 한다고. 바람둥이다운 말이지만, 정말 달콤한 말이었어. 그때 나는 이미 텔레파시는 믿지 않았으니까. 아빠는 말하지 않으면 아무것도 제대로 알 수 없다고 했어. 상대방을 짐작하게 만들지 말라고, 그건 사람을 불안하게 하는 것이라는 충고도 했지. 어쩔 수 없이 나의 첫사랑이 떠올랐어. 작은 노트 한 권을 인질처럼 붙잡고 모든 불안을 가라앉히려던 그 마음이. 아름다운 시처럼, 복잡한 암호처럼 계속 복기하게 만들던 오르의 노트가.

졸업 여행 날, 은서가 학교에 모습을 드러냈다. 나를 보며 히죽 웃었다. 나는 그 의미를 알아내느라 어지러웠다. 아니, 내가 어지러운 것은 며칠째 잠을 못 잤기 때문이었다. 은기가 전화를 받지 않았다. 문자를 보내도 답이 없었다. 내내 불안했는데 은서의 웃음을 보니 초조함이 더해져 견디기 힘들었다. 은서는 마치 승리라도 한 것처럼 의기양양했다. 은기는 은서를 두려워했다. 무슨 일이 벌어질지 모른다던 그의 말이 떠올랐다. 그것을 막기 위해서라면 은기는 나를 버릴 수도 있을 것 같았다.

운동장에 주차된 버스에 가장 먼저 올라탄 은서는 맨 뒷좌석에 앉아 창밖을 보고 있었다. 운동장에서 잠시 은기와 눈이 마주쳤지만, 날카로운 은서의 눈빛이 느껴져 동시에 시선을 피했다. 은기는 고개를 푹 숙인 채 전화기만 들여다보고 있었다. 순간 서운한 마음이 들었다. 분명히 일부러 내 메시지를 보지 않은 것이었다. 하지만 은기를 볼 수 있어서 제대로 숨을 쉴 수 있었다.

[제발 한 번만 이야기하게 해줘.]

나는 마지막이라는 마음으로 문자를 보냈다. 은기가 문자를 받았는지 확인하고 싶었다. 아무 말이라도 좋으니 답을 듣고 싶었다. 그때 은서의 목소리가 들렸다.

"수아 언니, 늦게 왔네? 여기 자리 있어요."

수아 언니라는 사람은 은서에게 눈인사를 하고는 버스 맨 앞에서 꾸벅 인사를 했다.

"안녕하세요? 여러분의 선배 강수아라고 합니다. 졸업 여행 스태프로 참여했어요. 패션쇼 할 때 어려운 일 있으면 말해요."

패션쇼라고 말하니 새삼 모델처럼 늘씬한 강수아의 모습이 눈에 들어왔다. 인사를 마친 강수아는 은서 쪽으로 갔다.

"이 자리가 불편하게 느껴지니 나도 늙었나봐."

"자리 바꿀까요?"

은서답지 않은 싹싹한 목소리가 귀에 거슬렸다.

"언니가 정말 올 줄은 몰랐어요."

"선생님이 오라고 했을 땐 좀 귀찮았는데 이정구 씨를 만날 수 있다니까 어쩔 수 없지, 뭐. 내가 극단 '아마추어' 섭외 담당이잖아? 한 작가가 꼭 이정구였으면 좋겠다고 했거든."

'아마추어'라는 이름에 귀가 번쩍 뜨였다. 전에 은기가 도와준다는 대학생 연극단 이름과 같았다. 은서가 이상하다는 투로 다시 강수아에게 물었다.

"한 작가요? 그 사람도 정구 오빠를 알아요?"

"둘이 엄청 친하지. 서로 뭐라더라, 지음? 아무튼 천재는 천재끼리 알아본다고 할까?"

"천재라고요? 정구 오빠가요?"

은서가 갑자기 웃음을 터뜨렸다. 하지만 강수아는 웃지 않았다.

"왜 웃어? 네가 친척 오빠라고 얕보는 모양인데 아무나 열다섯 살 때 신인연기상 받는 줄 아니?"

"오, 정구 오빠가 그런 상을 받았어요?"

"왜? 집안에는 비밀인 모양이지? 뭐, 나만 해도 집에는 말 안 하고 다니니까. 큰 기사는 아니지만 당시에 일간지에도 소개되었어. 사진이 없는 게 아쉬웠지. 지금 얼굴 생각하면 어릴 때 얼굴도 귀여웠을 텐데……."

"풉, 귀엽다고요?"

"뭐, 지금은 그런 과는 아니지. 오히려 한 작가가 귀여운 얼굴이니까. 하지만 배우의 매력은 무시할 수 없는 거다, 너. 평소에는 어떤지 몰라도 연기할 때는 얼마나 매력 있는데. 아무튼 한 작가가 〈완전히 미쳐버린〉을 개작했거든. 무대에 올리자는 극단도 있다고 해서 꼭 이정구 씨를 찾아야 해. 그런데 정말 이정구 씨가 여기에 오니?"

"그럼요. 꼭 와요."

"고맙다, 얘. 다들 그 번호가 죽었다고 알고 있었거든. 내가 한 번 해 보기를 정말 잘했지, 뭐야."

강수아의 말에 은서가 과장된 소리를 내며 웃었다.

"맞아요. 그때 내가 안 받았으면 아마 절대 만날 수 없었을 거예요."

나는 은서가 무슨 이야기를 하는지 알 수 없었다. 은서나 은기에게 친척이 있다는 말은 들은 적이 없었다. 갑자기 은서가 내게 문자를 보냈다.

[강수아가 누군지 궁금하지? 나도 마찬가지야. 확실한 건 걔의 취향은 이쪽이라는 거지.]

차가 움직였다. 공항까지 한 시간, 내리고 싶었지만 이미 늦었다. 은서가 나를 계속 관찰하고 있었다. 이 정도의 일로 졌다고 말하고 싶지는 않다고 생각하며 버텼다.

비행기에서 내 자리는 화장실 바로 앞 복도 쪽이었다. 강수아와 헤어진 은서는 내가 보이지 않는 앞쪽에 레이와 붙어 앉았다. 내 옆과 뒷자리는 다 선생님들이었다. 나는 여전히 휴대전화만 내려다보고 있었다. 안전벨트를 풀어도 된다는 표시등이 켜지고 얼마 뒤, 갑자기 은기가 화장실 쪽으로 걸어왔다. 나는 홀린 듯 은기의 눈만 보았다. 그는 나를 지나치며 내 무릎에 노트 한 권을 떨어뜨렸다. 그 위에 메모지가 붙어 있었다.

'여행 동안 무슨 일이 일어나도 날 믿어줄 수 있어? 그렇게 못 하겠다면 헤어지자. 혼란스러운 것보다 그게 더 나을 거야. 네게 못난 남자가 되고 싶지 않아.'

쪽지를 아무리 들여다봐도 헤어지자는 말만 보였다. 복잡했던 머리가 폭발할 것만 같았다. 나는 벌떡 일어섰다. 내가 서 있는 곳이 어디인지, 얼마나 많은 사람들이 있는지 보이지 않았다. 비행기 안에 내게 보이는 것은 은기뿐이었다. 나는 소리쳤다.

"이게 뭐야? 제대로 설명해!"

순간 비행기 안이 조용해졌다. 은기가 서둘러 자리에 앉았다. 하지만 순간 당황스러워하는 표정을 나는 보았다.

"얘!"

옆자리에 있던 선생님이 나를 툭 쳤다. 그제야 제정신이 들었다. 생각났다. 운동장 끝에서 끝까지 또렷이 들린다던 레이의 말이. 그렇게 말해줬던 레이가 은서에게 무슨 일이냐고 속삭이는 소리가 들렸다. 스튜어디스가 내게 다가와 조용히 해달라고 말했다.

나는 자리에 앉았다. 웅성거림은 가라앉았지만 내 눈에서는 자꾸만 눈물이 흘렀다.

"무슨 일이야?"

옆자리 선생님이 휴지를 건네며 노트를 흘깃 들여다보았다. 나는 노트를 덮어놓고 손등으로 눈물을 닦았다. 그때 휴대전화가 울렸다. 문자가 와 있었다. 은기였다.

[기회가 있을 거야. 그때 다 말할게. 울지 마, 나 때문에 울면 안 돼.]

은기의 눈을 보고 싶었지만, 일어날 수는 없었다. 나는 Or. 라는 서명이 적힌 은기의 노트를 펼쳤다. 몇 장 펼쳤을 때, '다인' 이라는 시가 보였다.

깨어났을 때
세상은 너무 어렸지.
어른이 될 줄 몰랐지.
너는 춤추는 꼬마, 여릿한 광대.
어리광쟁이 세상이 물어보네.
달처럼 아름답고 해처럼 빛나는 춤을 춰보라고.
춤추는 꼬마 광대를 향해 손가락질 하며.
허수아비가 된 꼬마 광대, 늘어진 인형처럼.
누가 깨워줄까?
너의 봉인된 시간을.

나도 모르게 가슴이 찌릿하게 아팠다. 어쩌면 은기는 내가 그 꼬마 광대였다는 것을 알고 있었는지도 몰랐다. 나의 춤을 응원했을 은기의 모습이 눈에 선하게 그려졌다.

무슨 뜻인지 자세히 읽기 위해 두 번째 읽으려는데, 갑자기 은서가 내 팔을 툭 쳤다. 나는 놀라 옆자리를 보았다. 선생님은 헤드폰을 쓰고 눈을 감고 있었다.

"레이한테 가 봐."

왜냐고 물을 용기가 없었다. 나는 은기의 노트를 가방에 넣고 복도를 지나 레이에게로 갔다. 레이는 창을 살짝 열고 창에 이마를 대고 있었다. 내가 앉았는데도 한동안 아는 체 하지 않았다.

"레이야, 나 왔어."

"……."

"오랜만이다. 수능 끝나고 연락도 제대로 못 했네. 옷이랑 패치랑 문 앞에 놓아두었었는데… 마지막 손질은 네가 하는 것이 좋을 것 같아서. 작품 제출은 잘 했지? 내일인가, 패션쇼에 우리 작품도 나오니?"

나는 레이의 뒷모습에다 대고 두서없이 말을 늘어놓았다. 더 이상 할 말이 없었다. 나는 레이가 무슨 말이라도 꺼내기를 기다렸다.

"너도 은석 오빠를… 아니 유은기를 안다면서?"

마침내 레이가 입을 열었다. 하지만 여전히 몸을 돌린 채였다.

"…응. 실은 그때 나도 처음 알았어."

레이는 나를 보지 않고 휴대전화를 꺼내 문자로 얘기하자고 보냈다. 그제야 나도 주위 아이들을 돌아보게 되었다.

[둘이 사귄다는 데 사실이야?]

[은서가… 그렇게 말했어?]

"그게 중요한 게 아니잖아."

레이가 갑자기 말을 하며 나를 돌아보았다. 그리고는 비행기 창을 닫고 천천히 몸을 돌려 나를 향했다. 나도 모르게 그 작은 틈의 빛에 시선을 고정해둔 모양이었다. 레이의 얼굴이 잘 보이지 않았다. 하지만 레이가 울고 있었으리라는 건 짐작할 수 있었다. 레이는 전화를 가리켰다. 나는 문자를 썼다.

[…은서가 우리를 인정한 건가 해서. 은서는 내가 은기를 만나면 친구가 될 수 없다고 했거든.]

[뭐?]

레이는 무슨 뜻인지 이해할 수 없을 것이다. 나도 여전히 그러하니까.

[내가 상처받을 거래. 어두운 나는 싫다고, 그러니 은기랑 헤어지지 않으면 자기를 잃어야 한다고, 그렇게 말했어. 너에겐 뭐라고 했어?]

레이는 고개를 저었다.

[아무 말도. 아무것도 묻지 않았는데, 갑자기 말해 줬어. 유은기가 자기 친오빠라고. 유은기가 자기를 괴롭히려고 일부러 친구들에게 접근하고 있다고. 다인이 너랑 사귀고, 이제는 나를 노리고 있다고 말이야.]

"일부러? 말도 안 돼."
나도 모르게 말을 해 버렸다. 레이는 고개를 저으며 다시 문자를 찍었다.

[나도 말도 안 된다고 생각해. 하지만 은서가 너에게 확인하라며 너를 보낸 거야. 도대체 왜 우리한테 말하지 않았던 거니? 아니, 그보다 난 네가 어떻게 은석 오빠랑 사귀게 되었는지 알고 싶어.]

[우연히… 우연히 은기가 말을 걸었어. 그러다가 사귀게 된 거고.

은서가 자기 동생이라는 말도 해줬어. 하지만 은서가 알면 안 된다고, 그래서 아무한테도 말하지 않기로 약속한 거였고.]

레이는 머리가 아픈 것처럼 손으로 머리를 받치고 눈을 꼭 감았다. 나는 아무 말도 하지 않는 레이가 두려웠다.

[뭔데……. 왜 그러는데? 너한테 말하지 못한 건 미안해. 하지만 왜 나는 안 되는 건데?]

나도 모르게 목소리가 떨렸다. 레이가 다시 한숨을 쉬더니 나를 똑바로 보았다.

"주다인, 시작이 봄부터야?"

"말하자면… 하지만 서로 사귀기로 한 건 여름방학 때야."

레이는 고개를 저었다.

[크게 말하면 안 돼. 아이들이 듣고 있어, 은서도…….]

나는 고개를 끄덕였다.

[혹시 네가… 〈서커스의 천사〉라는 공연을 했던 그 아역배우였니?]

정말 꺼내고 싶지 않은 말이었지만, 그냥 고개를 끄덕였다. 레이의 표정이 울 것처럼 변했다.

[너였구나. 환상 속의 천사가……]

[환상이라니? 난 그런 거 아니야. 은기에게도 말한 적 없고.]

레이는 고개를 저었다.

[은석 오빠는 처음부터 널 알고 있었어. 우리가 이 학교 오기 전부터 말이야.]

나는 믿을 수 없었다. 레이는 나를 보지 않고 묵묵히 문자만 써 내려갔다.

[그 공연은 우리 아빠 회사에서 투자한 공연이었어. 표가 생겼을 때, 엄마랑 나 그리고 은석 오빠가 같이 가서 봤지. 나는 잤지만 은석 오빠는 처음부터 끝까지 흥분 상태였어. 특히 처음과 끝에 나오는 네가 진짜 천사 같다고 몇 번이나 말했어. 공연이 끝나고도 한참 동안 네가 진짜 천사일지도 모른다면서……. 하지만 고등학교 때 갑자기 어렸을 때 본 그 천사 얘기를 다시 할 줄은 나도 몰랐어. 그게 너일 줄은 정말 상상도 못 했고…]

[어렸을 때 일이야. 은기는 한 번도 나에게 그때 얘기를 물어본 적이 없어. 내가 천사가 아닌 것쯤은 알고 있단 말이야.]

[나한테는 너를 부를 때마다 천사라거나 꼬마라고 했어. 긴 팔과 긴 다리로 여전히 아름다운 춤을 춘다면서, 마치 꿈꾸듯이 말하곤 했어. 은석이었을 때 만났다는 이야기를 해 주라고 하면 무지 화를 냈어. 자기는 그 천사에게 바람이 되어주고 싶다고 하면서, 더 대단한 사람이 되고 싶다는 말을 백 번도 넘게 했어. 그때 오빠의 눈이 취한 것처럼 이상해서 나는 오빠가 병원에 가야할지도 모른다고 생각했어.]

[병원이라니…….]

레이는 잠시 내 눈을 들여다보다가 결심한 듯 긴 문자를 쓰기 시작했다.

[오빠가 이름을 바꾼 이유를 알아? …중학교 2학년까지 오빠는 자기를 다른 이름으로 말하고 다녔어. 수암동에서 열 정거장이나 떨어진 먼 곳의 학원과 독서실에 다니면서 말이야. 그중에는 내 이름도 있었어. 내가 아직 5학년 때였는데, 2학기 시작할 무렵부터 다른 동네 검도 학원에서 전화가 왔었어. 학원비 미납이라고……. 엄마가 아무리 내가 안 다녔다고 말해도 내 이름과 주소, 엄마 전화번호까지 다 알고 있어서 이상하다고 생각했지. 그런데 알고 보니 그런 집이 우리 집만이 아니었던 거야. 수영, 첼로, 댄스, 고등학교 수학, 검도, 격투기……. 그 학원들이 전부 은석 오빠가 부잣집 아이인 줄 알았다는 거야. 그래서 6개월이나 기다렸던 거지. 그렇게 들통이 난 거야. 다행히 걔네 엄마가 학원비를 다 내서 아무 일도 없었지만, 동네에 은석 오빠가 거짓말쟁이라는 소문이 났지. 엄마가 그러는데, 은석 오빠네는 부자는 아니었지만 가난한 편도 아니었대. 학원에 다닐 때는 브랜드 옷만 입고 다녔다고도 했고. 가난하면 이해해 주려고 했는데 그럴 수도 없다고 엄마가 그랬어. 하지만 나는 오빠를 이해했어. 오빠는 항상 자기가 싫다고 했거든. 자기 말고 더 멋있고 힘센 사람이 되고 싶다고 했어. 동생 때문에 꼭 그렇게 되어야 한다고 그래서 열심히 공부하고 싶었다고 말했었어. 하지만 은석 오빠 소문은 학교까지 퍼져서 더 이상 다닐 수 없을 지경이 되었어. 그리고 오빠네 집이 이사를 했지. 내가 울면서 어디로 가는지 알려달라고 해도 미국에 간다며 아무 말도 하지 않았어.]

"그런데? 그게 뭐?"

나는 레이를 똑바로 보았다. 은기가 거짓말쟁이였다고 해도 좋았다. 하지만 레이가 나를 환상이라고 하는 것과 은서가 은기와 나를 사귀지 말라고 하는 것은 설명이 되지 않았다.

[오빠가 김서준의 추천서를 들고 오디션 봤다는 소문 들었어? 나는 그때 오빠가 위험하다고 생각했어. 그게 너인 줄은 몰랐지만, 환상 속의 천사에게 가기 위해 무리하면서까지 그 세계로 가고 싶은 거라고 생각했거든. 그런데 네가 더 이상 춤추지 않는데도 그렇게 했다면 오빠는 더 위험한 상태가 아닐까? 네가 더 이상 춤추지도 무대에 오르지도 않는다는 것을 부정하고 싶은 건지도 몰라. 오빠는 네가 여전히 천사처럼 춤춘다고 했으니까. 그래서 여전히 예전의 너를 상상하면서 자기를 꾸미고 싶은 건지도.]

나는 레이의 눈을 보며 의미 없이 고개를 저었다. 레이는 안타까운 눈빛으로, 그러나 단호하게 물었다.

"너는 환상 속에 있어도 돼?"

23
길을 꺾어 마침내 한 골짜기에 파묻히기까지는
트인 네거리마다 돋아나는 날개 잘라내느라

다 큰 아이는 울지 않아

사랑은 저 해저 깊숙이 파묻혔던 자신이 해안가로 밀려오는 경험인지도 모른다. 아프로디테의 탄생처럼 새하얀 포말과 함께 빛나는 봄으로 치장하고 세상에 새로 태어나는 경험인지도 모른다. 하지만 너무나 깊은 해저에 묻혀있던 우리는 주변을 흙탕물로 만들며 해안가로 올라왔을 것이다. 숨을 앗는 키스에 몽롱해진 의식은 눈앞이 흐려지는 그 상태가 빛나는 포말로 인한 것이라고 믿게 했지만, 같은 바다에서 겨우 숨 쉬고 있던 은서만은 그것이 무엇인지 제대로 알고 있었다고 생각한다. 우리가 감정의 회오리에 휘말려 있는 내내 그녀는 어떤 어둠에 갇혀 있었을까?

하지만 지금쯤은 그녀도 이해할 수 있을 것이다. 사랑이 이끄는 세계의 그 설명할 수 없는 휘황함과 통증조차 짜릿한 마취된 느낌을. 나를 감싸 안는 그의 후광으로 믿을 수 없을 만치 강해지는 병적인 환상을. 안전하게 존재를 채우던 수위가 사랑으로 넘실대며 만조가 되었을 때 달을 끌어당기며 우주를 향해 숲을 뻗어 올리는 황홀한 마법을. 주체할 수 없이 성장하는 자신에 스스로도 주저앉는 현기증의 키스를. 모든 두려움을 지우는 그 꽉 찬 순간을.

"이정구 씨 잠깐만요!"

비행기에서 내린 강수아가 이렇게 말하며 은기가 있는 무리 쪽으로 가는 것이 보였다. 아무도 돌아보지 않았지만 강수아의 발걸음은 더욱 빨라졌다.

"이정구 씨! 잠깐이면 돼요. 좀 기다려 달라니까요!"

나는 그녀가 은기를 가리키고 있다는 것을 깨달았다. 하지만 강수아와 은기의 간격은 좁혀지지 않았다. 나는 강수아가 이상한 거라고 믿고 싶었다. 나도 모르게 강수아의 뒤를 따라가려는데 레이가 손을 잡고 고개를 저었다. 하지만 꼭 알고 싶은 게 있었다. 나는 레이의 손을 뿌리치고 꽤 멀리 앞서간 강수아 뒤를 따라갔다. 은기는 차츰차츰 무리에서 벗어나 공항 2층 한적한 곳의 화장실 쪽으로 사라졌다. 강수아는 고개를 갸웃거리며 그 뒤를 쫓았다. 나도 한참 뒤에서 뒤를 쫓았다. 강수아가 화장실 입구로 들어가려는 순간, 갑자기 은기가 나타났다.

"왜 나를 쫓아와요?"

은기는 이렇게 말하고는 화장실 쪽으로 돌아섰다.

"이정구 씨, 뭐예요? 아는 체도 안 하고. 한 작가가 꼭 이정구 씨를 캐스팅하고 싶다고 해서……."

강수아가 은기 뒤를 쫓아가며 말했다. 뭐가 뭔지 혼란스러웠다. 그때 갑자기 환이 오빠가 떠올랐다. 나는 얼른 휴대전화를 꺼냈다.

'테니스를 우리말로 하면…….'

검색 결과를 본 순간, 무릎이 꺾이는 것 같았다. 환이 오빠가 테니스 형이라 불리던 이유는 본명 때문이었던 것이다. 하지만 강수아가 왜 은기를 이정구라고 부르는지, 환이 오빠로 알고 있는지 여전히 의문이었다. 나는 화장실 쪽으로 조심스레 한 걸음 더 다가갔다.

"난 더 이상 극단에 가지 않겠다고 했어요. 앞으로 귀찮게 하지 말라고 했잖아요."

"하지만 한 작가가 자기 부탁이면 들어줄 거라고……."

"한석준이 바라는 건 내가 아니라 이정구겠죠. 내 본명은 유은석이라구요. 보다시피 고딩. 좀 같이 놀아줬다고 귀찮게 해도 된다는 뜻은 아니었는데……."

"그게 무슨 말이에요? 본명이라니……."

"못 들었어요? 최연소 신인배우상을 받은 이정구는 대학로에서 연극하고 있다구요. 당신들 아마추어 따위는 상대도 안 할 실력 있는 프로라고."

"그, 그게 무슨 말이에요? 이정구 씨, 아니… 누구라구요? 도대체 무슨 말을 하는 거예요?"

"못 알아듣겠어? 지금 당신 눈앞에 보이는 나는 유은석이라고. 내 예명을 듣고 한석준이 제멋대로 나를 이정구로 착각한 거라고! 이정구를 찾고 싶으면 대학로에 가서 이환을 찾아보라니까! 자, 이제 당신이 원하는 거 알려줬지? 누구도 손해 본 거 없지? 오케이, 그러니까 그만 귀찮게 하란 말이야."

이환과 한석준, 그리고 은기와 은석……. 나도 모르게 바닥에 주저앉아 입을 막았다. 그때 화장실에서 나온 은기와 눈이 마주쳤다. 은기의 눈빛이 흔들렸다. 나는 무슨 말이라도 하고 싶었지만 은기의 눈빛이 너무나 차가웠다. 은기는 마치 나를 못 본 것처럼 내 옆을 빠르게 지나쳤다. 은기가 나에게서 멀어지는 한 걸음 한 걸음이 내 심장을 짓밟는 것 같았다. 나는 바닥에 엎드린 채 숨을 몰아쉬었다. 괴로워서 참을 수가 없었다. 내가 들었던 모든 말이, 레이의 문자들이 전부 머리에서 지워졌으면 좋겠다고 생각했다. 그때 갑자기 은기가 요란한 발자국 소리를 내며 뛰어왔다. 그리고는 내 팔을 낚아채 밖으로 이끌었다. 공항 밖은 진눈깨비가 내리고 있었다. 은기는 나를 택시에 태웠다.

우도로 가는 배는 많았다. 은기는 내 손을 붙잡고 배에 올랐다. 택시에서 너무 많이 울어서 그런지 힘이 빠져버렸다. 우리는 아무 말도 하지 않았지만, 배에 오르기 전 멈칫거리는 나에게 은기가 다가왔다. 그리고 붉게 충혈된 눈으로 나를 내려다보았다. 너무 간절하고 슬픈 이야기가 눈빛에 가득했다. 우도로 가는 배 위에서 은기는 내 어깨를 꼭 감싸고 있었다. 진눈깨비는 차차 그쳤지만 매서운 날씨에 바람이 세찼다. 은기는 모든 바람을 막아주겠다는 듯 나를 놓지 않았다.

"리라는 지금은 없는 악기잖아. 나도 그렇게 되면 어떻게 해?"

내 질문에 은기는 말이 없었다. 그저 나를 이끌고 바닷가로 걸었을 뿐이다. 아무도 없는 바닷가에 서자마자 나를 끌어안았다.

"리라는 시인의 마음에 영원히 살아있는 악기야."

"그건 환상이라는 말 같아."

"나랑 너는 한 쌍이야. 네가 환상이면 나도 환상이 되면 그만이야."

환상은 싫다고 말하고 싶었지만, 그냥 고개를 끄덕였다. 겨우 마음이 잔잔해졌다. 폭풍처럼 어지러웠던 어제가 마치 오래 전 추억처럼 아득하게 느껴졌다. 나는 은기에게 파고들 듯 안겼다. 은서도, 레이도, 은기의 다른 이름도 생각하고 싶지 않았다. 은기의 노래를 울릴 수 있는 리라가 나라는 것만 생각하고 싶었다. 은기의 따뜻한 가슴에 닿은 볼을 영원히 떼고 싶지 않았다.

"은서가 나를 놓으라고 하면 어떻게 할 거야."

은서라는 말에 은기는 한숨을 쉬며 나를 떼어놓았다. 그리고는 깨진 산호가 쌓인 모래사장에 주저앉았다. 나는 은기의 침묵이 두려웠다. 어떤 말도 듣고 싶지 않았다.

"나를 속여도 좋아. 계속 갖고 놀아도 좋아."

진심이었다. 내 입에서 나온 소리를 듣고서야 비참한 느낌이 들었다. 제멋대로 눈물이 흘러내렸다. 레이의 말이 사실이라는 것을 알 수 있었다. 은서가 미워하는 이유가 분명히 있을지도 몰랐다. 그런데도 좋았다. 은기 옆에 있을 수만 있다면 학교를 그만두래도, 집을 나오래도 할 수 있을 것 같았다.

"무슨 소리야? 주다인, 정신 차려!"

혼란스러운 나를 떼어내며 은기가 소리쳤다. 그는 보기 흉하게 울고 있는 나를 꼭 안았다. 그리고 아기를 어르듯 머리를 쓰다듬으며 속삭였다.

"갖고 놀다니 도대체 어떻게 그런 생각을 할 수 있는 거야? 너처럼 예쁜 애를 사귈 수 있어서 내가 얼마나 행복한데? 갖고 놀아도 좋다고 생각한 건 오히려 나라고. 그동안 정말 내 마음을 느끼지 못했다는 말이야? 내가 널 얼마나 좋아하는지?"

"그 말, 은서한테 하지 못하잖아. 그렇지만 괜찮아. 거짓말이라도 좋으니까…….”

“뭐가 거짓말이라는 거야?”

“레이가 말했어. 너는 내 옆에서 행복해질 수 없다고. 은서는 다시는 나를 보지 않겠다고 했고. 하지만 그래도 좋아. 네가 무슨 생각으로 내 옆에 있는지 알 수 없어도 좋다고. 그러니까 헤어지지는 마.”

“다인아, 넌 정말 하나도 모르고 있었구나. 난 네 옆에 있을 때만 행복해. 네가 사라질까 봐 매일매일 불안한데, 정말 내 마음을 모른다고?”

은기의 눈에 눈물이 고였다. 그는 연신 고개를 흔들었다. 가슴이 아팠다. 그 말을 다 믿어주고 싶었다. 하지만 레이의 말이 생각났다. 레이 말대로 자신의 모습을 보여주지 못하는 거라면, 그래서 매 순간 연극을 해야 한다면 행복할 리 없었다. 만약 레이의 말대로 은기가 나 때문에 행복해지지 못한다면 헤어질 수 있을까 하는 생각이 들었다. 생각만 해도 가슴이 아팠다. 하지만 헤어질 수 있다는, 아니, 헤어져야 한다는 생각이 들었다. 이유 따위는 알 수 없었다. 그저 은기가 행복하지 않은 게 싫을 뿐이었다. 은기만 아프지 않다면, 내 마음 같은 건 어떻게 되어도 상관없다는 생각이 들었다. 나는 은기 앞에 마주 앉아 억지로 웃으며 말했다.

“은서는 걱정 하지마. 은서 때문에 헤어져야 한다면 난 이해할 수 있어.”

은기가 내 손을 잡았다.

“솔직히 말할게. 수능 날 은서랑 집에서 마주쳤어. 그래서 너랑 별 일 없다고 말했어. 그날부터 내내 괴로웠어. 너에게 비겁했던 거니까. 난 자격이 없을지도 몰라. 하지만 그래도 네가 날 용서한다면… 널 놓치고 싶지 않아. 너를 놓치면 내 마음이 끊어질 것 같아. 내 마음의 현이 끊어져서 보잘 것 없는 인간이 될 것 같아 무섭다고."

솔직히라는 말이 귀에 박혔다. 갑자기 마음에 한줄기 빛이 들어오는 것 같았다. 가슴이 따뜻해지는 빛이었다.

"나 때문에 무섭다고? 은서 때문이 아니라?"

은기는 고개를 끄덕였다.

"거짓말해서 실망한 거 알아. 하지만 너에게 완벽한 남자친구가 되어주고 싶어서 그랬던 거야. 은서도 지켜야 하지만 널 놓치면 안 돼, 난. 하지만 나를 용서할 수 없겠지?"

"바보야!"

그동안 내가 왜 그렇게 힘들어했는지 생각나지 않을 만큼 행복했다. 나는 은기의 손을 꽉 잡았다. 한참 동안 손을 내려다보던 은기는 나를 잡고 길게 입맞춤을 했다. 온몸에 힘이 빠지며 어지러웠다. 나는 언제까지나 은기에게 기대 있고 싶었다.

"돌아가자, 모두 기다릴 거야."

우리는 해가 사라진 어둠 속의 바다를 뒤로 하고 숙소를 향했다. 은기가 먼저 서른 걸음을 걸었고, 내가 천천히 발을 뗐다.

"주다인."

숙소 문 앞에서 나를 부른 것은 은서였다. 순간 뒷걸음 치고 말았다. 은서가 절룩이며 한 걸음 내게 다가왔다. 가로등 불에 비친 은서의 얼굴은 한눈에도 침울해 보였다. 비웃는 표정이 아니어서 오히려 당황스러웠다.

"걔는?"

"모르는데?"

"훗."

비웃음과는 달리, 은서의 눈은 투명하게 비었다. 알고 있으면서 묻는 것이 나쁠까, 알고 있다는 것을 알면서 거짓말을 하는 것이 더 나쁠까?

"걔가 그래? 나 모르게 숨자고?"

"……."

"아니면, 내가 뭐라고 하든 상관없대?"

"……."

"다인아, 너 아직 내 친구지?"

고개를 끄덕였다. 거짓이 아니었다. 은서에 대한 마음은 처음부터 지금까지 변한 것이 없었다. 은서는 물끄러미 나를 보다가 천천히 발길을 옮겼다. 은기와 닮은 눈빛, 그 걸음걸이. 새삼 둘이 남매라는 것이 생각났다. 미워하고 두려워하면서도 어쩔 수 없이 닮을 수밖에 없는 남매. 그것이 사랑보다 더 강한 무엇 같아서 은서를 따르는 내내 두렵고 두려웠다.

은서가 나를 데려간 곳은 숙소 뒤쪽 등대로 가는 길에 있는 바위였다. 나는 은서가 왼쪽 발을 뻗고 걸터앉은 옆에 무릎을 접고 앉았다.

"나와 걔에 대해 궁금한 것 없어?"

은서는 여전히 비어있는 눈동자였다.

"왜 걔라고 불러?"

은서가 미소를 지었다. 둘은 미소도 역시 닮았다. 은서는 한숨처럼 내뱉었다.

"걔가 나를 버리고 갔으니까."

"버리고 가다니?"

은서는 잠시 머뭇거리다가 어린 시절 이야기를 털어놓았다.

"새아버진 한마디로 폭력 남편이었어. 의처증? 그런 것도 있었고. 엄마는 자주 도망쳤는데 엄마가 없으면 우리는 맞고 내쫓겼지. 하지만 대문이 잠겨 있어서 나갈 수는 없었어. 어느 날, 비가 많이 내려서 우리는 마당에 있던 개집에 숨었어. 하지만 걔는 담 넘는 법을 안다면서 혼자 밖으로 나갔어. 새아버지한테 문을 열어달라고 하면 맞으니까 나를 데리고 갈 수 없다는 핑계를 댔지. 그러다가 내가 5학년 때, 걔랑 그 여자가 나만 버리고 떠났어. 덕분에 맞는 건 내 몫이었지. 다행히 몇 달 만에 새아버지가 교통사고로 죽어버렸지만."

은서가 말하는 그 여자란 둘의 어머니를 말했다. 은서는 은기와 어머니가 떠나던 날을 자세히 말해 주었다. 새아버지의 망치에 빗맞은 어머니는 피를 흘리고 쓰러졌다고 했다. 새아버지는 우왕좌왕하다가 약을 산다며 밖으로 나갔고 그 사이에 정신을 차린 엄마가 미친 사람처럼 짐을 쌌다고 했다. 새아버지가 없는 사이가 아니면 불가능한 탈출이었기에 엄마는 커다란 비닐가방에 아무렇게나 옷가지와 통장 따위만 챙겨 나갔다고 했다. 그때 부서진 식탁 밑에 숨어있던 은기가 엄마를 부르며 뛰쳐나갔다고 했다. 은서가 두려움에 떨며 은기와 엄마를 불렀지만 아무도 돌아보지 않았다고 했다. 두려움에 떨던 은서가 겨우 용기를 내 식탁에서 빠져나온 순간, 식탁에 있던 휴대용 가스레인지가 떨어지면서 식탁보에 불이 붙었다고 했다. 식탁을 태우기 시작한 불은 그대로 은서의 왼쪽 양말에도 옮겨 붙었다…….

"집에 불이 막 번지려는 순간 새아버지가 돌아왔어. 완전히 취해있었는데도 불은 끄더군. 덕분에 타 죽지는 않았어. 대신 기절

할 때까지 맞았지."

"어째서?"

"엄마를 막지 않았다고."

"그건 네 잘못이 아닌데……. 불에 데인 데는 괜찮았어?"

은서가 피식 웃었다.

"사람은 말이지, 생각보다 징그러워. 뽀글뽀글 기포가 생겼는데도 다 낫더라. 파상풍도 안 걸리고. 시간이 지나면서 아주 심했던 발 말고는 상처도 다 사라졌어. 걔랑 나는 그 여자 피부를 닮았거든. 그 여자 피부는 하얗고 맑았지. 할머니가 늘 그랬어. 이쁜 것들은 꼴값을 한다고. 아버진 여우 같은 여자와 결혼해서 일찍 죽었고, 두 번째도 마찬가지였다고. 새아버지도 이쁜 엄마가 불안해서 때렸던 거야. 그런데도 그 여잔 그 집을 나가 또 돈 많은 늙은이를 만났지. 거기에다 전남편 교통사고 사망금과 부동산까지 있었으니 완전 잘 살았던 거지. 아니, 과거형이 아니야. 지금도 잘 살고 있으니까. 알겠니? 내가 새아버지에게 맞으며 사는 동안, 그 여자랑 은기는 텔레비전에 나오는 가족들처럼 웃으며 한 식탁에서 밥 먹고 학원에 태워다 주면서 살았다는 거야. 늙은이가 죽은 다음엔 전전남편, 전남편, 그리고 그 늙은이 유산까지 합쳐서 아주 우아하게 살고 있지."

"하지만 은기는 너를 위해 아르바이트를 하느라 잠도 자지 못해. 네가 엄마 돈 안 받는다고 했다면서? 그래서 너를 위해 고생하고 있다고. 너 때문에 돈을 벌어야 한다고 했어. 이런 사정이 있는 줄은 몰랐지만 너를 진짜로 걱정하고 있다고."

은서가 피식 웃었다.

"역시 악마는 아름다운가?"

"갑자기 무슨 말이야?"

"나는 말이야, 악마는 반드시 아름다운 모습일 거라고 생각해. 그렇지 않으면 사람의 넋을 빼놓을 수가 없을 테니 말이야. 너를 봐. 나랑 먼저 친구가 되었으면서도 못생기고 절름발이인 나보다 예쁘고 말만 번지르르한 걔를 더 믿잖아."

"그, 그게 아니라……."

"구역질 나! 네가 나보다 걔를 더 잘 아니? 네가 혹한 건 알겠지만, 꼴사납게 취한 척은 하지 말란 말이야. 애쓰고 있으니 그만 잊으라는 말도 하지 말라고!"

은서는 소리 지르느라 핏발이 선 눈으로 씹듯이 말을 뱉었다.

"그날 새아버지가 왜 망치까지 들고 설쳤는데? 걔가 잘난 척하고 싶어서 거짓말하고 다녔기 때문이야. 믿을 수 있어? 단지 으스대기 위해 다른 사람 행세를 하다니……. 강수아란 여자, 내가 어떻게 알았는지 궁금하지? 걔 전화로 전화가 오더라고. 이정구 씨 핸드폰 아닌가요? 하하, 그때 짐작했지. 동생이라고 하니까 술술 떠벌리더라. 걔가 무슨 짓을 하고 다녔는지를. 내가 얘기했잖아. 너도 나처럼 상처받을 거라고. 아무튼 걔가 아니었다면 나는 이렇게 살지 않았을 거야. 내 다리도 이렇지 않았을 거라고."

"…왜……. 왜, 끝까지 엄마를 따라가지 않은 거야?"

"걔가, 절대로 나오지 말라고 했거든. 내가 식탁 밑에서 나가면 엄마가 죽는다고."

"하, 하지만 이유가 있었을 거 아냐?"

"이유……. 식탁 위로 그 무거운 장식장이 넘어질 때 내 다리가 으스러졌다는 게 이유일지도 모르지. 걔는 계산을 했던 거야. 나는 걸을 수 없으니 엄마가 나를 보면 멈칫거릴 테고 그랬다가는 잡힌다고 말이야. 아니, 그렇게 포장하고 싶지도 않아. 걔는 그냥 혼자라도 살고 싶었던 거야. 사실 나도 그랬으니까. 죽을지도 모른다는 두려움 앞에 누가 다른 걸 생각할 수 있겠냐고 걔를 이해해 보려고도 했어. 하지만 그래도, 그래도 그렇게 무서운 얼굴을 하지는 말았어야지. 피투성이 엄마를 봤던 나한테 그렇게 말하면 안 되는 거지!"

상상할 수 있었다. 아버지가 사라진 후의 기묘한 불안을, 조용히 하라고 소리치던 엄마의 목소리에 묻어있던 살기는 지금까지도 나를 흠칫 떨게 만드니까. 나도 모르게 은서의 어깨를 잡았다. 은서는 미세하게 떨고 있었다.

"그래도 따라가지……."

"불에 놀라서 미친 듯이 구르다 보니 현관 앞이었어. 다리를 질질 끌면서 현관문을 열었을 땐……. 아무도 없었어. 내가 울부짖는 데 돌아오는 발자국 소리가 들리지 않았어. 불이 번지는데도 나를 데리러 오는 사람은 없었어."

나는 무릎을 감싸고 고개를 숙였다. 차가운 바람이 불어와 몸이 얼어붙고 있었지만, 은서의 거친 숨결을 듣는 것 말고 할 수 있는 일이 없었다.

"걔를 떠나지 않을래?"

정신이 들었다. 은기가 떠올랐다. 눈물이 날 것 같았다. 은서는 더 이상 이제까지의 친구가 아니었다. 은기의 마음을 전부 이해할 수 있었다. 안쓰럽고 미안하고 가슴이 아팠다. 할 수 있다면 안아주고 싶었다. 그리고 은기가 가여웠다. 은기도 함께 안아주고 싶었다. 어떻게든 은서를 되돌리고 싶은 은기를, 그렇게 사랑이 많은 아이를 나는 놓을 수 없었다.

"은서야, 난… 너도 은기도 놓고 싶지 않아."

"나를 망친 애인데도, 그래도 좋아?"

"그때는 은기가 잘못했는지도 몰라. 하지만 지금은 진심으로 널 걱정하고 있어. 좋은 오빠가 되어주려고 하고 있어."

은서가 미친 듯 웃어댔다.

"정말 단단히 빠졌구나. 조심해, 걘 악마야. 걔가 나를 위하다니, 네가 그렇게 믿는다면 더 이상 말할 필요가 없겠다."

은서는 벌떡 일어나더니 절룩절룩 오던 길을 되돌아갔다. 나는 달려가 은서를 잡았다.

"넌 은기의 진심이 조금도 안 느껴진다는 거야?"

"진심? 무슨 진심? 날 대학에 보내고 싶다고 하지? 걔는 그저 하잘 것 없는 가족 나부랭이가 창피한 것뿐이야. 언제나 주목받고 싶은 허영심이 도진 거라고. 친할머니가 살던 그 집은 내 거야. 새아버지도 나를 실컷 팬 대가로 남긴 게 있어. 일생까지는 몰라도 학원이니 대학이니 혼자서도 충분하단 말이야. 그 돈이 없어질 때까지만 살아도 되는 인생이라고 생각하고 있었어. 그런데 자기들 마음대로 나타나서 나를 붙잡고 울면서 쇼를 하더라니. 고등학교는 어차피 가려고 했는데 말이야. 그러더니 이젠 대학이라고? 겨우 약값이나 벌어다 주는 주제에 너한테 그렇게 엄살을 부렸나본데, 걔는 내 수술이 가능하다는 병원에 가서 돌팔이라고 소리 지르면서 깽판을 쳤다고, 알아? 그것도 날 위한 거라고 했었지. 그게 정말 나를 위한 것이라고 생각해? 아니! 걔랑 그 여자는 나 같은 가족이 있다는 게 창피할 뿐이야. 하긴 남편 넷에 거짓말쟁이 아들에 자살한 딸까지 있다면 비참하긴 하겠지. 네 명의 아버지에 끼부리는 엄마에 병신 동생도 견디기 힘들 거고."

"아니야, 은기는 정말로 너를 위해 뭐든 할 수 있다고 했어."

"다른 사람에게 창피하지 않을 정도의 여동생이 될 수 있다면이겠지. 하지만 난 이제 개를 무서워하던 여동생이 아니야. 걔도 알고 있지. 그 여자 돈에 손을 대느니 죽어버리는 것이 낫다는 내 마음은 진짜라는 걸. 그러니까 고생은 걔 몫이야."

"한번만 은기를 용서할 수 없을까?"

"믿고 안 믿고는 네 자유야. 네가 친구보다 악마를 택한다는데 내가 뭘 할 수 있겠니? 난 너를 친구라 여겼어. 그래서 내가 할 수 있는 최선을 다한 거야. 무슨 일이 있어도 그것만은 잊지 말아줘."

"잊지 말아달라니, 그건 무슨 말이야? 은서야, 대답해줘!"

내가 소리를 치는데도 은서는 돌아보지 않고 숙소로 돌아갔다. 따라잡을 수는 있었다. 하지만 그녀의 완고한 뒷모습은 아무것도 허락하지 않았다. 친구를 잃어가고 있다는 것을 알았지만, 추위에 얼어붙은 감각은 아무것도 느끼지 못했다. 은서가 사라진 것을 알게 된 것은 그 다음 날 아침이었다.

24
네게서 영원한 안식처를 찾진 않아
나는 불행한 사람이 아니야

단단한 해안

끝까지 말하고 싶지만 하지 못했다. 오르페우스 이야기를 해 준 사람이 레이였다는 것을. 레이가 오르페우스와 에우리디케의 이야기를 해 주었고, 은서가 '걔의 것'이라고 말했던 그 책장에서 그리스 신화를 읽었다. 말을 한다면 꼭 덧붙이고 싶었다. 레이 덕분이었지만, 둘의 사랑에 눈물이 났던 이유는 바로 은기 너 때문이었다고. 그러니까 우리의 교감은 오해도 거짓도 아니었다고.

허상은 결국은 사라지며, 자신을 잃게 만드는 사랑은 지옥에서 나온 에우리디케와 마찬가지로 허상일 뿐이라는 레이의 말을 믿어야 했던 날들……. 그때도 나는 믿고 있었다고, 사나운 태풍처럼 존재를 무너뜨리는 허상은 그럼에도 불구하고 진정한 그 어떤 것도 건드릴 수 없었다고. 그 태풍 속에서 내가 주웠던 마음들, 그것이 나를 견딜 수 있게 했다고. 지금이라도 너에게 말해 주고 싶다. 아무것도 순하게 지나가지 않았다는 것을, 그 모든 것을 기쁘게 기억하고 있다는 것을.

우리는 시간이 날 때마다 함께 연습했다. 공원이든 운동장이든 놀이터든 연습할 수 있는 곳을 찾아냈다. 우리는 함께 아빠가 소개한 오디션을 준비했다. 오디션은 따로 보게 되겠지만, 은기와 함께 있는 시간이 정말로 소중했다.

"꼭 붙을 거야. 이제 유은기가 실력을 보여줄 테니까."

은기가 내 어깨에 고개를 올려놓고 '정말?' 하고 물었다. 나는 은기의 스킨십에 놀랄 만큼 익숙해져서 은기의 볼이 내 귓불에 닿아도 피하지 않게 되었다. 나는 은기의 머리를 쓰다듬으며 고개를 끄덕였다.

"당연하지. 네가 원한대로 멋진 자리니까."

은기는 왠지 조금 부끄러워하는 것 같았다. 그는 내 볼에 뽀뽀를 하고는 내 팔을 잡고 놀이터 미끄럼틀에 주저앉았다.

"이리 와 봐."

"왜?"

나도 모르게 얼굴이 발개졌다. 인적이 드문 곳으로 부를 때마다 은기는 숨이 가빠질 정도로 두근거리는 키스를 해 주었다. 익숙해질 만도 했지만 키스를 할 때마다 제멋대로 움직이는 은기의 손을 어찌할 수 없었다. 나조차 은기에게 매달리고 싶은 마음이 들었다. 점점 그에게서 떨어져 나오기가 힘들었다. 정신이 들면 그제야 위험하다는 생각이 들었다. 다음에는 절대 키스하게 놔두지 않겠다고 결심했다. 하지만 은기의 손짓을 볼 때마다 먼저 가슴이 두근거렸다. '오르' 라고 부르면 은기가 들뜬다는 것을 알게 된 후, 가끔은 일부러 그렇게 부르기도 했다. 언젠가는 이런 내 마음을 들킬 것 같아 창피했다.

"얼른 와 봐."

"싫어."

"왜?"

"사람 없잖아."

내 말에 은기는 주위를 둘러보았다. 그러더니 큭, 하고 웃음을 터뜨렸다.

"엉큼하긴. 그런 거 아니니까, 어서."

은기는 가방에서 대본과 펜을 꺼냈다. 나는 그제야 은기 곁으로 갔다.

"너 맨날 야한 생각하지?"

내가 옆에 앉자 허리를 끌어당기며 은기가 놀렸다. 나는 자리에서 일어났다. 얼굴이 빨개졌던 것이다. 은기가 다시 나를 자리에 앉혔다.

"취소야, 취소. 답답한 주다인이 그럴 리가 없지. 얼른 앉아 봐. 보여줄 게 있어."

"대본이네?"

〈Flavour of Love〉. 아빠가 소개한 뮤지컬 대본이었다. 아빠는 은기 앞으로 대본 한 권과 오디션 대본 두 권을 보내주었다.

"원래 오디션용 대본이 따로 있는데, 맥락을 읽어 보라며 보내주셨어. 네 덕분이야."

은기는 싱글벙글 신나 있었다. 대본이 온 날부터 우리는 매일 붙어 다녔다. 졸업만 기다리는 겨울방학, 오디션 연습은 우리의 좋은 핑계가 되어주었다. 은서의 시선이 느껴졌지만 둘 다 상관없다는 마음이었다. 더 이상 은서네 집에 갈 수는 없었다. 더 이상 레이도 편히 만날 수 없었다. 그래도 레이는 가끔 문자로 자신과 은서의 소식을 알려주었다. 레이는 은서와 더 가까워진 모양이었다.

[모든 것을 알고도 마음이 변하지 않는 네가 이해되지 않았어. 하지만 둘 다 행복하다면 나는 신경 쓰지 마. 나는… 은석 오빠가 너에게 솔직할 수 있다면 어떻게든 괜찮아질 수 있을 것 같아. 은서를 이해시킬 수 있도록 나도 최대한 노력할게.]

레이의 문자를 받은 날 휴대전화를 들여다보며 한참이나 울었다. 은기가 레이 앞에서처럼 내 앞에서도 편안해질 수 있을 거라 생각했다. 우리에게 필요한 건 단지 시간뿐이라고 생각했다. 다행히 은서는 재수 학원을 알아보기도 하고, 전처럼 레이와 놀러다니기도 한다고 했다. 은기의 걱정이 과했던 것이라고 나는 마음을 놓았다.

"호오~ 주다인, 감정 죽이는데?"

"응?"

"너랑 하니까 저절로 감정이 올라와."

은기의 칭찬을 들으면 늘 얼굴이 빨개졌다. 은기는 내 얼굴이 새빨개지는 것을 보려고 일부러 간지러운 말을 하기도 했다.

"사느냐 죽느냐, 이건 햄릿에 나오는 대사인데 왜 로미오가 하지?"

대본이 이상한 것이 아닌가, 나는 벌써 몇 번째 전체 대본을 들추고 있었다.

“이건 다 섞은 거니까 이상할 것도 없지. 로미오도 이런 말을 한 번쯤은 하지 않았을까? 어떤 선택이든 죽음을 각오해야 하는 거니까.”

“죽음을 각오한다…….”

은기의 말이 왠지 무섭게 들렸다. 은기는 오디션 대본을 다시 들여다보며 읽기 시작했다.

“오필리어, 말해다오. 바람이 어떻게 자는지를. 바람이 지나간 뒤에도 세상은 여전히 떨고 있음을 그대는 아는가?”

차가운 놀이터 모래 위에 무릎을 꿇고 앉은 은기의 어깨가 흔들렸다. 나는 깜짝 놀라 밑으로 내려갔다.

“괜찮아?”

은기의 충혈된 눈이 나를 보며 빙긋 웃었다.

“아니, 나 추워.”

“그럼 어떻게 하지?”

“어떻게 하긴, 이러면 되지.”

은기는 내 외투 단추를 풀고 그 안으로 팔을 집어넣어 나를 안았다. 그의 어깨가 내 얼굴을 막아 숨이 막혔다. 내가 고개를 옆으로 돌리려 했지만 은기는 그럴수록 더욱 더 나를 끌어안았다.

“숨 막혀.”

“나야말로.”

“좀 떨어져…….”

“싫어.”

은기는 내 가슴으로 파고들었다. 힘껏 그를 밀쳤지만 은기는 꿈쩍도 하지 않았다.

"자고 싶어."

순간, 가슴이 쿵쾅거렸다. 하지만 답은 정해져 있었다.

"안 돼, 그건……."

은기는 고개를 흔들며 애교 섞인 눈으로 나를 보았다. 화낼까 봐 조마조마했는데, 그게 아닌 것만으로도 마음이 놓였다.

"정말 안 돼? 날 이렇게 숨 막히게 해놓고?"

은기의 손이 니트 셔츠 안으로 들어가 속살을 만지기 시작했다. 그 차가운 손놀림에 소름이 돋았다. 알 수 없는 일이었다. 안 된다는 머리와는 달리 마음은 은기의 손에 모든 것을 맡겨버리고 싶었다. 역시 위험하다고 생각했다. 시간이 지날수록 머리가 점점 더 약해지고 있었다. 나는 은기의 손이 가슴에 닿는 순간, 겨우 손을 밀어낼 수 있었다. 그리고 일부러 더 화가 난 표정을 지었다.

"이러면 정말 안 만날 거야."

이번에야말로 화를 내지는 않을까 걱정이 되었지만 우선은 도망쳐야만 했다. 심장소리가 너무 커서 붙어있다가는 들킬 것이 분명했으니까. 나는 얼른 놀이터를 벗어났다.

"화났어? 화났어, 오필리어? 화내지 말아다오, 나의 천사."

성큼성큼 뛰어오는 은기가 너무 웃겨서 나는 그만 지고 말았다. 햇빛을 잔뜩 받은 은기의 얼굴이 환하게 웃고 있었다. 진심으로 저 얼굴에 화를 낼 일은 절대 없을 것이라는 생각이 들었다. 은기가 씩 웃으며 내 옆으로 와 손을 잡았다. 정말 따뜻하고 큰 손이었다.

"이 대본은 정말 이상해, 로미오 짝은 줄리엣이고, 햄릿 짝은 오필리어인데."

"그래서 이 대본이 멋지다는 거야. 제목이 〈Flavour of Love〉잖

아. 꼭 하고 싶어. 빛나는 대본이야.”

나는 ‘Flavour’의 뜻을 떠올렸다. 풍미, 감각. 사람의 느낌으로 순간적으로 판단하게 되는 어떤 감각…….

[취향을 결정짓는 느낌, 마치 그대를 사랑하게 된 나의 마음과도 같은.]

은기는 문자로 이렇게 Flavour를 설명했다. 사전에 그런 표현은 없었다. 하지만 나는 절대 잊지 못할 영어 단어를 선물 받았다는 것을 알았다. 은기는 순간순간 내게 잊을 수 없는 선물을 주었다. 함께 있는 시간들, 거칠거칠한 손바닥의 감각 그리고 단어, 단어들…….

“있지…….”

“왜 그러시죠, 여신님?”

“날 사랑해?”

“또 확인 받고 싶어?”

부끄럽지만 그랬다. 은기가 아무리 사랑한다고 말해줘도, 혼자 있을 때는 불안했다. 전화로 들을 때도 마치 텔레비전 속 대사처럼 가슴에 와 닿지 않았다. 아니, 솔직히 말하면 내 얼굴을 맞대고 말해도 마음속 아주 깊은 곳까지 닿는 느낌은 없었다. 그렇다고 은기의 진심을 믿지 못하는 것은 아니었다. 은기를 사랑하는 마음이 깊어지면 깊어질수록 초라한 내 자신이 싫었다. 레이의 말대로 은기의 실력은 거짓말이 아니었다. 모두가 속을 만큼 뛰어난 재능을 갖고 있는 아이였다. 그래서 은기는 내게 높은 곳에서 빛나는 별 같았다.

은서에겐 미안했지만 지난 이야기 덕분에 은기의 진심을 믿는 것이 쉬워졌다. 은기에게 아픈 일이 있었다는 사실이, 같은 문신이라도 새겨진 듯 든든했다. 은서를 위해 무엇이든 할 수 있다고 말하는 아이라면 아무리 멀리 떨어져 있어도 나를 버릴 것 같지 않았다.

하지만 은기에 대한 사랑으로 행복해질수록 불안함도 커져갔다. 초라한 내가 점점 미워졌다. 대학에 갈까, 라고 슬쩍 엄마에게 말해 본 적도 있었다. 엄마는 대번 어느 과에 갈 거냐고 물었다. 할 말이 없었다. 은기와 환이 오빠가 말해 준대로 춤과 노래를 배울 수 있는 대학에 간다는 말은 절대 할 수 없었다. 나는 최대한 아무렇지 않게 의상학과에 가서 디자이너가 되어도 멋있을 것 같다는 말로 엄마의 의심을 지웠다. 방으로 들어가는 내 뒤에다 엄마는 돈도 벌지 못하는 과는 가지 말라고 소리쳤다.

진심도 아니었는데 울고 싶었다. 마침 전화한 은기는 무슨 일이냐며 재차 물었지만 사실대로 말할 수는 없었다. 그저 슬픈 소설을 읽었다고 말했을 뿐이다.

25
무수히 해가 뜨고 해가 져도
그녀는 돌아오지 않았다

폐허로부터

난 아직도 별을 의심해. 저것은 인공위성이 아닐까 하고.

'빛나기는 마찬가지잖아, 별이든 인공위성이든.'

너는 그렇게 말했었지. 그때는 나도 고개를 끄덕였지. 네 말대로 별이 아름다운 이유가 단순히 밤 때문이라면 구태여 사람이 만든 것과 차별을 둘 필요는 없었으니까. 오히려 인공위성이 더 밝게 빛날 테니까. 하지만 지금은 말할 수 있어. 별은 인공위성 따위와 비교할 수도 없다고. 별이 아름다운 것은 찬란한 빛 때문이 아니라고. 별과 인공위성을 구별해야 하는 이유는, 별이 생명을 품고 있는 잠재태이기 때문이야. 생명이 증명되기 전의 혼돈 그 자체. 햄릿 투로 말한다면, '있느냐 없느냐'. 하지만 그것이 문제라고 말할 수는 없어. 잠재태인 별은 혼돈 자체로 아름다우니까. 빛나겠다는 목적도 없이, 언제까지고 상관없다는 듯 느긋하기만 하지. 고작 십여 년의 목표를 갖고 초조하게 궤도를 도는 인공위성 따위는 상상도 못 할 깊이를 가진 빛. 그 느긋한 혼돈이 내려다본 것을 상상만 해도 가슴이 두근거려. 태어난 모든 인간이 단 한 번씩만이라도 별을 올려다보았다고 생각해 봐. 별은 지구라는 별에 태어난 모든 인간의 숨은 마음을 다 내려다보았겠지. 순정한 슬픔 또한 빛의 속도로 받아 안았을 거야. 그러니 지구에서 멸망한 수많은 기도도 별에서는 아직 멸망한 것이 아니야. 별은 나의 기도도 받아들인 채 빛나고 있어. 너의 슬픔도, 그리고 너와 나의 사랑도. 그래서 내게 별을 찾는 일은 중요한 거야. 인공위성을 피해 열심히 별을 찾아야 해. 기도하기 위해, 아직 우리가 우리로 존재하는 그 순간을 목격하기 위해, 진실로 빛나는 혼돈을 나는 열심히 찾아야 해. 너도 그럴까? 이곳 남십자성 아래의 나처럼 북극성 아래의 너도…….

은서가 손목을 그었다. 레이가 발견했을 때, 은서는 의자 두 개를 붙여놓은 채 늘어져 있었다고 했다. 그리고 레이는 맞은편에 주저앉아 소리 지르고 있는 은기를 보았다고 했다. 뺨을 때리지 않았다면 은기는 언제까지고 소리만 질렀을 것이라고, 레이는 울면서 내게 말했다. 은기는 병원 복도에서 멍하니 앉아 있었다. 당장 달려가 안아주고 싶었다. 하지만 그럴 수 없었다.

"몇 시간째 저러고 있어. 혼자 두는 것이 좋을지도 몰라."

나는 레이의 손에 이끌려 1층 카페로 내려갔다.

"은서는 괜찮은 거지?"

"인대가 위험할 뻔했지만, 수혈할 정도는 아니래."

레이는 끔찍하다는 듯 몸을 떨었다. 하지만 레이가 은서를 찾아가지 않았다면 위험했을 거라고 했다. 레이는 은기 얘기를 하며 눈물을 흘렸다.

"은석 오빠가… 저렇게 커다란 남자가 우는 건 처음 봤어. 오빠는 어렸을 때도 운 적이 없어. 어른한테 혼나거나 큰 오빠들한테 맞을 때도 울지 않았단 말이야. 아까 너무 무서웠어. 아이처럼 하얗게 질려서 우는데 안아주고 등을 쓰다듬어줘도 소용이 없었어. 뺨을 때리니까, 그제야 정신이 들었는지 은서를 찾더라. 나한테 은서 안 죽었냐고 안 죽었다고 말해달라고 매달렸어. 은서도 들었을까? 오빠가 우는 거?"

나는 당장에라도 은기에게 달려가고 싶었다. 은서가 무슨 얘기를 하고 싶었을지 왠지 알 것 같았다. 은기가 은서를 두려워하던 이유를 이제야 깨달은 내가 한심했다. 은서에게 무릎이라도 꿇고 싶었다. 제발 은기를 지켜달라고, 제발 은기를 두렵게 하지 말아달라고…….

"다인아, 너 혹시 은석 오빠 어머니 본 적 있어?"

나는 고개를 저었다.

"그럼 혹시 은석 오빠 전화 비밀번호 알아?"

"왜?"

"어머님한테 전화하려고. 은서 전화에는 없었거든."

역시 똑똑한 아이는 다르다고 생각했다. 은기와 사귀면서도 어머니가 궁금한 적은 없었다. 은서 혼자 사는 집도 이상하지 않았다. 은서가 병원에 있는데도 나는 누구를 불러야한다는 생각을 조금도 하지 못했다. 나도 모르게 자신감이 사라졌다. 역시 제대로 된 가족과 산 레이는 달랐다. 어쩌면 은서가 나를 싫어하는 이유가 그것일지도 모른다고 생각했다. 나는 레이가 건네주는 은기의 휴대전화의 비밀번호를 눌렀다. 그리고 '엄마' 라고 저장된 연락처로 전화를 걸었다. 연결음이 울리자 나는 어쩔 줄 모르고 레이에게 넘겼다. 갑자기 전화를 넘겨받은 레이가 당황해서 버튼을 잘못 눌렀는지 전화기 너머 은기 어머니의 목소리가 들렸다. 레이는 자신을 은서 친구라고 소개하고 은서가 병원에 있다는 사실을 알렸다. 단지 병원에 있다는 말뿐이었는데, 은기 어머니는 충격을 받은 듯 잠시 침묵했다. 그리고는 레이에게 물었다.

"은기라고, 은서 오빠도 같이 있니?"

"네, 함께 있어요."

"은서, 쓰러진 이유가 뭐니?"

"그건 와서 말씀 듣는 것이 좋을 것……."

"걔가 곁에 있는 거지? 그럼 나는 안 가는 게 나을 것 같다. 병원 수속은 내가 알아서 할 테니, 그렇게 전해 주렴."

은기의 엄마도 은기를 '걔'라고 불렀다. 오디션장에서도 은기는 그렇게 불렸다. 학교에서도 은서에게도 엄마에게도 은기는 '걔'였다.

"11번은 남자라고 되어 있는데? 걔는 어디 가고 너는……. 35번 주다인이지?"

은기가 늦는다고 생각했다. 시간을 벌어야 한다는 생각에 무작정 뛰어 들어간 자리였는데 뜻밖에도 화장을 진하게 한 여자가 나를 알아보았다. 나이는 쉰쯤, 홈페이지에 있는 얼굴과 비슷했다. 그 여자가 아빠와 함께 사는 여자인지 아주 조금 궁금했다. 하지만 상관없었다. 누구든 은기가 올 때까지 기다리자고 말만 해 준다면.

"11번 유은기, 곧 온다고 했어요. 집에 급한 일이 있어서 조금……."

집안일이라는 말은 거짓말이었다. 은기는 놓고 온 것이 있다며 잠깐 집에 들르겠다고 했다. 우리는 두 시간 전에 오디션장 앞에서 만나 마지막 연습을 하기로 했다. 하지만 그 전화가 끝이었다. 오디션이 시작되어도 은기는 오지 않았다. 전화도 받지 않았다. 내가 초조하게 입구를 서성이는데 한 아저씨가 나를 흘깃 보며 들어가지 않느냐고 물었다.

"오디션 참가자 저기 줄 서 있는 거 안 보여요?"

"아, 친구가 안 와서……."

"그래도 줄 서 있는 게 나을 텐데? 번호 불러서 안 오면 기회 없거든."

아저씨의 말에 나는 얼른 줄을 섰다. 은기가 왔을 때 당황하지 않고 기다릴 수 있도록……. 하지만 바로 앞 참가자가 안에 들어갔는데도 은기는 오지 않았다. 나는 심호흡을 했다. 만약 은기가 오지 않으면 어떻게 해서라도 시간을 끌어야겠다고 생각했다.

"오지 않았으면 자동 탈락이야."

"하, 하지만… 지원서를 보세요. 로미오 역에는 은기가 최고예요. 연습도 열심히 했고요. 맨 마지막이라도 좋으니 기회를 주시면 안 돼요?"

나는 아빠의 부인일지도 모르는 아줌마를 향해 간절하게 사정했다. 하지만 아줌마는 냉정했다.

"이런 외모야 흔하고, 연기력이야 보지 않으니 알 수 없지. 시간도 못 맞추면서 무슨 배우를 하겠다고……."

"지각하는 애가 아니에요. 아르바이트도 늦은 적 없는 아이에요. 정말로 하고 싶어 했어요. 기회를 주세요."

"주다인, 여기 오디션 온 사람들 중에 간절하지 않은 사람이 있는 줄 아니? 너 정도의 천재라고 해도 시간을 지키지 못한다면 탈락이야."

나를 천재라고 말하는 아줌마의 눈에서 온기라고는 찾을 수 없었다. 나는 그 여자에게만큼은 지고 싶지 않다는 생각이 들었다.

그 여자로부터 은기를 지켜야 한다는 엉뚱한 생각이 들었다. 눈이 시큰해질 때까지 노려보는데, 갑자기 누군가 내 이름을 불렀다. 돌아 보니 아까 줄 서라고 말했던 아저씨였다.

"주다인? 천재라는 말을 하니까 이제 알아보겠네. 맞지? 〈서커스의 천사〉, 주 형님 딸. 잘 컸네. 먼저 시켜보면 안 돼요? 궁금한데."

"그러게. 방학마다 힘들게 가르친 보람이 있는지 볼까?"

아줌마의 말이 무슨 뜻인지 채 알아채기도 전에 스태프가 나에게 대본을 건네주었다. 줄리엣의 대사였다. 외워서라도 할 수 있었다.

"잘 하면 은기에게 다시 기회를 주세요."

"너 하는 거 봐서. 대신 오디션 끝날 때까지 와야 한다."

나는 은기에게 기회를 주고 싶었다. 줄리엣의 대사를 외우고 시키는 대로 춤추고 노래도 불렀다. 심사위원들의 눈빛 따위는 관심 없었다. 빨리 끝내고 나가 은기에게 전화를 하고 싶을 뿐이었다. 하지만 오디션이 끝난 후에도 은기는 나타나지 않았다. 심사위원이 사라진 다음, 나는 은기에게 전화를 걸었다. 전화를 받은 사람은 레이였다.

정신 나간 사람처럼 오디션장을 빠져나가는데 누군가 내 팔을 잡았다. 아빠였다.

"급하니?"

"무슨 일이에요?"

"아까, 잘 하더라."

"그게 나랑 무슨 상관이에요? 이거 놓으세요."

"저 말이다, 다인아."

나도 모르게 팔을 뺐다.

"나는 반대했었는데 그 사람이 네 재능을 키워야한다고 하도 고집을 부려서. 다행히 너도 재미있어 하는 것 같고 그래서 메일 보내게 내버려뒀다. 오늘 보니까 내 눈에도 보이는구나. 어쩌면 연락이 올지도 모르는데 그러면 해볼 테냐?"

"메일… 이라구요? 그럼 방학 때 나한테 연락한 사람이 아빠가 아니라……."

"속인 건 아니야. 나도 알고 보낸 거니까. 난 그저, 네가 행복하기를 바라는 마음으로……."

"어이없어. 어떻게 딸을 속일 수 있어요?"

"아니라니까. 난 너의 재능을 키우려고……. 사실 줄리엣 역은 경력 있는 배우로 가자고 했는데, 연출은 계속 신인을 고집했었어. 연출이 아마 널 만나려고 그랬나보다고 그러더라. 좋은 기회인데, 아주 싫지만 않다면 해 봐. 너 어렸을 때, 무대에 오르는 거 좋아했잖아."

"무, 무슨 소리에요? 이런 거 관심 없어요. 이것 때문에 엄마가 얼마나……."

처음으로 많은 사람들 앞에서 나를 보여준 것인데 아무 감정도 느껴지지 않았다. 프로들의 칭찬이라는 것은 인식했지만 동시에 화가 나기도 했다. 어떤 표정을 지어야할지 알 수 없어 나는 당황스러웠다.

"미안하다, 다인아. 너희에게 아빠 노릇은 못 했지만 적어도 너의 꿈은 지켜주고 싶어서. 엄마에게도 그렇게 전해 주면 좋겠다."

나는 아빠를 뒤로 하고 밖으로 나갔다. 그리고는 레이가 말해준 병원으로 달려갔다.

"걔랑 만나지 않을 수 있어?"

정신을 차린 은서가 가장 먼저 찾은 건 나였다.

"어째서 이런 짓을 했어?"

나는 차마 은서의 질문에 대답할 수 없었다. 기다리는 내내 입속을 맴돌던 원망을 입 밖에 낼 수밖에 없었다.

"걔랑 만나지 말아줘."

"은서야, 그건……."

"다인아, 난 너를 좋은 친구라고 생각했어. 레이와 네가 내 인생의 유일한 친구였어."

은서는 은기가 자신의 친구를 빼앗기 위해 나와 사귀는 것이라고 했다.

"유은서, 모르겠어? 나랑 은기는 진짜야. 진짜 서로 좋아해서 사귀는 거야. 너에게 괴로움을 주기 위해 사귀다니, 어떻게 그런 유치한 생각을 할 수가 있어?"

"유치하다고?"

"그래. 넌 어떻게 그렇게 유치하고 너밖에 모를 수 있지? 은기가 널 얼마나 걱정하는데, 은기의 마음이 단 한 번도 느껴지지 않았니? 그랬다면 넌 네 자신한테 거짓말하고 있는 거야. 아직 사귄지 얼마 되지 않은 나에게도 전해지는 마음이 어떻게 전해지지 않을 수 있지? 하나밖에 없는 동생인 너를 얼마나 걱정하고, 미안해하고, 두려워하는지 어떻게 모를 수 있어? 그걸 모른다면 넌 응석을 부리는 것밖에 안 돼."

"시끄러워, 네가 뭘 안다고 그래?"

"시끄러워도 들어. 어린 시절의 일을 용서할 수 없다면 나도 할 말 없어. 하지만 어린 시절을 기억하고 있다면 지금의 은기도 봐주어야 공평하지 않아? 은기가 오늘 뭘 놓쳤는지 알아? 그런데도 은기는 아무것도 생각하지 못하고 있어. 지금도 머릿속엔 네 생각뿐이라고. 그게 진심이 아니라고 말할 자신이 있어?"

은서는 아무 말도 하지 않았다.

"너 같은 응석받이, 은기의 동생이 아니라도 친구할 생각 없어!"

나는 이렇게 소리치고 병실 밖으로 나갔다. 손목에 붕대를 한 은서는 멀쩡해 보였다. 침대에 누운 은서보다 병실 밖에서 울고 있는 은기가 더 아파보였다. 은기는 내가 나오자마자 안으로 들어갔다. 그리고는 흐느끼는 소리가 들렸다. 믿을 수 없을 정도로 서러운 흐느낌이었다.

"고등학교 원서 쓸 때는 목을 맸었다나봐. 하지만 이번에는 이유를 모르겠다고 중얼거리더라. 너랑 사귀는 것도 봐주는 줄 알았대."

힘이 빠졌다. 레이가 내 어깨를 쓸어주었다.

"이상하네. 나한테는 은석 오빠랑 사귀라고 말하던데."

"어째서? 너도 친구라면서?"

나도 모르게 뾰족한 소리가 나왔다. 레이가 당황하며 고개를 저었다.

"그래서 나도 이상하다는 거야. 은서는 무슨 생각일까?"

레이가 어깨를 으쓱하고는 나를 자리에 앉혔다. 그리고는 빗을 꺼내 내 머리를 빗기 시작했다.

"나는 사귀고 싶어도 그럴 수 없어. 그러니 너의 로미오는 네가 위로해줘. 겁에 질려 있잖아."

이상한 날이라고 생각했다. 벌써 몇 번째 줄리엣이 되고 있었다. 하지만 깊이 생각할 힘이 남아 있지 않았다. 나는 오직 병실 안의 은기가 걱정될 뿐이었다.

여우비

네가 더 중요하다고 생각했어. 그때도 나는 솔직하지 못했지. 실은 누구보다도 오빠를 걱정했었으면서. 엄마랑 오빠가 나를 찾아오던 날, 실은 창문으로 보고 있었어. 바로 오빠를 알아봤어. 그리고 거짓말처럼 오빠랑 눈이 마주쳤지, 창문 사이로. 오빠랑 나는 몇 년 전에 유행했던 똑같은 셔츠를 입고 있었어. 그날 놀이터에 가서 셔츠를 찢어버렸어. 닮았다는 말, 듣고 싶지 않았거든. 하지만 이상했어. 그날부터 뭔가 안심이 되었어. 내가 이상한 애라는 소리를 들은 건 그때부터야. 새아버지랑 살 때는 한 번도 그런 적 없었어. 오히려 좋은 애란 소리 들었지. 엄마 대신 밥하고 청소하고, 그렇게 살았으니까. 새아버지가 죽었을 때 울었던 건 불안해서였어. 계속 혼자 남았다는 생각만 들었어. 엄마가 날 찾아온 건 새아버지가 죽은 6개월 뒤였는데, 새아버지의 여동생이 보험금 노리고 온 거라고 바락바락 소리 질렀어. 엄마는 울었는데 오빠는 웃다가 울다가 했어, 여우비처럼. 나를 보러왔지만 무서워서 그냥 가곤 했다나? 그러면서 자기가 읽고 있는 책을 나한테 줬는데 던져버렸어. 패대기 된 책을 보면서 당황했지만 속은 후련하더라. 오빠가 미안하다고 말하니까 갑자기 눈물이 났어.

엄마는 자기 집이 된 새 남자의 집으로 날 억지로 데리고 갔는데, 밥도 먹지 않고 매일 소리만 질러댔어. 나가버리라고……. 떨었던 것 같아, 오빠가 가버릴까 봐. 그런 마음이 싫어서 더 크게 소리 질렀어. 이상하게 화만 났지. 두 사람이 있으면 옛날 일이 떠올랐어. 그리고 억울했어. 나중에 할머니한테 오빠가 엄마의 새 남자, 그 늙은이한테 구박당한다는 말을 들었어.

모른 체 했어. 오빠랑 엄마는 날 버리고 잘 산다고 믿었어. 그 늙은이 집에 사는 동안 엄마는 내가 떼를 써도 묵묵히 받아줬지만, 오빠는 달랐어. 혼도 내고 공부하자고 나를 끌고 다니기도 했지. 도서관에 가면 아이들이 수군댔어. 오빠는 그 동네에서 벌써 유명했거든. 잘 생긴데다 공부도 잘 했으니까. 오빠는 엄마를 위해 최고가 되자고 말했어. 자기는 엄마를 기쁘게 하려고 열심히 공부했다면서 나에게도 그래야 한다고 했지. 나는 들고 있던 샤프로 오빠 손등을 그었어.

그 다음부터 오빠는 엄마 얘기는 안 해. 대신 나를 위해 공부하라고 했지. 그래서 공부를 놨어. 고등학교에도 안 간다고 했지. 원래는 가려고 했는데 오빠 때문에 가지 말아야겠다 생각했어. 응석이라는 게 끝이 없더라. 학교 같은 거 상관없다고 생각했어. 두 사람에게 벌을 주는 게 내가 할 일이라 믿었어. 진심이었어. 그걸 위해서 내가 죽어도 상관없었어. 엄마는 완전히 질려버렸지. 내가 죽으려고 했을 때, 엄마가 내 앞에 무릎을 꿇고 빌었어. 어떻게 해주면 좋겠냐고 했어. 나는 그 집을 나가 할머니가 살던 집으로 가겠다고 했어. 오빠도 나와 함께 살자고 했지만 나는 허락하지 않았지. 가기 전날, 오빠가 내 앞에서 무릎을 꿇었어. 고등학교만 가자고. 가기만 하면 엄마 돈 안 쓰고 자기가 학비 다 대주겠다고. 돈 벌어서 유학이라도 보내주겠다고. 진심이라고 생각한 적은 없어. 그런데 그때부터 아르바이트를 하고 학교도 바꾸고 오디션에도 쫓아다니더라. 수학자나 극작가가 되겠다던 오빠가 말이야. 가끔 몇 권씩 시집을 들고 할머니 집 다락방으로 올라가는 걸 알았지만 모른 체 했어. 오빠 책이 그 책장을 다 채우도록 말이야. 오빠가 고른 책이 마음에 들 때마다 찢어버리고 싶은 충동을 참을 수 없었어. 그래서 머리카락을 자르고 눈썹을 밀고 몸에 상처를 냈어. 엉망이 된 채 널브러져 있으면 새벽에 오빠가 나를 발견하고 옆에서 울었어, 소리도 내지 않고.

너도 숨죽이면서 울어본 적 있지? 숨이 막혀서 가슴뼈가 빠개질 듯이 아프고 심장까지 쥐어짜는 것 같은 그런 아픔……. 그래, 난 널 한눈에 알아봤어. 네가 그렇다는 걸. 그래서 레이가 너랑 나랑 붙여놓았을 때 정말 싫었어. 네가 우리 집에 와서 바느질하는 것도 너무 싫었어. 나처럼 상처투성이의 아이가 있는 것이 싫었어. 나보다 더 아플지도 모르는 애가 있다니, 참을 수가 없더라. 하지만 넌 아픈 애가 아니었어. 아니, 아픈 건 맞는데 아파하진 않았지. 늘 나를 감싸주고, 옆에서 가만히 살펴보고, 나중에는 밥도 해 주고…….

아픈 건 분명한데 아파하지 않는 너를 보면 내가 싫어졌어. 그리고 딱 그 만큼 네가 좋아졌어. 오빠와는 달랐어. 오빠를 좋아한다고 생각하면 죽고 싶을 정도로 싫었는데, 너는 아무리 좋아해도 괴롭지 않았어. 언제나 환하게 웃어서 순식간에 주위를 행복하게 만들어버리는 레이도 좋았지만 곁에서 챙겨주는 너를 잃고 싶지 않았어. 그래서 네가 오빠랑 사귄다는 것을 알았을 때 화가 났어.

그때는 그랬어. 너를 잃기 싫은 거라고 오빠가 내 소중한 것을 빼앗아 간다고 진심으로 믿었어. 하지만… 이젠 알아. 널 사랑했지만, 오빠를 더 사랑했던 거야, 결국 나는. 그래서 아픈 적이 있는 네가 싫었던 거야. 오빠가 환한 사람만 만나기를 바랐던 거야. 나도 오빠에게 상처를 주는 주제에 마음속 깊이 그렇게 생각하고 있었던 거야. 깨닫지 못한 채로 쭉…….

연습이 끝나고 무대 아래로 내려오면 은기가 치켜 올리는 엄지 손가락이 좋았다. 햄릿에게 소리치는 부분이 좋다든가, 오필리어의 노래에 화음을 넣을 때 죽였다든가 하는 칭찬을 받고 싶어 더 열심히 연습했다. 연출가 아저씨가 칭찬해 줄 때면 총연습 때만 나오는 파란도 나를 부러워했지만 다른 것은 중요하지 않았다. 나는 은기의 칭찬이 제일 중요했다.

하지만 은기는 점점 극장에 나타나지 않았다. 처음에는 극장 연습은 물론, 주말 새벽에 발성 연습을 하며 운동장을 돌 때도 함께 해 주었는데 시간이 흐를수록 혼자였다. 섭섭하지 않았다. 은기는 여전히 오디션을 보러 다녔고, 아르바이트도 줄이지 않았으니까.

"아, 오늘도 새벽에 발성 연습 했나보구나?"

혼자 새벽 운동을 하고 돌아가는 길에 은기에게 전화를 했다. 은기의 목소리가 잔뜩 잠겨, 미안하다는 소리를 듣는 내가 오히려 어쩔 줄 몰랐다. 새벽의 푸른 기운이 사라진 자리에 쨍하니 깨질 것 같은 겨울 해가 떠있었다. 어두운 새벽녘에야 하루를 끝냈을 은기를 너무 일찍 깨운 것 같아 미안해졌다.

"미안해, 피곤하지. 다시 자."

"그래… 미안해……."

은기의 이불 속 온기가 여전하기를 바라며 전화를 끊었다. 다음 주말, 또 다음 주말에도 혼자 연습을 했지만 당연하다고 생각했다. 내 연습을 지켜보느니 5분이라도 더 자기를, 오디션 하나라도 더 보기를 바랐다.

"햄릿, 너는 모를 거야. 사랑이 얼마나 진한 것인지를. 그에 대한 나의 사랑이 내 심장을 무슨 색으로 바꾸었는지, 너는 모를 거야. 반사된 사랑만을 알아차리는 너의 그 욕심으로는 절대로 알 수 없지. 영혼으로부터 우러나오는 사랑의 진한 빛을. 내 모든 것을 그에게 전해 줄 수 있어. 완전한 것만이 사랑이라 부를 수 있는 것."

줄리엣의 대사는 바로 내 마음이었다. 나는 어떤 것도 불안하지 않았다. 매 순간 은기와 함께 했기에 그가 내 옆에 없다는 것조차 느끼지 못했다. 그의 하루는 전부 다 알고 있었다. 그의 걱정과 그의 한숨을 전부 다 함께 할 수 있었다. 나는 그가 일하는 새벽까지 깨어 공부했다. 연습을 할수록 무대에 오르는 게 점점 더 좋아졌다. 대학에 갈 생각은 없었지만, 누구보다 열심히 공부하고 싶었다. 이미 대학에 합격한 은기와 함께 대화하고 싶었다.

"보고 싶다……."

새벽녘이면 가끔 아련한 목소리를 들을 수 있었다. 그제야 나는 새삼 그를 만난 지 오래 되었다는 것을 깨달았다. 오히려 그것을 느끼지 못한 내가 이상했다.

"언제쯤 괜찮을 것 같아? 나 더 이상은 한계야. 너를 갖고 싶어……."

쑥스럽고 야한 얘기를 하는 횟수도 부쩍 늘었다. 그렇지만 우리는 만나자고 약속할 수 없었다. 나는 대부분의 시간을 연습하는데 써야 했고, 나머지 시간에는 은기가 아르바이트를 했다. 벌써 3월, 공연은 7월부터였다.

오디션 합격 소식은 아빠가 가져왔다. 졸업을 마치고 교문을 나서는데 교문에 기대 서 있다가 쭈뼛쭈뼛 소식을 알렸다.

"안 해요. 난 아빠처럼 살고 싶지 않아요."

"아니, 넌 나랑 다르다. 넌 실패하지 않을 거야."

그때 내 곁으로 레이가 왔다. 아빠는 당황해하는 나를 보더니 얼른 사라졌다. 레이는 마치 자기 일이라도 되는 양 좋아했다. 한쪽에서 내가 나오기를 기다리던 은기가 다가왔다. 나는 당황했다. 은기를 어떻게 봐야 할지 알 수 없었다. 나는 더듬더듬 오디션 날 있었던 일을 설명했다.

"와, 주다인 대단하다, 대단해! 역시 그랬구나. 그래, 꼬마 광대가 가만히 있다는 게 이상했어. 역시 재능은 발견될 수밖에 없는 거지."

레이의 수다에 나는 고개를 내저었다. 그리고는 절대로 그런 일을 하지는 않을 거라고 말했다. 그러자 레이가 눈에 뜨이게 실망스러운 표정을 지었다.

"뭐야, 주다인. 재능을 펼치지 않는 건 죄야. 그동안 스스로 찾지 않은 것도 벌 받을 일인데, 이런 기회를 버리겠다는 거야? 안 그래, 은석… 아니, 유은기……?"

"어?"

은기도 당황한 표정이었다. 레이는 피식 웃었다.

"바보, 이럴 땐 남자친구로서 응원해줘야지."

"그, 그래. 나도 네가 합격할 줄 알았어. 축하해, 주다인."

"아, 아니라니까! 나 같은 게 무슨 뮤지컬…"

"네 재능은 내가 제일 잘 알아. 이제 인정까지 받았잖아. 스스로 믿어도 돼."

은기의 말에 조금 실감이 났다. 하지만 무대에 서는 일이라니, 그건 철없던 어린아이였을 때나 가능한 일이라고 믿고 있었다. 생각만 해도 떨렸다.

"그래도 창피해, 사람들 앞에 서는 거. 이건 그냥 우연히……."

어쩌면 아빠가 나랑 친해지려고 쓸데없는 짓을 벌인 것인지도 모른다는 생각이 들었다. 그러자 더 하기 싫었다. 하지만 갑자기 은기가 화를 벌컥 냈다.

"주다인, 왜 바보같이 굴어? 이런 기회가 흔한 줄 알아? 우연한 게 아니야. 넌 정말 재능이 있다고!"

"하지만 그건… 난 너를 위해 오디션을 본 것뿐이야, 잘 알잖아?"

"네가 그렇게 말하면 내가 뭐가 돼? 정말 나를 바보로 만들 생각이야?"

은기가 그렇게 화내는 것은 본 적이 없었다. 은기는 시뻘건 얼굴로 뒤돌아서 가버렸다. 내가 멍하니 있자, 레이가 어깨를 툭 쳤다.

"은석 오빠는 아무나 인정하지 않아. 언제부터 네 재능을 인정했다는 거니? 너를 제대로 알고 있는 거 맞는 것 같은데?"

"내가… 해야 할까?"

"그럼!"

레이가 당연하게 말하는 것이 오히려 이상했다. 레이는 어떻게 모든 일에 이토록 당당할까? 하지만 나는 여전히 가슴 한쪽이 떨렸다.

"하면 은기가 서운해 하지 않을까? 같은 오디션을 보기로 한 건데……."

"그 반대겠지. 저렇게 화내고 갔는데, 모르겠어? 은석 오빠는 그 길이 어울리지 않아. 난 그걸 알아."

그날 저녁 은기에게 연습에 가겠다고 말했다. 은기는 기뻐하며 함께 가주겠다고 약속했다. 은기와 함께 했던 첫 일주일 동안 꿈처럼 행복했다. 하지만 은기가 오지 않아도 행복은 줄지 않았다. 연습이 끝나면 은기에게 해 줄 말이 산더미처럼 쌓였다. 어쩌면 아빠가 한 짓이 아닐지도 모른다는 생각이 들기도 했다. 칭찬 때문이 아니었다. 무대에서 대사를 읊으며 울고 웃다보면 가슴 곳곳에 매달려 있던 고드름 같은 것이 스르르 녹는 느낌이었다. 언제나 숨고 싶었던 내게 이런 면이 있을까 싶을 정도로 과감하게 상대배우를 붙잡고 소리치고 객석을 향해 몸을 던졌다. 그런 놀라운 변화를 말해 줄 사람이 있어서, 그것이 은기여서 더 이상 행복할 수 없었다.

"난 너보다 강한가 봐."

"…그래?"

"너를 보지 않는데도 늘 너랑 함께 있는 것 같아. 널 생각하면 두려운 것도 없고 무대에서도 막 날아다니는 느낌이 들어."

"네가 재능이 있어서 그런 거야."

"난 너 아니면 아무것도 아니야. 너도 알잖아. 내가 얼마나 소심하고 겁 많은 아이인지. 그런 내가 뛰어다니고 소리친다니까!"

"사랑의 힘이라고 말하고 싶은 거야?"

전화기 저편에서 작은 웃음소리가 흘러들어왔다. 마음이 간지러워서 또 두근거렸다. 전화기 너머 편의점 문이 열리는 소리가 들렸다. 끊는다는 말도 없이 전화가 끊어졌다. 좀 이상하다고 생각했다. 끊을 때는 늘 상냥한 목소리로 다시 한다고 말했기 때문이다. 빈 도로를 내려다보며 전화가 오길 기다렸다. 하지만 오 분이 지나

십 분이 지나도 전화가 오지 않았다. 무슨 일인가 싶어 얼른 전화를 해 보았다.

"왜?"

다행이었다. 은기의 목소리는 평온했다. 갑자기 불안해졌다. 은기가 보고 싶었다.

"우리 내일 만날까?"

"연습, 없어?"

"있어. 하지만 너무 오래 보지 못했잖아. 보고 싶어."

"연습 빠지면 안 좋아. 이건 아마추어 연습이 아니니까."

"그렇겠지?"

"……."

또 손님이 왔는지 은기는 대답하지 않았다. 은기의 말이 맞았다. 오디션에서 붙어 난생 처음 무대를 준비하는 주제에 연습을 빠진다니, 있을 수 없는 일이었다.

"키스하고 싶어."

갑자기 들려온 낮은 목소리에 휴대전화를 떨어뜨릴 뻔했다. 은기의 숨소리에 그의 입술이 생각났다. 나도 그의 키스가 그리웠다. 하지만 아직은 그렇다고 말하기가 부끄러웠다.

"너랑 자고 싶어."

"안 되겠다. 더 이상 야한 말은 듣지 않겠습니다. 잘 자."

하지만 은기는 전화를 끊지 않았다. 평소와 다르다는 생각이 들었다. 보통 때라면 피식 웃으며 전화를 끊는 은기였다. 그리고는 잘 자라는 문자를 보내주곤 했다. 역시 내가 보고 싶은 것이라는 생각에 마음이 아팠다.

"내일 잠깐이라도 볼까? 조금 늦는 건 괜찮을 거야."

"우리 멀리 도망이라도 갈까? 아무도 없는 곳으로……."

"응?"

"너랑 멀리 도망가서 하루 종일 너만 보고 살았으면 좋겠어. 너를 꼭 안고 아무데도 가지 못하게 하고 싶어."

"은기야……."

"…아니다. 내가 무슨 말을 하는 거야. 열심히 해. 지금부터 정산해야 해서 전화 못 할 거야."

은기는 내 인사도 듣지 않고 전화를 끊었다. 전화가 끊긴 순간, 뭔가를 놓쳤다는 생각이 머리를 스치고 지나갔다.

'모든 일과 함께 시간은 사라져버린다. 내가 사랑하는 시간. 여명을 알리는 시간의 초침, 몸 밖으로 나오는 숨. 새벽의 찬 호흡은 말하노라, 그대, 사랑을 잃었다고.'

햄릿의 대사가 떠올랐다. 휴대전화에 매달린 하트가 파르르 떨렸다. 가슴이 마구 요동치고 손이 덜덜 떨렸다. 나는 복도 벽에 기댔다. 그렇지 않으면 주저앉을 것만 같았다.

'안 돼, 안 돼, 제발…….'

밑도 끝도 없이 기도만이 머리를 맴돌았다. '안녕'이라는 소리가 환청처럼 들렸다. 전화 저편의 은기가 은서의 차가운 눈빛을 하고 있었을 거라는 확신이 들었었다. 신호음은 길었다. 한없이 두려웠다. 간절하게 은기를 불렀다. 그가 전화를 받지 않으면 죽어버릴 것 같았다. 나는 두 손으로 전화기를 붙잡고 은기를 불렀다. '여보세요…….' 방금 전과 같은 건조한 목소리를 들은 순간 눈물이 터져 나왔다. 내가 옳았다. 그것은 분명히 '안녕.'이었다. 까닭을 생각할 사이도 없이 울음소리가 입 밖으로 새어나왔다. 한 번 흘린 소리를 다시 담을 수 없어 나는 한참을 흐느꼈다.

"왜 그래, 주다인? 무슨 일이야? 왜 그래, 응?"

은기가 나를 걱정하고 있었다. 인생에서 사라질 뻔한 사랑이 다시 다가오는 것 같아 겨우 숨이 쉬어졌다. 미안하다고 말하고 싶었는데 말이 나오지 않았다. 나는 은기가 다시 전화를 끊을까 봐 조바심치며 겨우겨우 울음을 멈출 수 있었다.

"보고 싶어, 널 보고 싶어."

"하지만 너 뮤지컬 연습…"

"아냐, 싫어!"

나는 소리를 쳤다. 고개를 세차게 흔드는 바람에 복도 등이 켜졌다. 엄마가 볼지도 모른다는 생각은 하지 못했다. 나에게는 아무것도 중요하지 않았다. 아무것도 은기만큼 중요하지 않았다.

"보고 싶어. 보고 싶다고!"

나는 계속 흐느꼈다. 은기는 말없이 내 울음소리만 듣고 있었다. 울음이 겨우 그칠 즈음 은기가 속삭였다.

"갈까, 지금?"

은기의 목소리에 나는 정신없이 엘리베이터로 달려갔다. 은기가 편의점을 나서는 소리가 들렸다. 전화는 엘리베이터에서 끊겼지만 나는 다시 전화를 하지 않았다. 은기의 마음이 변할까 봐 두려웠다. 아파트 앞에 택시가 멈췄다. 은기는 아파트 앞에 서 있는 나에게 달려와 세차게 안았다. 포옹만으로는 두려움을 잠재울 수 없었다. 나는 은기의 목을 끌어안아 입술을 포갰다. 그리고 차가운 혀가 녹을 때까지 은기에게 매달렸다.

"엄마 아파트, 여기에서 가까워."

은기가 속삭였다. 나는 고개를 끄덕였다.

"엄마는 유럽 여행 중이야. 무슨 이야기인지 알아?"

나는 대답 대신 은기의 품으로 파고들었다. 은기는 내 손을 꼭 잡고 달리기 시작했다. 두 개의 신호등을 지나 은기의 집으로 갔다. 아파트 내부는 차가웠다.

"완전히 얼었네. 전화할 때부터 계속 밖이었구나."

나는 입술을 꼭 깨물고 고개를 끄덕였다. 은기는 안타까운 눈빛으로 나를 꼭 안았다.

"미안해, 춥게 해서."

나는 고개를 저었다. 은기의 입술이 다가왔다. 그의 손길이 성급해지는 것을 느꼈지만, 나는 아무것도 생각하지 않았다. 은기는 나를 안고 방문을 열었다. 그의 방이라는 것을 느낄 수 있었다. 집과는 달리 낯설지 않았다. 은기의 냄새로 가득했다. 들어올 때 켜진 현관문 불도 꺼지고 집안은 어둠뿐이었다.

"나도 처음이야……."

세상은 고요했다. 이 세상에 존재하는 것은 은기와 나의 숨소리뿐이었다.

'행복해, 행복해.'

내 머리는 그렇게 필사적으로 외쳤다. 어쩌면 두려움을 떨쳐버리려는 것인지도 몰랐다. 선을 넘고 있다는 생각과 상관없다는 생각이 함께 들었다. 은기가 원하는 것이라면 목숨이라도 아깝지 않을 것 같았다. 무엇이든 잘해 주고 싶은 마음뿐이었다. 하지만 마음과는 달리 몸은 계속 긴장한 채였다. 안 그러려고 해도 은기가 나를 만질 때마다 몸이 딱딱하게 굳었다. 그건 은기의 몸도 마찬가지인 것 같았다. 부딪칠 때마다 팔과 다리가 아파서 나도 모르게 소리를 내면 은기는 당황한 얼굴로 사과를 했다. 그 얼굴을 보는 게 부끄러워서 나는 차라리 은기의 머리를 가슴에 안아버렸다.

우리는 하나가 되려고 했지만 자꾸 부딪치기만 하는 바람에 나중에는 웃음을 참을 수 없게 되었다. 울었던 만큼 웃고 나서 우리는 잠이 들었다. 은기의 턱 밑의 까슬까슬한 느낌을 이마에 느끼면서, 세상이 조금은 변했을까 생각하면서.

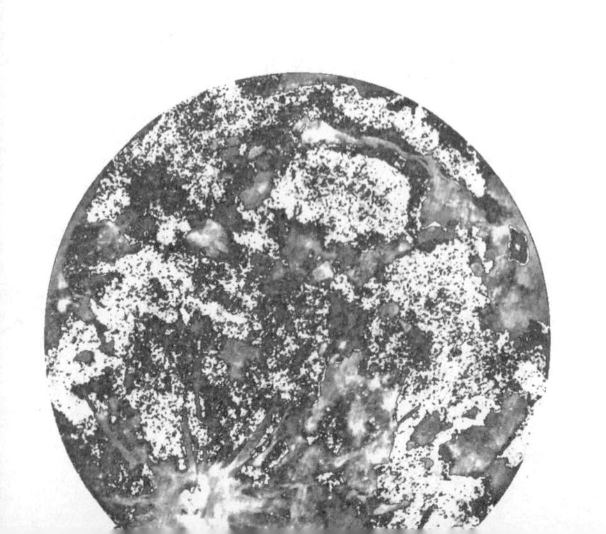

대화 혹은 탐닉

우리는 '너'에게 다가갑니다. 우리의 남루해진 은유가, 생기가 사라진 몸이 그의 지지와 함께 후광을 비춥니다. 구원이지요. 이때 나누는 아름다운 말들로 두 사람은 사원을 짓습니다. '너'의 눈빛이 '나'의 빛을 증명하고 '너'의 붉은 향취가 '나'에게 옮아옵니다. 말은 흩어집니다. '나'는 사원을 보다가 말로는 할 수 없는 눈빛을 봅니다. 영혼의 그늘이 홍채에 무늬를 새기고 '나'는 의심합니다. 빛나던 말의 사원이 빛의 먼지처럼 다른 세상으로 날아가 티끌이 되는 순간을 목격합니다.

'나'의 입술이 '너'의 호흡이 증인이 됩니다. '너'를 이루던 말들을 가둬둘 수 없었던 은유 대신 몸을 택합니다. 몸은 그 자체로 '여기'에 있습니다.

〈작가에게 듣는다 – 극작가 유은석 편〉
부제 : 연극 〈대화〉의 선정성에 대하여
월간 「무대」 10월호

전화를 꺼놓은 지 나흘째였다. 은기 어머니의 아파트에 들어간 뒤로 시간이 멈춰버린 것만 같았다. 첫날은 전화기가 꺼져 있는 것조차 몰랐다. 습관처럼 연습을 하고 왔지만, 대본을 보아도 생각나는 것은 은기뿐이었다. 은기의 입술, 은기의 이마, 은기의 가슴, 은기의 어깨……. 그러다가 연습실 밖에서 은기의 목소리를 들었다. 결국 나는 아프다는 핑계로 연습실을 빠져나오고 말았다.

"주다인!"

극단 건물 밖에 은기가 있었다. 우리는 마치 몇 년 동안 만나지 못한 사람처럼 서로에게 매달려 키스를 나눴다. 그리고 그대로 택시를 타고 은기의 아파트로 갔다. 미쳤다라는 말 외에 우리를 설명할 말은 없었다. 서로가 서로에게 미쳐있었다.

"연습 가지 마라."

아침이면 내 안의 생각을 은기가 입 밖으로 냈다.

"안 돼!"

나는 최대한 단호하게 은기를 보았다. 하지만 은기의 표정에 웃음을 터뜨리고 말았다. 서로 장난을 치다보면 어느새 연습실에 가기엔 너무 늦은 시간이 되었고, 우리는 그대로 서로를 탐닉했다. 하루 종일 붙어 있어도 시간이 모자란 것만 같았다. 이 세상에 단 둘만 있는다 해도 괜찮을 것만 같은 날들이었다. 어째서 세상이 은기의 아름다움에 대해 떠들지 않는지 알 수가 없었다. 어째서 나만이 은기의 특별한 사람이 될 수 있었는지, 그 행운을 믿을 수 없었다. 우리가 서로를 만나 서로만을 원한다는 생각만으로도 온몸이 떨렸다. 얇은 레이스를 통과해 부드럽게 퍼지는 햇살에 눈을 뜰 때, 은기의 볼에 입 맞출 수 있다는 것이 행복했다.

하지만 은기의 어머니가 여행에서 돌아오기로 한 날, 나는 집으로 돌아갈 수밖에 없었다. 엄마는 냉랭한 얼굴로 진짜 친구네서 지낸 게 맞느냐고 물었다. 엄마를 피해 들어간 내 방 책상은 살짝 먼지가 쌓여 있었다. 먼지를 닦다가 달력에 눈이 갔다. 빨간색 동그라미가 쳐져있었다. 갑자기 심장이 뛰었다. 그때 은기의 전화기가 울렸지만, 나도 모르게 전원을 꺼버렸다. 그리고 다음 날부터 아무 일도 없었다는 듯 연습을 하러 갔다.

"이따 전화하자."

헤어질 때 은기가 이렇게 말했지만, 나는 전화를 켜지 못했다. 은기가 화가 나서 연습실로 찾아올 때까지, 나도 전화를 켜지 못하는 이유를 알 수 없었다.

"전화는… 좀 지나면 걸게."

"도대체 왜? 전화가 아니면 목소리도 들을 수 없잖아. 너랑 함께 있을 수 없어서 미치겠다고! 언제야, 언제? 날짜를 말해 봐!"

은기의 말에 나는 천천히 다이어리를 꺼냈다. 빨간 꽃 스티커가 몇 개나 달린 날짜가 유난히 커보였다. 아주 무거운 것이 건드린 듯 둔중하고 여운이 오래 가는 통증이 느껴졌다. 지난 한 주, 무의식적으로 다이어리를 꺼내지 않았던 이유를 알 수 있었다. 나는 최대한 담담하게 말했다.

"…연습해야 하니까 좀 떨어져 있으면 어떨까……."

여태까지 떼쓰듯 재재거리던 은기가 입을 다물었다. 은기는 나의 표정을 살피고 있었다. 나는 최대한 아무렇지 않은 표정을 지으며 웃었다. 은기가 속삭이듯 물었다.

"후회해?"

나는 얼른 고개를 흔들었다.

"매일은 아니어도 좋아. 연습 끝나고 잠깐씩이라도 만나자. 네 생각만 나서 나도 미치겠다."

은기는 내 머리를 안고 쓰다듬었다. 그 손길에 모든 것을 잊고 싶었다. 하지만 한 번 생각난 것은 지워지지 않았다.

'후회하니? 아니… 그런데 전화는 왜 안 켜? 무서워서… 뭐가?'

마치 연극 대사처럼 수많은 말이 머리를 무대 삼아 등장했다. 하지만 그 다음 말을 할 수 없었다. 나는 모든 것을 지워버리려 더욱 세차게 고개를 흔들었다.

"만약 내가 안 된다면 화낼 거야?"

내 말에 은기의 표정이 어두워졌다.

"거짓말이지? 그럼 나 헤어지자고 할래."

은기는 농담처럼 말했지만, 가슴이 아팠다. 나는 주먹으로 은기의 가슴을 때렸다. 농담이라도 은기와 헤어지는 건 생각하기 싫었다. 은기에게 안 된다고 말한 내가 싫어졌다. 은기가 원할 때 곁에 있어주지 못하는 것이 무슨 사랑인가? 나는 나의 사랑에 최선을 다하고 싶었다. 그토록 빛나는 자신을 내게 준 은기를 배신하고 싶지 않았다.

"다인이 너에겐 재능이 있어. 열심히 해."

재능이라는 말이 명치에 걸려 답답했다. 하지만 상관없다는 생각이 들었다. 어차피 내가 알고 있던 것도 아니었다. 그것은 남들이 멋대로 던져준 과자 같은 것이었다. 물론 무척 마음에 들었다는 것까지 인정하지 않을 수는 없었다. 하지만 내가 그토록 바라던 은기의 따뜻한 눈빛과 바꿀 수는 없었다. 따뜻한 그 눈빛이 차갑게 식는 것을 상상하기 싫었다. 은기와 은서는 똑 닮은 눈을 갖고 있었다. 그 눈이 하나는 언제나 따뜻하게, 하나는 늘 차갑게 내게 닿았다. 은기가 반대의 눈으로 나를 본다면 난 그 자리에서 죽어버릴 것이 분명했다. 무대에 설 수 없어도 하는 수 없다고 생각했다. 그건 죽을 만큼 아픈 일은 아니었으니까. 내가 원하는 것은 은기의 옆자리였다. 만일 내게 재능이라는 것이 있다면 그것을 은기에게 주고 싶었다. 만일 내게 피어날 꽃봉오리가 있다면 은기를 통해 더 크게 피어나도록 도와주고 싶었다. 나 같은 것은 아무래도 좋았다. 아무래도…….

하지만 나는 점점 불안해졌다. 한 번 시작된 불안은 사라지지 않았다. 아니, 오히려 시간이 지날수록 더욱 커졌다. 그것이 터진 건, 모든 것을 휩쓸어버리는 무시무시한 가능성에 반쯤 정신을 잃었을 때였다.

"다인아, 오늘은 연습 빠져라."

"왜?"

은기는 싱긋 웃으며 내 귀에 대고 오후 아르바이트가 끝났다고 속삭였다. 은기는 재킷 안쪽으로 내 허리를 만지고 있었다. 나는 그의 손을 떼어내며 고개를 저었다. 마침 버스가 정류장에 섰다. 나는 얼른 버스에서 내렸다. 은기가 이상하다는 표정을 지으며 내 뒤를 쫓았다.

"왜?"

"그냥……."

나는 은기를 피해 빠른 걸음으로 횡단보도 쪽으로 걸었다.

"왜 그러는데? 이제 내가 싫어졌어?"

사람들이 우리를 쳐다보았다. 나는 얼른 아니라고 말해 주었다.

"사람들 없는 데서 말해 줄게."

"뭔데? 심각한 말이야?"

나는 묵묵히 횡단보도를 건넌 후 사람들이 뜸한 곳으로 갔다.

"걱정 돼."

은기는 이해하지 못하겠다는 표정이었다. 이상하게 서운한 마음이 들었다. 나는 은기를 외면했다. 은기가 내 어깨를 잡아끌었다. 나는 못 이기는 척 그의 팔에 안긴 채 걸었다.

"소식이 없어… 어쩌면 임신……."

아주 잠깐이지만 은기가 내게서 떨어졌다. 나는 은기의 눈을 똑바로 올려다보았다. 은기는 평소 얼굴로 돌아왔지만 그 미묘한 변화에 나는 이미 상처를 받은 후였다.

"아, 아닐 거야."

처음이었다. 진심으로 은기에게 화가 났다.

"네가 어떻게 알아?"

"그냥……."

"만일 임신이라면?"

"……."

나는 홱 돌아서버렸다. 1분도 안 되는 그 잠깐의 시간이 가슴을 갈기갈기 찢은듯 쓰라렸다. 그대로 있다간 은기에게 소리라도 질러버릴 것 같았다. 다행히 은기를 잃을지도 모른다는 두려움이 나를 돌아서게 만들었다. 은기가 서둘러 나를 붙잡았다.

"미안."

"뭐가?"

"당황해서 그랬어. 싫어서 그런 거 아냐."

"싫지 않으면 좋다는 말이니?"

"그, 그거야……. 정말이라면 낳으면 되지, 뭐."

은기는 제법 당당한 표정을 지으며 내 허리를 안았다. 나는 은기에게서 떨어졌다. 참을 수 없이 화가 끓어올랐다.

"뭐라고?"

"뭐가?"

"지금 뭐라고 했니?"

"아, 낳으면 된다고. 진심이야."

은기가 어깨를 으쓱이며 환하게 웃었다. 그의 손이 내 어깨를 잡는데, 본능적으로 몸이 웅크려들었다.

"아직도 화났어?"

"너, 내 생각은 전혀 하지 않니?"

은기의 표정이 굳어졌다.

"네 생각을 안 하다니?"

"좋아한 것도 아니고, 그냥 의무감 때문에 해 보는 소리잖아."

"아니라니까! 당황해서 그랬어. 당황해도 안 되는 거야?"

"나는… 네 머릿속엔 내가 없니? 임신이면 내 인생은 어떻게 되는 거야?"

"너의, 인생?"

"그래, 내 인생!"

은기의 얼굴이 점점 수수께끼를 푸는 표정으로 변해갔고, 나는 그럴수록 화가 났다.

"너는 내 옆에……. 함께 살아가면 되는 거 아니었어?"

"당장 결혼을 할 수 있는 것도 아닌데…"

"다인아, 내 말 들어 봐."

은기는 나의 두 손을 한데 모으고 자신의 가슴에 댔다.

"나를 믿을 수 없는 거야? 내가 너에게 그렇게 믿음직하지 못한 남자친구였어?"

눈물이 흘렀다. 은기의 말이 고마웠다. 하지만 마음은 완전히 풀린 것이 아니었다. 내 가슴엔 이미 치울 수 없는 돌덩이가 올라와 있었다. 눈물을 아무리 흘려도 돌덩이는 녹지 않았다.

"바보야… 널 사랑해, 주다인. 우린 영원할 거야."

은기는 사랑스러운 눈빛으로 지그시 나를 보며 천천히 품에 안았다. 하지만 이상했다. 그에게 안겨도 가시에 찔린 듯 움찔거리며 심장이 불안하게 뛰었다. 은기는 부드러운 미소로 내 입술에 다가왔다. 나도 모르게 고개를 돌렸다.

"싫어."

"괜찮아."

은기가 다시 키스를 했다. 나는 처음으로 눈을 뜨고 입맞춤을 했다. 은기의 이마가 아름답다고 생각했다. 하지만 그 만족한 미소가 불만스러웠다. 외로웠다. 나는 다시 눈물을 흘렸다. 은기의 눈썹이 흔들려 얼른 눈을 감았다. 그의 손이 내 볼에 흐른 눈물을 닦으며 울지 말라고 속삭였다.

'다시는 돌아갈 수 없어.'

밑도 끝도 없이 그런 생각이 들었다. 은기는 나를 전혀 이해하지 못하고 있었다. 내가 이렇게 큰 돌덩어리에 숨막혀 하는데, 눈치조차 못 챘다. 은기가 만족스러워한다는 것을 알 수 있었다.

함정에 빠진 기분이었다. 사랑하는데, 사랑받는데, 더 이상 가까워질 수 없을 정도로 몸도 마음도 하나가 되어버렸는데 왜 하필 이제야 이런 함정이 나타난 것인지……. 누구의 잘못인지 알 수 없었다. 우리는 서로 사랑하고 있었다. 누구도 잘못하지 않았다. 그렇지만 나는 알아버렸다. 은기도 거리를 지나가는 아무나와 마찬가지라는 것을. 그건 한 번도 상상해 본 적 없는, 임신 보다 더 불안한, 미칠 것처럼 초조해도 되돌아갈 수 없는, 사랑의 다음 무대였다.

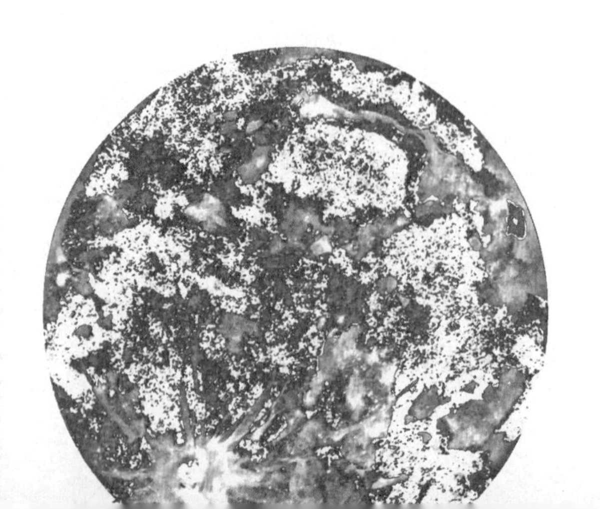

빛의 이름들

인간이 추구하는 궁극의 대화는 몸의 대화입니다. '나'는 '너'를 만지고, '너'는 그렇게 '나'의 일부가 됩니다. 그토록 따뜻한 몸 위에 사라졌던 사원이 다시 일어섭니다. 그 풍요로운 대지 위에 은유였던 식물들이 싹을 틔워 공중정원에 꽃을 피웁니다.

'내'가 '네'게로 가는, '네'가 '내'게로 가는 마지막 한 가지를 내어주는 순간, 온 세계가 다시 탄생합니다. 사라지는 세계, 사그라드는 숨의 빛, 어둠 속에서 '나'는 '너'를 만납니다. '너'의 손은 눈을 가리고 '나'는 그 손을 맞잡습니다. 문이 사라지고 '네'가 사라지고 '나'조차 사라집니다. 모두가 사라진 세계에 우리를 잡는 것은 '너'와 '나'의 눈물입니다. 언제나 우리를 일깨우며 흐르는 따뜻한 생명의 물입니다.

〈작가에게 듣는다 – 극작가 유은석 편〉
부제: 연극 〈대화〉의 선정성에 대하여
월간 「무대」 10월호

오랜만에 환이 오빠를 만났다. 줄무늬 트레이닝복을 입은 오빠는 멀티플렉스 1층 카페에서 커피를 받고 있었다. 오빠의 등을 톡톡 치자 오빠가 놀라 돌아보았다. 나는 커피를 흘려 뜨거워하는 오빠를 위해 커피를 받아 들고 자리에 앉았다.

"여기까지 왔다고 해서 깜짝 놀랐어요. 덥지 않아요?"

오빠는 뜨거운 아메리카노를 흐뭇하게 보고 있었다.

"오리지널리티는 영원한 법이야. 더워도 진짜를 즐길 줄 알아야지. 그런 의미에서 너도 아메리카노 마실래?"

환이 오빠의 말이 레이가 했던 말과 겹쳐서 신기했다. 오빠는 내 표정을 읽었는지 무슨 뜻이냐는 표정으로 나를 보았다.

"친구가 비슷한 말을 했거든요. 레이라고 자기 브랜드를 갖고 있는 천재 디자이너에요."

"칫, 뭐야. 세상에 천재가 왜 이렇게 많아?"

"그런 오빠도 천재라면서요."

"천재는 무슨, 누가 그래?"

"이정구… 오빠 본명이라면서요? 최연소 신인배우상."

내 말에 오빠는 쑥스럽게 웃었지만, 나는 기분이 안 좋아졌다. 잊으려고 노력했지만, 은기가 생각났던 것이다.

"별 것도 아닌데 누가 내 이름을 팔고 다닌다는 소문도 있더라."

"그, 그래요?"

나도 모르게 가슴이 졸아드는 것 같았다. 오빠가 은기의 일을 알고 있을까?

"어떻게 알았어요?"

"아, 내 팬카페에 누가 그런 글을 올렸다고 하더라고. 하지만 그럴 리가 있냐? 내가 유명 배우도 아니고. 이름 팔아 봤자 알아주는 사람도 없을 텐데 뭣 하러 그런 짓을 하겠어?"

환이 오빠는 심드렁하게 말하고는 손을 턱에 괴고 나를 빤히 바라다보았다. 몇 번 당해 본 장난이어서 전혀 놀라지 않았다. 나는 혀를 빼꼼 내밀고 웃었다.

"왜요?"

"꽤 괜찮은 줄리엣이라고 소문났더라?"

"네? 그걸 어떻게……."

"야, 이 녀석아. 그런 얘기를 내가 소문으로 들어야겠냐? 나도 알게 모르게 응원한 사람인데? 뭐, 대사 같은 건 내가 많이 잡아줬다고도 할 수 있지."

나는 고개를 끄덕이며 고맙다고 말했다. 환이 오빠가 대본 읽기를 가르치지 않았다면, 오디션에 붙을 수는 없었을 것이다.

"취미라고 딱 잘라 말하더니, 왜 마음이 바뀐 거였어?"

나는 어깨를 살짝 올리고 웃음으로 답을 대신했다. 은기 때문이라는 말을 할 수 없었다. 그냥 남자친구였다면 말해도 되었을 텐데……. 은기는 왜 하필 자신을 환이 오빠라고 하고 다녔던 것일까, 새삼 궁금해졌다.

"그런데 어떻게 여기까지 왔어요? 멀잖아요."

"자전거 타고 오기 딱 좋았어. 한두 번 온 것도 아니고."

"아, 그때도 왔었지……. 오늘은 왜 왔어요?"

"네 사인 받으려고."

"하하하, 오빠도 아직 사인 안 해줬으면서……."

"진짠데……."

오빠는 나를 보며 연신 웃고만 있었다.

"뭐가 진짜라는 거예요?"

오빠는 내 앞에 A4 용지 묶음을 밀어주었다.

"오르페우스의 타락, 멋지지 않냐?"

"대본이에요?"

"응. 제작사에서 조금만 고치고 가자고 한 건데 여주인공은 꼭 너로 해야 한다는 조건이어서 진짜 사인 받으려고 왔어."

"네? 설마……. 전 아직 공연도 시작하지 않은 아마추어예요."

"그러게. 그런데 작가가 꼭 너로 해야 한다니 어쩌겠냐."

"작가요? 난 아는 사람 없는데……."

"정말 몰라? 제작사가 말리는데도 생짜 초보인 너를 강력하게 밀 때는 뭔가 믿음이 있어야 하는 거잖아. 그런데 서로 모르는 사이라고?"

"누군데요?"

"한석준. 녀석한테 계속 쓰라고 잔소리는 했지만 정말 이렇게 대단한 걸 갖고 올 줄은 몰랐지 뭐야. 제작사도 천재 작가의 사실상 데뷔 무대라 홍보 많이 할 거라 그러더라고."

"한석준이요? 아마추어 대학생 극단……."

강수아가 생각났다. 한석준이 꼭 찾는다는 배우가 환이 오빠였다더니, 드디어 찾아갔던 걸까? 하지만 그 한석준은 오빠가 말하는 그 한석준이 아닐 것이다. 환이 오빠의 친구 한석준은 분명 오빠의 본명을 알고 있었으니까. 그렇다면 강수아가 말한 한석준은 누굴까? 혼란스러웠다.

“아마추어 극단? 그런 건 모르겠고, 아무튼 박사 해야 한다고 보기도 힘들었다고. 하긴 박사 따고, 교수도 되고, 열심히 해야지. 이 판에서 먹고 사는 게 어디 쉬운 일이냐? 너도 뭐, 부업 같은 거 생각해놔.”

환이 오빠는 계속 농담하듯 가볍게 말하고 있었지만, 나는 머리가 너무 아팠다.

“어이, 여기야!”

갑자기 환이 오빠가 손을 번쩍 들더니 내게 속삭였다.

“쟤가 한석준이야. 너 데리고 나온 거 알면 엄청 좋아할걸?”

반사적으로 몸을 돌렸다. 순간 멍해졌다. 나도 모르게 의자를 꼭 쥐고 한석준이라는 사람을 뚫어지게 살펴보았다.

“자식, 놀라기는… 주다인, 처음 보는 거 아닐 거 아냐?”

까만 샌들에 하얀 반바지, 단추를 끝까지 잠근 줄무늬 폴로 티셔츠 그리고 단정하게 올려 빗은 앞머리……. 평소와는 달리 어른스러운 스타일이었지만 분명히 은기였다. 나를 보고 순간 당황했던 은기의 눈빛이 차츰 여유로워지더니 이내 웃음까지 띠고 있었다. 은기는 여유롭게 미소를 지으며 환이 오빠에게로 시선을 옮겼다.

“일찍 왔네? 주다인 씨가 올 줄은 몰랐는데. 안녕하세요?”

너무나 자연스럽게 은기가 악수를 하자는 듯 손을 내밀었다. 나는 손을 내밀 수 없었다. 아니, 정신을 차리고 있는 것만으로도 힘들었다.

“숙녀에게 처음부터 악수는 아니지. 숙녀도 아니고 갓 졸업한 애기라고.”

환이 오빠가 은기를 툭 치며 농담을 했다. 은기도 덩달아 웃으며 내 옆에 앉았다.

"그런가……? 함께 자리하는 거였으면 미리 말해 주지 그랬어?"

"서프라이즈지, 이 자식아. 그렇게 밀기에 아는 사인가 했더니 그것도 아니구만."

"어렸을 때 〈서커스의 천사〉를 봤다니까. 그때부터 팬이었다고. 이 극본도 다인… 씨를 위한 거야. 남자주인공은 여주인공의 돌쇠나 마찬가지니까, 형 살살해."

은기는 이렇게 말하며 테이블 밑으로 살짝 내 손을 잡았다. 나는 깜짝 놀라 은기의 옆모습을 가만히 보고만 있었다.

"야, 다인이 아직 대본 펴보지도 않았어. 그런 말이 신인한테는 얼마나 부담인지 알기나 해? 공돌이가 뭘 알아야지."

"그런가……?"

은기는 짐짓 웃으며 내 손을 꽉 쥐었다가 천천히 놓았다. 그리고는 들고 온 대본을 환이 오빠에게 건넸다.

"제작사가 말하는 거 보고 고칠 만한 데는 고쳤어. 하지만 나머지는 그대로 가는 게 좋을 것 같아. 자꾸 야하다고 하는데 제목 보면 몰라? 타락이라고. 건전한 타락이 어디 있어?"

은기의 말에 환이 오빠는 고개를 끄덕였다.

"그건 그렇지. 아무튼 다인이가 하면 싸인하는 거 맞지? 겨울 공연이면 반응도 나쁘지 않을 것 같아. 잘해 보자, 한석준."

환이 오빠가 손을 내밀자 은기도 웃으며 팔을 들었다. 순간 나는 은기의 팔을 꽉 잡았다. 환이 오빠가 이상한 표정을 지어도, 은기가 당황해도 그 아이의 팔을 놓지 않았다.

"왜 그래, 다인아? 석준이한테 뭐 할 말이라도 있어?"

은기가 강렬한 눈빛으로 나를 보았다. 미세하게 그의 고개가 좌우로 흔들리는 것도 느껴졌다. 어떻게 해야 하는지 알 수 없었다. 나는 세차게 고개를 저었다. 환이 오빠가 이상하다는 표정으로 나와 은기를 번갈아보았다. 은기는 환이 오빠를 보며 너털웃음을 지었지만, 목소리는 이미 떨리고 있었다.

"하기 싫다는 말인가 봐, 형."

은기의 말에 환이 오빠는 그제야 납득이 되었다는 듯 웃었다.

"그렇다고 저렇게 격렬하게 고개를 흔들어버리면 안 되는데. 석준이 네가 상처 좀 받을 것 같다. 다인아, 아직 대본도 안 봤잖아. 이거 정말 좋아, 보면 너도 생각이 달라질 거야. 혹시 야하다는 말에 놀랐어? 그런 거 아닌데……."

나는 온 힘을 다해 은기의 눈을 들여다보았다.

"말해 봐. 이거 네가 쓴 거야?"

"주다인, 무슨 말이야?"

은기가 대답하기 전에 환이 오빠가 화를 벌컥 냈다.

"아무리 널 위해 썼다고 해도 그렇지, 그게 작가한테 할 말이야?"

은기가 환이 오빠에게 고개를 저었다. 환이 오빠는 여전히 씩씩거리며 나를 노려보았다.

"당연히 내가 쓴 거죠, 그게 궁금했어요?"

은기는 여전히 한석준인 척 존댓말을 하고 있었다. 나도 모르게 손에 힘이 풀리며 은기의 팔을 놓치고 말았다.

"어째서 나여야 하는데?"

"〈서커스의 천사〉 때부터 봐왔어요. 당신은 지금 연습하고 있는 그 뮤지컬 같은 이미지이면 안 된다고 생각했어요. 구원의 여신 같은 이미지니까요. 내가 그 길을 열어줄 수 있어요. 나랑 같이 연습하면서……."

은기가 무슨 말을 하는지 하나도 들리지 않았다. 그저 그의 존댓말이 소름끼치도록 무서웠을 뿐이다. 나는 천천히 자리에서 일어났다. 생각나는 사람이 있었다.

"어디 가, 주다인?"

환이 오빠가 나를 부르는 것 같았지만 눈에 눈물이 가득 차 앞이 제대로 보이지 않았다. 나는 일어서며 중얼거렸다.

"레이한테 갈래. 레이는 너를 설명해 줄 수 있을 거야."

환이 오빠가 나를 부르려는데, 은기가 오빠를 자리에 다시 앉혔다. 환이 오빠는 내가 왜 그러는지 이해할 수 없다며, 원래는 그런 아이가 아니라며 은기를 이해시키고 있었다. 갑자기 화가 치솟아 올랐다. 나를 가장 잘 아는 것은 은기다. 그런데 왜 다른 사람이 은기에게 나를 설명해 주고 있는지 미칠 것처럼 화가 났다. 나는 뒤를 돌았다.

"유은기!"

단지 이름을 불렀을 뿐인데, 걷잡을 수 없이 울음이 터져 나왔다. 주위에서 힐끔거리는 것이 느껴졌지만, 얼굴이 엉망이 될 거라는 것을 알았지만 멈출 수 없었다. 은기는 대본을 들여다보며 딴청을 피웠고, 환이 오빠는 주위를 돌아보았다.

"네가 한석준이라고? 말해 봐, 넌 누구야?"

나는 은기 앞으로 다가가 소리쳤다. 환이 오빠가 혼란스러운 표정으로 은기를 보았다.

"난… 한…"

"그만 해, 제발, 그만 하란 말이야! 도대체 왜 그러는데? 왜 네가 아닌 다른 사람이 되어야 하는데?"

"다른 사람?"

환이 오빠가 나를 붙잡았다. 나는 눈물이 범벅된 얼굴로 오빠에게 말했다.

"진명대 소극장에 가면 아마추어라는 극단이 있어요. 거기에 가서 한석준을 찾아보세요. 최연소 극본상을 받은 한석준 말이에요."

나는 어리둥절한 환이 오빠를 두고 밖으로 뛰쳐나갔다. 뜨거운 햇살이 내리 쬐고 있어서 한순간 현기증이 났다. 잠깐 멈칫하는데 은기가 쫓아왔다.

"다인아."

"이거 놔."

"난 너와 함께 있고 싶어서… 그래서 극본을 썼을 뿐이야."

은기는 간절한 목소리로 나를 붙잡았다. 울 것 같은 은기의 표정에 이상하게 마음이 냉정해졌다.

"극본을 썼다고?"

"그래. 내가 쓴 거야, 〈오르페우스의 타락〉. 에우리디케를 잃은 오르페우스는 타락했어. 더 이상 노래하지 않았어. 오르페우스의 진짜 리라는 그녀였던 거야. 그건 내 마음이었어. 너를 잃기 싫었어. 그래서 미친 것처럼 썼어, 너를 위한 극본을."

"그럼 한석준은 뭐야? 왜 거짓말을 해야 하는지 설명해 봐."

"너를 위해서라니까."

"나를 위해서?"

"그래! 나 같은 초라한 애가 쓴 극본을 봐주는 사람이 있을 줄 알아? 저 대단한 이환이 한석준이라는 이름이 아니었다면 나를 만나줬을까? 그까짓 이름 좀 빌려 쓰는 게 어때서? 이 세상에 한석준이 얼마나 많은데? 이정구는 얼마나 많은데? 내 이름이 싫어서 다른 이름 좀 쓰겠다는데 그게 그렇게 큰 잘못이야? 난 그저 무시당하고 싶지 않았을 뿐이라고. 난 너를 지켜야 하잖아. 그러려면 힘이 세야 하는데 지금 당장은 초라하니까 이름만 빌려 쓴 거라고. 너도 들었잖아. 내 극본 좋다고. 그러니까 내가 잘못한 건 없어!"

"아니, 아니야!"

나는 은기를 외면했다. 은기가 내 어깨를 잡아 자신을 보게 했다.

"뭐가 아닌데? 너는 왜 내 편이 되어주지 않는 거야? 나는 너를 위해 최선을 다하는 거라고. 네가 무대에 오르지 못하고 내 곁에만 있어도, 우리 사이에 아기가 생긴다 해도 아무 걱정없이 너를 책임질 수 있는 뭔가가 되고 싶었어. 그런데 방금 네가 다 망쳐버린 거야. 대체 왜? 이름 좀 빌렸다고 너는 나를 버릴 수 있는 거야?"

나는 손으로 찬찬히 눈물을 닦았다. 그리고 내 어깨를 꽉 붙잡고 있는 은기의 두 손을 하나하나 내려놓았다. 흐느낌을 꾹 참은 채 대사를 읽듯 한마디 한마디 또박또박 말했다.

"…나는… 지금은 잘 모르겠어. 은기야, 사랑해. 하지만 오늘은… 갈게."

나는 천천히 걸었고 은기는 그 자리에 서서 내리쬐는 햇살을 그대로 받고 있었다.

29
그러니까 그 나이였다…… 시가
날 찾아왔다. 난 모른다. 어디서 왔는지

생장점

어째서 몰랐을까? 어째서 너의 불안을 이해하지 못했을까? 어째서 너의 괴로움을 외면했던 걸까? 한없는 후회에 현기증이 났어. 나를 가득 채우던 초록이 네게도 간절했다는 것을 왜 몰랐을까? 그 초록이 빛나는 동안 영양부족의 영혼이었던 너는 얼마나 많이 어지러웠을까? 얼마나 많은 곳에서 허방을 짚었을까?

연습이 끝나면 녹초가 된 채 버스에 올랐다. 온몸의 에너지를 다 뿜어낸 상태로 유리창에 이마를 기대고 멍하니 밤거리를 내다보고 있으면 몸 안에 생기가 도는 것 같았다. 일부러 전화를 들여다보지 않은지도 꽤 되었다. 어느새 나는 포기하는 법을 배웠던 것이다.

무대에 설 수 있는 것만으로 만족한다고 마음속으로 되뇌었다. 다른 배우들의 심부름을 도맡아 할 정도로 명랑해졌다. 나도 이해할 수 없었다. 어째서 그렇게 180도 변할 수 있는지. 모두 나의 원래 모습을 상상할 수 없을 것이다. 나는 극단, 뮤지컬 멤버를 통틀어 막내였고 귀여움을 받았다. 가끔은 내가 레이를 흉내 내고 있는 것이 아닌지 헷갈릴 때도 있었다. 하지만 거짓은 아니었다. 그저 몸이 저절로 변하는 것뿐이었다. 연습실에만 들어서면 다른 사람이 된 것처럼 행복했고 가만히 있으면 몸이 근질근질했다.

생리를 시작했기 때문인지 마음도 편해졌다. 나는 은기에게도 모든 걸 이야기해 주었다. 아르바이트 때문에 긴 통화를 할 수는 없었지만 은기도 잘 한 일이라고 축하해 주었다.

"오늘 연습 끝나고 아르바이트 하는 데로 갈까?"

"아, 아니……. 오늘은 은서가 만나자고 해서 안 되는데……."

"은서? 학원에 있지 않아?"

"아… 내가 가기로 했어."

"그렇구나. 그럼 내일은?"

"내일 봐서… 지금 좀 바빠. 음료수 받았거든."

생각해 보면 첫날부터 느낌이 이상했다. 하지만 미처 알아차리지 못했다. 그 일을 잊고 다시 이전으로 돌아갈 거라 믿었지만 나는 은기의 변화를 놓치고 말았다.

일요일 아침이 되어서야 나는 은기를 만날 수 있었다. 극단에 가려고 준비하고 있을 때 전화가 왔다.

"엄마 아파트에서 잤어. 지금 볼까?"

갈 수 없다는 말을 할 수 없었다.

"응, 갈게. 그런데 나, 오늘도 연습이 있어. 얼굴만 보고 가야 하는데 괜찮아? 다들 매일 철야거든. 일요일엔 나도 끝까지 남아야 해."

은기는 말이 없었다.

"금방 갈게, 기다려."

늦을까 봐 걱정이 되었지만, 은기가 너무 그리웠다. 목소리만으로는 부족했다. 은기의 얼굴을 보고 볼을 만지고 그를 안아주고 싶었다. 레이의 말대로 은기가 자신의 꿈을 찾아갈 수 있도록 도와주고 싶었다. 내가 은기의 꿈을 보호해 주고 싶었다.

은기는 놀이터 앞 벤치에 앉아 나를 기다리고 있었다. 고개를 젖히고 햇빛을 받는 얼굴이 반짝반짝 빛났다.

"환이 오빠한테 전화 받았어?"

은기는 보일 듯 말 듯 고개를 끄덕였다.

"역시 우리보다는 어른이네."

환이 오빠한테 전화를 받은 건 그 일이 있은 일주일 후였다. 오빠도 충격을 받았지만, 은기와의 시간을 생각하면 은기에 대한 감정이 나빠질 수 없다고 했다.

"진짜 한석준도 만나봤어. 그 사람도 충격이 크긴 컸더라. 하지만 나랑 같았어. 녀석을 좋아하는 마음은. 그 녀석 진짜 천재처럼 연기도 잘 했다고 자기 극본에 그 녀석이 나오기를 바랐다고 하더라고. 아, 그리고 혹시 몰라 그 녀석이 쓴 대본을 보여줬어. 전혀 모르더라고. 그건 석준… 아니, 은기가 쓴 게 맞아. 그러니까 이 일로 녀석이 재능을 썩히지 않도록 네가 좀 도와주는 것도 좋을 것 같은데……. 너도 괜찮은 거지, 다인아?"

울음이 터질 뻔한 것을 겨우 참았다. 환이 오빠의 물음에 나는 아무 말도 할 수 없었다. 괜찮은지 아닌지, 알기 위해 은기와 전화를 다시 시작했지만, 평상시와 똑같은 목소리로 나를 반기는 은기가 나는 오히려 혼란스러웠다. 자꾸 레이가 생각났다. 진짜 은기를 아는 것은 자신뿐이라고 했던 레이의 말이 비로소 이해가 되었다. 하지만 인정하고 싶지 않았다. 은기가 사랑하는 것은 나였으니까.

"이해할 수 없겠지……. 그래도 은기와 너는 서로를 원하니까… 아이한테 하듯이 괜찮다고 말해줘. 천천히… 억지로라도 은기를 이해해 줘."

레이의 말이 떠올랐다. 나는 은기에게 살며시 다가가 꼭 안았다.

"힘들었지."

은기가 천천히 고개를 들어 나를 똑바로 보았다. 하늘을 올려다보던 순한 눈빛이 아닌 뭐라 설명할 수 없는 강렬한 시선에 나는 그만 당황했다. 나도 모르게 그에게서 떨어졌다. 은기의 얼굴이 이내 평상시로 돌아왔다.

"넌 유은기야. 너처럼 멋진 사람은 없어. 그러니까 계속 너로서 나아갔으면……."

"그보다……."

은기가 내 말을 막으며 일어섰다. 은기의 눈이 유리처럼 말갛기만 했다. 무슨 생각을 하는지 짐작할 수 없는 눈빛이었다.

"왜, 무슨 일 있어?"

은기는 갑자기 나를 꽉 끌어안았다. 그리고는 속삭였다.

"집에 아무도 없어."

나는 은기를 밀쳤다. 시간문제가 아니었다. 은기의 목소리가 전과 달랐다. 무서운 느낌이 드는 목소리였다. 하지만 은기의 의아한 얼굴에 무슨 말을 해야 할지 몰랐다.

"연습하러 가 봐야 해. 사실은 지금도 늦었거든."

"좀 늦으면 어때?"

"공연이 얼마 남지 않았잖아. 이해해 줄 수 있지?"

내 말에 은기가 화를 벌컥 냈다.

"몰라, 하나도 모르겠어. 그러니까 내가 알 때까지 오늘은 나랑 있어!"

은기가 나를 거칠게 끌어안았다. 나는 은기를 밀쳤다.

"왜 그래? 뭐 화난 일 있어?"

"화난 일이라니? 나는 은기라며. 보잘 것 없는 유은기가 자랑할 수 있는 건 여자친구뿐이고 지금 너랑 함께 있고 싶다고. 이것도 내가 잘못하는 거야?"

"그런 말이 아니잖아."

"그런 말이야! 너는 내가 생각하는 건 다 틀렸다고 생각해!"

나는 입을 다물었다. 은기가 다시 내 팔을 잡아당기려 했다. 나는 은기에게서 팔을 빼내려다 바닥에 주저앉고 말았다.

"도대체 왜 그래? 오늘 이상해."

"이상한 건 너지! 주다인, 넌 항상 내 곁에 있었잖아. 그까짓 뮤지컬이 나보다 더 중요해?"

내 귀를 의심했다. 은기의 말이라고 믿고 싶지 않았다.

"기뻤던 게 아니었어?"

"뭐가?"

"내가 뮤지컬 하게 된 거."

갑자기 은기가 웃기 시작했다.

"기뻤어, 물론. 하지만 네가 인정받은 게 좋았던 거지 줄리엣을 하길 바란 건 아냐. 사랑스럽지도 않은 그런 줄리엣이 아니라 순수한 오필리어를 했어야지. 이럴 줄 알았다면 기뻐하는 척하지 않았을 거야."

"기뻐하는 척이라고?"

"그래."

"그럼 거짓말했단 말이야?"

"거짓말이라고? 거짓말은 네가 했지."

머리끝까지 화가 났다. 어차피 상관없다고 생각했다. 은기도 내가 알던 은기가 아니었으니까.

"내가 언제? 언제 거짓말을 했다고 그래?"

"나만 있으면 된다면서? 내 곁에만 있겠다고 했잖아. 나의 천사가 되겠다고, 내가 필요하면 언제든 곁에 있겠다고 했잖아."

"그거랑은 다른 얘기잖아!"

"다르지 않아! 다르지 않다고!"

은기는 떼쓰는 아이 같았다. 말하면 할수록 상황이 더 나빠질 것만 같았다. 나는 돌아섰다. 은기가 어깨를 붙잡았지만 밀치고 버스 정류장이 있는 방향으로 걸었다.

"지금 가면 끝이야! 다시는 안 만나!"

순간 걸음이 멈췄다. 나도 모르게 몸이 돌아섰다. 하지만 발은 땅에 붙은 채 움직이지 않았다. 나는 은기의 얼굴을 보았다. 은기는 이제 화를 내지 않았다. 하지만 역시 내가 본 적 없는 얼굴이었다. 길 잃은 아이처럼… 아니, 그건 은서의 얼굴이었다. 하고 싶은 말을 가득 담은 채, 뒤돌아서서 울 것 같은 표정의 아이……. 나는 그 아이를 안아주고 싶었다.

"끝나자마자 여기로 올게. 네가 있는 곳이 어디든 찾아갈게."

은기의 얼굴이 굳어졌다.

"지금이 아니면 안 돼."

"대체 왜?"

은기는 대답하지 않았다. 나는 울었다. 하지만 은기는 단호했다. 전화가 왔다. 연습실 번호였다.

"받지 마!"

은기가 소리쳤다. 나는 받지 않았다. 하지만 돌아서지도 않았다.

"다녀올게."

이 말만 남기고 뛰기 시작했다.

"가지 마! 가지 마, 주다인!"

등 뒤로 은기의 외침이 들렸다. 나는 멈추지 않았다.

"지금 가면 끝이야. 정말 끝이라고!"

은기의 목소리가 심장을 찔렀다. 눈물이 쉴 새 없이 흘렀다. 울면서 연습실로 갔다. 은기의 말은 믿지 않았다. 은기는 그냥 화가 났을 뿐이라고 중얼거렸다. 끝이라니, 그런 것은 상상할 수도 없었다. 끝일 리가 없었다. 이해할 수 없는 이유로 끝날 리가 없었다. 우리 사랑은 그런 가벼운 것이 아니었다. 우리는 운명이었다. 은기와 나는 닮은 영혼이었다. 은기를 감싸 안을 수 있는 사람은 나뿐이었다. 은서가 포기할 정도로 우리의 사랑은 강했다. 우리는 헤어질 수 없는 사람들이었다. 눈물이 났던 것은 은기에게 상처를 주었기 때문이었다. 어린 아이처럼 상처받은 은기를 두고 갔다는 죄책감 때문에 울었을 뿐이다. 하지만 은기가 용서해 줄 것이라 믿었다.

나는 무대를 포기할 수 없었다. 나의 재능을 믿어준 사람들을 두 번이나 실망시키고 싶지 않았다. 아니, 사실은 나 자신을 포기할 수 없었다. 진짜 나는 연습실과 무대에만 있다는 것을 드디어 알게 되었다. 레이의 말을 곱씹었다. 서로를 성장시키는 사랑, 생장점이 살아있는 사랑, 은기는 분명히 생장점이 촉촉해진 나를 이해해 줄 것이라고, 그래서 더욱 사랑해 줄 것이라고 믿었다.

하지만 그날 이후 은기는 나를 만나주지 않았다. 전화도 받지 않았고 아르바이트 하는 곳을 찾아가도 만나주지 않았다. 은서도 뭔가를 더 알고 있는 것 같지는 않았다. 나는 은기가 화가 단단히 난 것이라고, 자신의 말을 듣지 않아서 그런 것이라고 생각했다. 그래도 진짜 내 모습을 무대에서 본다면 내가 누구를 생각하며 연기한다는 것을 알 수 있을 것이라고 생각했다. 그러면 모든 것을 용서해 줄 것이라고 그래서 한 뼘은 자랐을 나를 기특하게 생각해 줄 것이라고 믿었다. 나는 은서에게 개막식 표를 건넸다. 마지막 희망이라고 생각했다. 하지만 개막식 날 무대 뒤로 나를 보러 온 사람은 레이뿐이었다.

"울지 마. 넌 지금 인생에서 가장 중요한 일을 시작하는 거라고! 그런 바보 같은 자식은 찌질하게 살라고 해! 아니, 아니야…… 내가 잘못했어. 울지 마, 바보처럼. 오늘은 무슨 일이 있었겠지. 내일은 꼭 오라고 내가 말해 줄 테니까, 알겠지? 오늘 망치면 내일 더 창피할 거 아냐?"

레이는 티슈로 연신 내 눈가를 닦아주었다. 비참한 마음으로 무대에 올랐지만 무대에 오른 순간 나는 더 이상 주다인이 아니었다. 나는 똑똑하고 당찬 줄리엣이 되었다.

바다의 리라

내 무릎 위엔 〈오르페우스와 에우리디케〉가 놓여 있고, 손엔 백금으로 만든 리라가 매달려 있어. 너의 가장 아름다운 책과 가장 아름다운 책갈피가 추위도 잊게 만드네. 너와 나의 사랑처럼, 이제 이것도 오래되었어. 하지만 아름다운 것은 시간이 지나도 그대로인 것 같아. 변하는 것은 아름답지 않은 사람일 뿐이지.

여태까지 말하지 못해서 미안해. 고맙다는 말을 했어야 했는데……. 마지막 공연이 끝나고 분장실에서 책과 책갈피를 본 순간, 울었어. 나는 그때 깨달았던 거야. 정말로 끝이 있다는 것을. 너도 내내 힘들게 끝을 향해 걸어왔다는 것을. 나는 너를 용서할 수 없었어. 네가 너무 쉽게 나를 버렸다고 생각했어.

책은 오래 동안 책꽂이에 꽂혀 있었지. 책을 읽은 건 너와 레이가 여행을 떠난 후였어. 네가 북구의 그 나라로 여행을 떠나는 동안 나는 아픔을 가라앉히며 책을 읽었지. 후회가 되었어. 조금 더 일찍 읽었더라면 너에게 매달려볼 수 있지 않았을까? 매달렸다면 상황이 달라졌을까? 창피하지만 대답은 아니라는 것이었어. 정직하게 인정하자 오히려 이상했지. 왜 너는 이 아름다운 현악기를 나라고 생각했던 걸까? 처음에는 몰랐더라도 마지막에는 알았을 텐데. 우리는 서로를 울리지 못한다는 것을……. 그 까닭을 알 수가 없어서 또 울었어. 너무 분했지. 너의 사랑이 내 사랑보다 더 큰 것 같아서. 그래서 나도 떠나기로 한 거야. 너보다 더 멀리 날아가서 나 혼자서라도 그 항구에 설 수 있다는 것을 증명하고 싶었어. 짐은 많지 않았지. 돌아올 때는 훨씬 더 적으리라는 것도 알았어. 하지만……. 이 책 그리고 이 책갈피는 어째야 좋을까…….

불이 완전히 사그라졌어. 불은 고맙게도 네가 준 책과 서랍이 꽉 차도록 써준 시와 편지, 그리고 레이가 보내준 너의 첫 대본 〈바다의 리라〉를 깨끗하게 태워주었어.

우스와이아의 바람은 정말 맵차구나. 순식간에 까만 재들을 날려 보내네. 첫 무대가 끝난 날부터 책을 받기 전 날까지, 그리고 그 다음의 봄이 되어 레이에게 전화를 받기 전까지 종종 너희 집 앞, 느릅나무 밑에서 너를 생각하고는 했어. 은서와 바느질을 하던 때는 몰랐는데 느릅나무는 참 이상한 나무였어. 그 봄, 나뭇가지에 산딸기처럼 꽃이 돋아난 게 처음 눈에 들어왔지. 병든 것이 아닌가 했어. 잎도 피기 전에 꽃이 피는 식물이 있다는 걸 그때는 몰랐으니까. 앙상한 회색 가지에 돋아난 꽃들은 미처 붉지 못했다는 듯 어설펐고 수줍어서 겨우겨우 꽃술을 내밀고 있었지. 그 뒤에야 작은 이파리가 나기 시작하더라. 느릅나무에겐 미안하지만 나는 꽃보다 작고 싱그러운 연둣빛 잎이 훨씬 예쁘다고 생각했어.

느릅나무가 아니라 내 마음 때문이었는지도 몰라. 꽃이 돋았을 때는 참을 수 없던 통증이 이파리가 피어나면서는 따끔따끔 해졌어. 나는 전부 느릅나무 덕분이라고 생각했어. 한밤에 가로등 밑에서 보는 잎들은 투명하게 푸르렀거든. 하지만 때로는 폭풍처럼 울음이 쏟아져서 그 나무에 등을 대고 바닥에 쓰러지다시피 울기도 했지. 당장이라도 너희 집 현관문을 두드리고 싶었어. 하지만 용기 낼 수 없었어. 네가 날 용서하지 않았다는 걸 알았으니까. 차마, 그 이유를 들을 수는 없었으니까. 절대로 믿고 싶지 않았으니까…….

그 봄이 끝날 즈음, 레이와 만났어. 좀체 심각하지 않았던 레이가 물었지. 너와 사귀어도 되겠느냐고……. 해맑은 레이, 레이의 말이 옳다는 걸 난 알았어. 너의 손길이 닿을 현絃은 바로 그녀라는 걸 나도 비로소 인정했어. 눈치 없는 레이, 아무 이야기해 주지 않아도 나는 이미 단념하고 있었는데. 그냥 물어봐 준 것만으로도 나는 레이와의 우정을 계속 유지할 수 있었는데……. 레이는 네가 자기 자신을 사랑하도록 만들어주고 싶다고 말했어. 그래서 함께 성장할 거라고 했어. 나는 레이에게 화를 냈던 것 같아. 마치 내 잘못을 들킨 것처럼 너무 아팠거든.

재능……. 레이의 이야기를 다 듣고 돌아가는 길에 난 마지막으로 느릅나무를 보러 갔었어. 석양이었고 느릅나무는 긴 그림자를 길게 늘이고 있었지. 나는 다시 한 번 무릎을 꿇고 울고 싶었어. 하지만 얼굴이 너무나 화끈거려서 그럴 수 없었어. 눈물 대신 말할 수 없는 통증이, 후회가 가슴을 꽉 채워서 숨 쉴 수 없었어.

너에게 전화를 할 수 없었어. 너무 미안하면 미안하다는 말조차 할 수 없다는 걸 그때 알았지. 아빠를 이해할 수 있었던 것도 그때야. 나의 생장점을 살려주었던 것은 바로 은기, 너였어. 나는 형편없는 연인이었어. 내가 처음 너에게 눈부셨던 것도 당연해. 나는 그저 빛을 볼 줄만 아는 아이였어. 너는 내겐 너무 과분한 남자아이였고.

저번 공연에 은서가 왔었어. 네가 레이와 함께 여행을 떠났다는 말을 해 준 것도 은서야. 너의 소중한 동생은 여전히 심술궂어. 그게 아니라면 내가 모든 걸 다 잊었다고 생각하는 거겠지? 어쩌면 우리 사랑의 깊이를 이해할 수 없을지도……. 네가 행복하다는 말에 왜 나는 슬펐을까? 왜 여전히 너와 함께 행복할 사람이 나여야 한다고 믿고 있는 것일까? 너를 행복하게 만들어준 사람은 내가 아니라 레이인데…….

레이캬비크, 레이를 낳게 한 그 도시에 가보고 싶다고 했다면서? 당연한 일이라고 생각했어. 나도 항상 궁금했거든. 레이의 빛, 그곳에 가면 나도 그 빛을 담을 수 있을까 싶었지. 하지만 이제 난 그곳에 갈 수 없어. 네가 가자고 했던 그 항구, 푼타 아레나스를 곁에 두고도 여기 우스와이아에 발이 묶인 것과 같은 이유로.

믿을 수 없겠지만, 질투가 났어. 넌 나와 푼타 아레나스, 세상 끝의 차가운 바다를 봤어야 할 사람이라는, 말도 안 되는 생각에 빠져버렸지. 그래서 읽었던 거야, 너의 아름다운 책을……. 은서의 말이 전부 이해가 된 건 비행기 안이었어.

구름 위의 강렬한 햇빛에 백금의 리라가 한 곳을 향해 빛을 반사했어. 바로 내 눈동자를 향해. 그래, 너와 나는 똑같은 영혼이었어. 똑같이 어두웠고, 똑같이 빛을 찾았어. 이제는 왜 네가 나처럼 아무것도 아니었던 여자애를 사랑했는지 알아. 우리는 같았던 거야. 어둠이 그림자를 숨기듯 서로가 서로에게 숨어 쉬고 싶었던 거야. 나는 달빛 같던 너의 빛에 취했고, 너는 꼬마 광대였던 나의 빛에 취했던 거야. 그리고 우리는 둘 다 두려움이 많았지. 그러니 어떻게 같은 영혼을 알아보고 홀리지 않을 수가 있었겠어?

이제는 너의 외로움이 더 컸다는 걸 알아. 은서의 엉망진창인 손목처럼 너의 마음도 철철 피를 흘렸을 거야. 너의 상처는 늘 싱싱했을 거야. 너의 수상하고 찬란한 빛에 매혹당했던 나는 시무룩한 어둠 속에 몸을 숨기고 있기만 했어. 그런 나를 알아봤다는 건 그만큼 간절했기 때문이었겠지.

하지만 여전히 후회해. 레이가 찾은 너의 그 생장점을 내가 찾을 수 있었으면 얼마나 좋았을까? 조금만 용기가 있었다면 내가 너를 발견했을 텐데. 그랬다면 절대로 헤어지지 않았을 텐데. 레이에 비할 수는 없었겠지만, 나도 네게 빛이 되어줄 수 있었을 텐데……. 그렇게 떼쓰는 어린애를 두고 가는 것이 아니었는데…….

레이는 네가 어울리지 않는 일을 하고 있다는 것을 알아차렸다고 했어. 네가 맞지 않는 일을 하며, 닿을 수 없는 환상 때문에 미련을 버리지 못한다는 것을, 다른 곳에서 환하게 웃어야 할 아이여야 한다는 것을 알았다고 말이야. 참, 레이다운 말이지? 그 빛은 어디에서 왔을까? 남극에서 온 공기로 가득한 이 깨끗한 항구에도 그만한 햇살은 내리쬐지 않는데 말이지.

정말로 그 항구에 가고 싶었어. 세월이 흘렀으니 혼자서 갈 수 있을 거라고 믿었는데, 걸을 수 없을 정도로 온몸에 힘이 빠지다니. 그런 몸살은 난생처음이었어. 약을 먹어도 낫지 않던 몸이 여정을 바꾸자마자 멀쩡해지더라. 그래도 깨끗하게 태우고 가벼운 마음으로 돌아가겠다는 결심은 지키기로 했어. 그런데 은기야, 오늘 그것들을 태우며 깨달았어. 불꽃만이 전부가 아니라는 것을.

불꽃은 잠시였어. 진짜로 태우는 것은 열들이었지. 불꽃이 타오른 뒤에 열로 변한 불이 자근자근 나머지를 태웠어. 조금 당황했어. 종이뿐이니 화르륵 타고 말면 그뿐이라고 생각했거든. 하지만 불은 우리의 추억을 한참 동안이나 검게 삭여냈어. 불꽃에 타 날아가 버린 것들은 얇은 종이들뿐, 오래 묵어 눅눅해진 수많은 세월이 열과 반응하면서 천천히 작별인사를 하고 있었어. 그 열은 마치 가로등 밑에서 올려다본 늦봄의 느릅나뭇잎처럼 투명했지. 투명한 불이 종이에 닿아 모든 것을 까맣게 만들었어. 한 장 한 장, 한 글자 한 글자……. 원소 단위에서는 그 투명한 불도 아마 핵폭발과 같을 것이라고, 우리의 추억이 멸망하는 순간을 하릴없이 내려다보았어. 오래, 아주 오래…….

마지막까지 망설였던 책과 책갈피는 태울 수 없었어. 태울 필요가 없다는 것도 알게 되었어. 그건 사랑에 대한 추억이 아니었어. 우리는 서툴렀지만 서로에게 생장점이 되어주고 싶었어. 그러니까 오르페우스와 리라, 이것만은 남기고 갈 거야. 여기, 이 맑은 항구에서 다시 누군가의 현을 퉁겨줄 수 있도록…….

오르, 아니 은기야… 불은 정말로 오래 우리를 기다려주었어. 그리고 깨끗하게 멸망시켜주었어. 나는 알았어. 드디어 한 시절이 끝이 났다는 것을. 우리의 첫사랑이 다음 생장점을 열어주었다는 것을. 같은 시간에 알아차리지는 못했어도 우리는 서로의 막혀있던 생장점을 보살펴 주었다고, 그래서 후회는 없다는 것을 알게 되었어. 사랑해, 나의 오르, 나의 첫 사랑. 내게 영원한 첫사랑을 준 너를 이제는 놓아줄 게……. 안녕, 유은기. 안녕, 나의 오르페우스.

작가의 말

몇 년 전, 무거운 주제를 가진 초고 두 편을 썼습니다. 너무 지쳐 읽을 수 있는 게 시집뿐일 때, 시집 책갈피에 숨어있던 다인이의 목소리를 들었습니다. 세상 끝 바다에서 들려온 그 사랑 이야기를 써보고 싶었지만, 선뜻 펜을 들 수 없었습니다. 깊은 어둠을 보던 눈과 습기를 잃어버린 가슴으로 사랑 이야기를 쓸 수 있을지 알 수 없었던 탓입니다.

사랑 이야기는 모든 작가의 꿈이지만, 저에게는 가장 어려운 주제였기에 정말 잘 쓸 수 있을 때까지 쓰고 싶지 않았던 마음도 컸습니다. 하지만 꼭 한번 사랑 이야기를 쓰고 싶은 욕심도 있었습니다. 다인이는 '빛'을 찾는 아이였기에, 그 아이의 사랑 이야기에 들어가 보고 싶었던 것입니다.

어린 친구들의 이야기를 담아서일까요?

『바다의 리라』는 저에게 여러 가지 경험을 처음 겪게 해 주었습니다. 가장 새로웠던 것은 연재였지요. 다음 Daum 에 연재라는 형식으로 독자를 만나면서 부끄럽기도 하고 두근거리기도 했습니다. 아직 완성되지 않은 글을 내보이고 있다는 부끄러움과 다인이와 은기의 사랑 이야기를 읽어줄 독자들에 대한 궁금증으로 비교적 행복한 시간을 보냈습니다.

하지만 개인적으로는 어려움을 경험하기도 했습니다. 갑작스런 아버지의 병으로 가슴을 쓸어내린 날이 있었고, 막내의 결혼을 축하하는 날도 있었습니다.

『바다의 리라』는 서로에게 빛을 주고 싶었던 아이들의 이야기입니다. 동시에 지옥도 두려워하지 않았던 위대한 오르페우스의 사랑이 왜 실패할 수밖에 없었는지에 대한 이야기일지도 모릅니다. '운명적으로 만난 완벽한 서로'가 바다의 포말처럼 산산이 흩어지는 첫사랑의 비밀에 관한 소설일지도 모르겠습니다. 하지만 정확한 것은 독자께서 느끼시리라 믿습니다.

『바다의 리라』를 많은 분들이 응원해 주셨습니다. 건강을 회복하신 아버지와 아름다운 어머니, 더 할 수 없는 선물인 나의 자매들, 그리고 영원한 햇살 신혜인, 신민재. 삶의 한 순간도 순수함을 잃지 않는 자랑스러운 친구들, 저의 글에 조언을 아끼지 않는 김태희 선생님과 선배님들, 무조건적인 지지로 위태로운 저를 지켜준 해양과학도서관 식구들 고맙습니다. 가난한 글쟁이의 삶을 걱정해 주신, 진정한 예술 애호가 오영민 박사님께 특별한 감사의 말씀을 드립니다. 무엇보다 이 어려운 시대에 책에 대한 사랑을 굳건히 지켜가시는 손현욱 대표님께 존경을 표하고 싶습니다.

2015년 7월, 반가운 빗속에서

조정현

오르가 빌려온 스물아홉 편의 시

1 「아카리오 코타포스에게」 中, 『충만한 힘』, 파블로 네루다, 문학동네

2 〈대성당들의 시대〉 中, 뮤지컬 《노트르담 드 파리》

3 「양팔저울」 中, 『눈물을 자르는 눈꺼풀처럼』, 함민복, 창비

4 「애플스토어 4」 中, 이원

5 「봄비」 中, 『너에게 세들어 사는 동안』, 박라연, 문학과지성사

6 「감각」 中, 『지옥에서 보낸 한철』, 랭보, 민음사

7 「슬픈 샘이 하나 있다」 中, 『가재미』, 문태준, 문학과지성사

8 「네거리에서」 中, 『가만히 좋아하는』, 김사인, 창비

9 「봄, 양화소록」 中, 『시, 사랑에 빠지다』, 조용미, 현대문학

10 「모두 사라졌다」 中, 『일곱 개의 단어로 된 사전』, 진은영, 문학과지성사

11 〈아이들의 노래〉 中, 영화 《베를린 천사의 시》

12 「9월의 노래」 中, 『이십억 광년의 고독』, 다니카와 슌타로, 문학과지성사

13 「구름극장에서 만나요」 中, 『구름극장에서 만나요』, 김근, 창비 (줄 바꿈은 저자)

14 「비오는 날」 中, 『당신을 부르며 살았다』, 마종기, 비채

15 「소울메이트」 中, 『우리들의 진화』, 이근화, 문학과지성사

16 「사랑의 시」 中, 『인어와 술꾼들의 우화』, 파블로 네루다, 솔

17 「꽃벼랑」 中, 『떠도는 먼지들이 빛난다』, 손택수, 창비

18 「숨겨진 불」 中, 『지독한 사랑』, 채호기, 문학과지성사

19 「멧새 앉았다 날아간 나뭇가지 같이」 中, 『젖은 눈』, 장석주, 솔

20 「無 人 島」 中, 『쓰러진 자의 꿈』, 신경림, 창비

21 「사랑의 노래」 中, 『두이노의 비가』, 라이너 마리아 릴케, 열린책들

22 「행복」 中, 『아무도 울지 않는 밤은 없다』, 이면우, 창비

23 「길」 中, 『파문』, 김명인, 문학과지성사

24 「돌과의 대화」 中, 『모래 알갱이가 있는 풍경』, 쉼보르스카, 문학동네

25 「그녀는 사프란으로 떠났다」 中, 『쓸쓸해서 머나먼』, 최승자, 문학과지성사

26 「길 위에서 중얼거리다」 中, 『입 속의 검은 잎』, 기형도, 문학과지성사

27 「별은 멀리서 빛나고」 中, 『10년 동안의 빈 의자』, 송찬호, 문학과지성사

28 「겨울밤 0시 5분」 中, 『겨울밤 0시 5분』, 황동규, 현대문학

29 「시」 中, 『충만한 힘』, 파블로 네루다, 문학동네

바다의 리라
발 행 일 /2015년 8월 10일

지 은 이 /조정현
펴 낸 이 /손정욱
마 케 팅 /이혜인
디 자 인 /오주희

펴 낸 곳 /도서출판 답
출 판 등 록 /2015년 2월 25일 제 312 - 2015 - 000063호
주 소 /서울시 마포구 희우정로 100
전 화 /02 - 324 - 8220 팩 스 /02 - 3141 - 4936

가 격 /13,000원

ISBN 979 - 11 - 954949 - 3 - 4

이 도서는 도서출판 답이 저작권자와의 계약에 따라 발행한 것이므로
도서의 내용을 이용하시려면 반드시 저자와 본사의 서면동의를 받아야 합니다.

이 도서의 국립중앙도서관 출판예정도서목록(CIP)은 서지정보유통지
원시스템 홈페이지(http://seoji.nl.go.kr)와 국가자료공동목록시스템
(http://www.nl.go.kr/kolisnet)에서 이용하실 수 있습니다. (CIP제어
번호 : CIP2015019618)